TEA

BOOKS

Naslov originala
Samantha Tonge
Under One Roof

Za izdavača
Tea Jovanović
Nenad Mladenović

Glavni i odgovorni urednik
Tea Jovanović

Lektura / Korektura
Agencija Tekstogradnja / Agencija TEA BOOKS

Prelom
Agencija TEA BOOKS

Dizajn korica / Crteži za korice
Alice Moore Design / Shutterstock

Izdavač
TEA BOOKS d.o.o.
Por. Spasića i Mašere 94
11134 Beograd
Tel. 069 4001965
info@teabooks.rs
www.teabooks.rs

ISBN 978-86-6142-207-2

Samanta Tong

POD ISTIM KROVOM

Sa engleskog preveo
Igor Solunac

Posvećeno Martinu, Imi i Džeju.
Ni sa kim drugim ne bih radije živela pod istim krovom. xxx

1.

Robin je išla hodnikom do sobe strica Ralfa, putem koji je mogla da pređe zatvorenih očiju. Obično je sedeo u dnevnom boravku za štićenike, pobeđujući prijatelje u kartama. Umesto toga, danas je stric sedeo na svom krevetu pored prozora, češljajući kosu, bez uobičajenog srdačnog osmeha.

Poljubila ga je u čelo kad se ukočeno pridigao, i posmatrala ga dok se spuštao u fotelju. Robin je znala da je bolje da ne nudi pomoć. Umesto toga, pružila mu je plastičnu kutiju pre nego što je sela nasuprot njemu. Stric je skinuo poklopac.

Uživao je u prvom zalogaju jednog od svojih omiljenih keksa a zatim uzdahnuo.

– Bolje da pređemo na stvar – rekao je i pružio joj pismo, razlog zbog kojeg joj je sinoć poslao poruku.

Pogled joj je preleteo preko lista. Pismo je bilo od Fejine komšinice, Blanš. Robin je dobro pamtila njenu ljubaznost. Dakle, Fej je skliznula niz... tavanske merdevine? Talas čežnje uzdrmao joj je grudi. Robin se kao tinejdžerka bezbroj puta penjala tim merdevinama, i uvek su bile klimave. *Slomljeni zglob... modrice na rebrima... neće da prihvati nikakvu pomoć...* Šta je uopšte radila tamo gore?

– Kako je Blanš znala gde živiš? – upitala je Robin, ne podižući pogled s pisma.

– Fej joj je spomenula *Mos lodž.* – Dovršio je keks i spustio kutiju, a zatim se mučio da provuče kaiš sata kroz gajku. Robin je zanemarila stisnute usne kad se nagnula i pomogla mu. – Tvrdoglava je kao mazga – nastavio je. – Ako mene pitaš, neće imati problema da ubedi bolnicu kako može da se snađe kad je sledeće nedelje budu otpustili. Pokušao sam da je pozovem i nateram da prihvati pomoć ustanova, da dobije potrebnu podršku, ali ne javlja se.

Osećaj nelagode pecnuo ju je iznutra i Robin je zurila u mrvice u stričevoj sedoj čekinjastoj bradi.

– Možda je ovo sudbina... ionako trenutno nemaš šta da radiš, s obzirom na to da si dobila otkaz. – Pogledao ju je i ona se prisilila na vedar osmeh, uprkos nemiru u stomaku. Otpremnina neće potrajati zauvek, a već su je nekoliko puta odbili na razgovoru za posao.

– Nemoj sada da mi ulepšavaš stvarnost, striče Ralfe, reci mi istinu.

– Ovo ti je prilika da se odmoriš u nacionalnom parku *Pik distrikt*, gde u jesen predivno opada lišće. – Podigao je obrvu. – Jesi li bolje?

Robin je odmahnula glavom. Ako bi se vratila tamo i ponovo se suočila s Fejinim prekornim pogledom i zajedljivim opaskama, osećala bi se kao dete.

– Zamisli mene kako živim s Fej. Ne bismo izdržale ni dve sekunde zajedno.

– Ali na nama je da se brinemo o njoj. Ona nema nikog drugog, obećao sam tvom ocu, kao brat bratu, da ću uvek paziti na nju.

Robin je sedela sasvim mirno. – Ozbiljan si, zar ne? A zašto ja nikad nisam saznala za to?

– Nisam mogao da ti kažem kad si bila mlađa jer si bila toliko kivna na sve. Nisam želeo da pobegneš i od mene. – Glas mu je omekšao. – Kad je Alan umro, to je bilo kao da sam nasledio njegovu porodicu, snahu i bratanicu – koje su postale mnogo više od toga. Ne bih ništa promenio, osim što bih želeo da mi je brat i dalje živ – i da ti i tvoja majka izgladite odnose. Obe ste tvrdoglave kao mazge.

Robin je zadrhtala. Nije bila nimalo nalik Fej. – Ne mogu da idem u Stoundejl.

– Ne možeš ili nećeš, gospođice?

I dalje je razgovarao s njom kao da nosi fiksnu protezu i da joj je centar sveta lista *Top 40* nedeljom uveče i rubrika „Draga Debi" u časopisu *Devojačka scena*, pa je na trenutak poželela da se vrati u tinejdžerske godine i ponovo bude ta devojka. Robin je odmahnula glavom. Nije bilo povratka. Uzela je još jedan keks i stavila ga celog u usta.

Stric Ralf je ponovo posegnuo za kutijom, ali su mu prsti zadrhtali. – Molim te, dušo, meni za ljubav – ne mogu da iznevcrim Alana.

Te noći, u svom stanu, Robin je pokušala da se opusti uz omiljenu emisiju takmičenja u plesu, ali je uglađeni, bleštavi nastupi nisu očarali. Na silu je pojela salatu od lososa, uobičajeni subotnji obrok. Kako se približavalo jedanaest sati, izvadila je opremu za teretanu – nedeljno jutro uvek je značilo sat vremena na traci za trčanje. Sledećeg dana se očekivala kiša, pa je pretražila mali, kvadratni dnevni boravak tražeći kišobran, ali i pored svoje urednosti nije mogla da ga pronađe. Nakon što je dva minuta prala zube, Robin se svukla. Garderoba joj je sva bila uštirkana i sivosmeđa, sa onim neupadljivim a efikasnim izgledom koji je s godinama usavršila.

Legla je u krevet i razmišljala o onome što je stric Ralf tražio od nje. Pre nego što je otišla obuhvatila mu je šaku – onu koja joj je toliko pomogla tokom godina, brišući suze osujećenosti tinejdžerskih dana, popunjavajući obrasce dok je učila kako da otvori bankovne račune, ruku koja je čvrsto držala njenu dok ju je vodio do oltara.

Robin je pokušavala da mu se oduži kako je bivala starija, da otplati dug koji on nikad nije spominjao – isprva sitnicama, poput povremenog pripremanja večere, a zatim su se – kako je vreme prolazilo – ukazale značajnije prilike. Negovala ga je kad je imao bronhitis i ponekad bi išao na odmor s Robin, njenim suprugom Todom i njihovom ćerkom Amber, pre nego što se njihov brak raspao. Poslednjih godinu ili dve ga je šišala, iako to možda i nije bila neka naročita usluga.

Robin nije videla majku otkad se Amber rodila, već osamnaest godina. Stric Ralf je u poslednje vreme izgledao tako umorno; koliko li je Fej ostarila? Ili je vreme prema njoj bilo blaže, kad više nije imala napornu ćerku u blizini? Kad se prvi put preselila kod strica, Robin je jedva mogla da ga pogleda jer je toliko ličio na svog brata, njenog tatu, sa istom rupicom na bradi i blagim glasom. Odbegla tinejdžerka o kojoj se starao sigurno mu je otežala život.

Okrenula se na stranu i obgrlila kolena, žmirkajući kroz tamu ka kaktusu pored kreveta.

– Dobro je što ti nije potrebno često zalivanje – prošaputala je. – Idem na odmor u *Pik distrikt*, tamo je opadanje lišća u jesen predivno.

2.

Robin je sedela u autu ispred broja šesnaest u uličici Parejd rou, pokušavajući da natera sebe da izađe. Možda je trebalo da telefonira i javi majci da dolazi. Blanš nije želela da Fej sazna kako je napisala pismo, pa ne bi ni zucnula. Vedrija strana priče bila je da, ako Robin sad ode, Fej ne bi ni znala da je dolazila.

Otvorila je vrata automobila, a zatim ih ponovo zatvorila. Nedeljni saobraćaj nije bio loš, ali osećala se iscrpljeno. Posedela je još nekoliko trenutaka, pre nego što je stisnula šake i izašla. Ulazna vrata i dalje su bila zelene boje staklenih boca. Pogledala je niz ulicu i ugledala niz spojenih dvospratnih kuća, kakve su se mogle naći u bilo kojoj ulici u selu. Prišla je kapiji, otvorila je i prešla malo betonsko dvorište pored dve kante za smeće s točkovima. Bez prednjih bašti, kuće su gledale pravo na ulicu. Robin je pokucala na vrata. Htela je da se vrati u auto i provoza po selu, ali to je već dvaput učinila, oba puta pročitavši kameni znak ispred mosta nad rekom Šipvoš, na kojem je pisalo *Stoundejl, zahvalno selo*.

Kad je ponovo zakucala, začuo se lavež. Fej ne bi volela da komšije imaju psa. Međutim, lajanje se pojačalo. Je li moguće da Fej ima psa? Ma, nema šanse! Klizni lanac je zazveckao s druge strane vrata. Srce joj je zalupalo jače kad su se otvorila i francuski buldog s velikim ušima kao u slepog miša isturio naborani nos napolje, šapama trupkajući kao bubnjar koji maršira.

– Mesto, momče – rekao je glas.

Pas boje škriljca povukao se iza mornarskih papuča s mrzovoljnim izrazom na licu. Dve žene su podigle pogled u isto vreme.

Pogled na Fej gotovo je izbacio Robin iz ravnoteže.

Njena majka je nekad bila viša. U međuvremenu se pogrbila, smeđa kosa joj je posedela, a koža oko usta se naborala. Oči iza naočara bez okvira delovale su ogromno, i bile jedini deo nje koji je porastao. Fej je uzdahnula i naslonila ruku bez gipsa na zid. Bordo džemper se slagao s pantalonama, ali nije bio pravilno zakopčan i polovina kragne bluze se podigla. Kratka kosa delovala je neuredno.

– Šta tražiš ovde? – pitala je, teško dišući.

– Čula sam za tvoju nezgodu.

– U savršenom sam stanju – odbrusila je majka i trznula se, ponovo prebacivši težinu na dovratak. – Ti izgledaš kao da bi ti dobro došao pravi obrok.

Suviše debela, suviše mršava, nikad savršena. Nešto se ipak nije promenilo. Robin je čekala, gledajući majku u oči, dok je Fej brzo treptala, a onda se pomerila u stranu. Robin joj je, oklevajući, rukom pokazala da krene i zatvorila vrata dok je Fej s leve strane odšepala u dnevnu sobu. Dostojanstven stav koji je uvek imala je nestao. Pre nego što je ušla, okrenula se i bacila oštar pogled ka ćerkinim stopalima. Kad se izgubila iz vida, Robin je izula cipele i stavila ključeve od auta u jednu od njih. Zatim je krenula za majkom.

Robin nije bila u Stoundejlu od 1989. godine, kad je pobegla. S Julom. Svojim prvim dečkom. Sad nije želela da misli na njega. Zaustavila se na pragu dnevne sobe i nije mogla da prikrije osećaj razočaranja. Nameštaj je sad bio od svetle bukovine umesto od tamnog mahagonija, a kamin na ugalj zamenjen je električnim. Bilo je glupo očekivati da sve izgleda isto. Zidovi su bili obojeni u nežnu, pomalo izbledelu boju nane, umesto starih, smelijih cvetnih tapeta, a svetao laminat nalazio se tamo gde je nekad bio tepih sa indijskom cvetnom šarom. Udobna garnitura iz tri dela je nestala, a umesto nje je ispod isturenog prozora stajala otmena sofa, iako pomalo izlizana s prednje strane. Prozorsku dasku je umesto buketa karanfila, koje je tata kupovao svake nedelje, krasila uvela biljka. S leve strane odmah do vrata stajala je zelena fotelja i još jedna s desne strane, uz suprotan zid, pored ormarića od bukovine sa urednom gomilom časopisa *Vorld vikli* na vrhu, kao i daljinskim upravljačem. Fej se obazrivo spustila u fotelju s desne strane, a pas joj je strpljivo sedeo pored nogu dok se nije udobno smestila a onda joj je skočio u krilo.

Fej mu je milovala uši i tapšala ga po leđima. Robin se trudila da ne zuri.

Jedini tragovi života koji je nekad znala bile su slike na zidovima – slika mosta Šipvoš i lepi akvarel vaze s mirisnom grahoricom, zaboravila je na to. Iznad ormarića od bukovine stajala je fotografija njenih roditelja ispred Crkve Svih Svetih, na dan njihovog venčanja. I... oh... fotografija Robin na kraju osnovne škole, kad je bila sva pegava i kovrdžava.

– Nisi više pričljiva kao nekad – rekla je Fej. – Šta je bilo? Maca ti je pojela jezik?

Oštar glas, više nalik onom kojeg se Robin sećala, prenuo ju je iz misli. Međutim, i dalje nije mogla da progovori, uspomene su je gušile. S krajnje desne strane, iza trpezarijskog stola i stolica, velika polica za knjige zamenila je stari velški kredenac ispunjen tatinom zbirkom malih starinskih mesinganih zvona. Na gornjoj polici stajala je slika s mora s jedinog odmora koji su proveli u inostranstvu. Bila je tako uzbuđena što ide u Španiju, čak je i Fej tamo uživala, brčkajući se na talasima. Robin jedva da je prepoznavala bezbrižnu ženu u bikiniju koja šeta plažom u Malagi. Slika je prikazivala restoran na plaži u koji su često odlazili.

Sela je u fotelju i zakopčala jaknu do vrha. – Ova soba je drugačija.

– Vreme ne stoji u mestu samo zato što ljudi odlaze.

Fej je i dalje nosila burmu, i dalje povlačila uvo kad je nešto izbaci iz ravnoteže. Međutim, ružičasti lak za nokte bio je okrnjen, a obrve je trebalo srediti. Sitne pojedinosti koje je Fej nekad smatrala značajnim.

– Stric Ralf kaže da si slomila zglob i povredila nekoliko rebara.

– Otkud on to zna?

Izgledala je tako sitno, kao da su joj decenije iscrple snagu, kao da se pas stara o *njoj* umesto obrnuto.

– Robin?

– Hm... možda ti je on upisan kao najbliži srodnik? Možda je bolnica...

– Nisu imali pravo – odvratila je Fej ljutito. – Zašto mi nije rekao da prolaziš kroz Stoundejl?

– Pokušao je da te pozove, ali nisi se javljala.

– Ovo nije baš zgodno – rekla je grubo. – Zašto si *zapravo* ovde?

Robin je ponovo pogledala fotografiju s venčanja. – Ovde sam da bih bila s tobom dok ne budeš mogla sama da se snađeš.

– Hoćeš reći da ćeš *ostati* u Stoundejlu? Tek tako? – Obrazi su joj se zarumeneli. – Da si se javila, mogla sam da te poštedim puta.

– Pa, ne javljaš se na telefon. Trebaće ti pomoć oko kupovine, nameštanja kreveta, vođenja tog psa u šetnju.

– Zove se Huver.

Robin je ustala i otišla u trpezariju, a zatim u kuhinjicu, zanemarujući Fejin glas iz dnevne sobe koji ju je pitao šta traži. Ormarići su bili poluprazni, a ono malo proizvoda unutra bile su jeftinije marke. Venecijaneri nisu bili podignuti, a imali su i pokoju mrlju.

Nekoliko minuta kasnije, vratila se i upalila rasvetu u dnevnoj sobi. – Frižider ti je gotovo prazan, mleko se pokvarilo, a pseći keksići su prosuti po podu.

Fej je raširila nozdrve. – Ako si došla samo da bi pridikovala, možeš odmah da odeš. To nema nikakve veze s tobom. Sama ću se pobrinuti za svoje stvari, hvala lepo. – Pokušala je da ustane, ali se ponovo trznula.

Tinejdžerka Robin bi najradije zalupila vrata na izlasku. Umesto toga, zatvorila je oči i načas duboko udahnula. – Ne, to me se ne tiče, u pravu si, ali mislim da neću morati da ostanem duže od nekoliko nedelja. Ne čudi me što ti je ova situacija teška. – Biće potrebno izvesno vreme da se Fej navikne na pomisao kako joj je potrebna pomoć. – Da li u gostinskoj sobi još postoji krevet?

– Molim?

– Gostinska soba, da li ima...

– Čula sam te i prvi put, nisam gluva. Sad bi da se useliš nazad u ovu kuću? Ovo više nije tvoj dom.

I nije to već jako dugo. Za Robin to nije bio dom već nedeljama pre nego što je otišla, sve vreme otkako je tata umro.

– Šta ako ti nešto bude hitno zatrebalo u toku noći? Vidi, koliko mogu da zaključim, ili ja ili potpuni stranac, na tebi je. – Robin je prekrstila ruke, obuhvativši prstima struk.

– Ne trebaju mi nikakve usluge – promrmljala je Fej.

Robin je ponovo sela naspram nje i protrljala vrat. – Znam da te je ovo malčice iznenadilo, ali neću ti smetati. Sređivaću kuću, kuvati, uzimati recepte, brinuti se... o Huveru.

Pas je podigao uši i protegao se pre nego što je otrčao u hodnik.

– Zašto si zaista ovde, Robin? Zbog novca? Potreban ti je besplatan smeštaj? – Fejin ton je bio hladan isto kao i podsmeh na njenom licu.

Robin se ugrizla za usnu.

– Oh, pogodila sam pravo u metu, zar ne?

Bio im je potreban tata – bez njega nijedna nije umela da se suzdrži. Neprekidno su se kačile, ali saznanje da će on uvek biti kod kuće u šest nekako ih je obuzdavalo, pomagalo im da upravljaju svojim problematičnim odnosom i zbog njega su se, koliko su mogle, ponašale uljudno. Osim ako je bio na putu, kada bi se Robin trudila da se drži podalje od kuće.

– Kako ti je onaj tvoj muž?

– Slušaj, misli šta hoćeš. Čim ti skinu gips s ruke vratiću se u London. Tata je bio razložan čovek i složio bi se da je ovo najbolje rešenje, zar ne misliš tako?

Fej ju je posmatrala na tren, a zatim skrenula pogled ka vatri. – Prošlo je tridesetak godina otkad si živela ovde. Ne možeš tek tako da vratiš vreme.

– I ne pokušavam.

– Samo idi, Robin.

Huver se vratio, držeći Robinine ključeve od auta u ustima. Prišao je ležaljci i ispustio ih kod njenih nogu. Fejine usne su se trznule.

Poslednji put su se srele pre skoro dve decenije, kad se Amber tek rodila. Postporođajni hormoni verovatno su naterali Robin da pristane na predlog strica Ralfa da Fej vidi unuku, nadajući se kako bi to mogao da bude prelomni trenutak. Umesto toga, susret ju je samo podsetio na to koliko je želela da tata upozna njenu malu devojčicu i kako ga je naposletku, na dan sahrane, Fej izneverila.

Robin je sedela na ivici sofe, želeći da se nalazi bilo gde osim tu, ali pitala se kako će se Fej hraniti i kupati ako ona ode. Je li možda živela u ovom stanju i duže nego otkako je pala? Da li se iko osim Blanš brinuo o njoj? A tu je bilo i zabrinuto lice strica Ralfa, osećaj da mu Robin beskrajno duguje...

– Posteljina iz gostinske sobe je u kutiji na tavanu – rekla je Fej, ne gledajući je.

Robin je zadrhtala pri pomisli na odlazak tamo gore. – Šta si radila kad si pala?

Fej je slegnula ramenima. – Odlazim gore dvaput godišnje da zamenim zimske i letnje jorgane. Ne uključujem noću grejanje, a poslednjih nekoliko nedelja je zahladnelo.

Robin je klimnula glavom i izašla napolje da donese prenosivi hladnjak sa osnovnim namirnicama koje je ponela. Skuvala je čaj, ostavila šolju pored Fejine stolice pre nego što je ponovo izašla napolje. Fej joj je doviknula da zatvori vrata dnevne sobe kako bi zadržala toplotu. Robin je raspakovala prtljažnik i odnela svoje stvari u gostinsku sobu. Kad je ušla i upalila svetlo, stomak joj se zgrčio. Više nije bilo tatinih zbirki s buvljaka, džepnih satova, kutija sa olovkama i starinskih modela aviona, oh, ni one prelepe ukrasne figurice crvendaća.[1] Bila je zlatne i crvene boje s detaljno izrađenim perjem, ali je imala veliko oštećenje na kljunu. Međutim, tata je rekao da zaslužuje mesto na izložbi jer su crvendaći toliko divne ptice s mnogo jedinstvenih osobina koje ih zaista čine posebnim. Njih dvoje su se silno smejali zabavnim činjenicama, kao što je da mladunče crvendaća može da pozeleni ako pojede previše gusenica.

Soba je bila prefarbana u bledoljubičasto, a površine su bile čiste. Uprkos hladnoći napolju, otvorila je prozor i stajala tamo neko vreme. Zavese na prednjem delu kuće prekoputa su se nabrale. Robin je prešla rukom preko prozorske daske. Kad je bila mala, tata bi je podigao neposredno pre spavanja, kako bi mogla da broji zvezde. Možda je mislio da će je to umoriti.

Robin je gledala kuće prekoputa s krovovima od škriljca i niskim strehama, uskim zabatima i malim vratima koja su vodila na trotoar. Njihove ravne, jednostavne linije tačno su odražavale njihovu kuću. Tata je govorio kako su građene tako da preovlađuje čvrstina, što će reći da su prozori bili mali u poređenju sa zidovima od krečnjaka. Njen novi život u malom stanu, bez Toda i Amber, delovao je kao da preovlađuje praznina u odnosu na čvrstinu – prazan i bez temelja. Pokušala je da ispuni vreme poslom i hobijima nakon

---

[1] Engl.: *robin* – crvendać. Igra reči jer se i glavna junakinja tako zove. (Prim. prev.)

razvoda, a tišinu je ispunjavala pevušenjem i televizijom. Stan je bio jeftin jer je gledao na prugu, ali je to mesto za nju bilo neprocenjivo jer je u podrhtavanju od vozova koji prolaze bilo nečeg utešnog.

Nagnula se napred da baci pogled niz Parejd rou. Desno je prošla pored pivnice *Beli jelen*, nekoliko vrata niže. Obnovili su je u tjudorskom stilu, a ispred je stajala tabla koja je reklamirala otmene koktele za Noć veštica. Tata je voleo tu pivnicu baš takvu kakva je, sa šarenim tepihom koji se nije slagao s prugastim tapetama, i gromoglasnim džuboksom, uz koji su redovni gosti često pevali. Pogledala je u nokte, nalakirane bezbojnim lakom, kao bež pantalone s faltama. Takođe je voleo njenu upadljivu šminku, bluze s naborima, šarene *ra-ra* suknje. Toliko puta je sedela napolju u njegovom ford granadi nakon što bi došao po nju kod Tare, ili bi posetili neki od njihovih omiljenih buvljaka. Smišljala bi izgovore da ostane napolju u kolima, ćaskajući i smejući se s njim.

Robin se iznenadila kad je videla kako je mala biblioteka pored Crkve Svih svetih zatvorena. Međutim, s druge strane reke Šipvoš, pored šume i preko parka, osnovna škola *Stoundejl* i dalje je napredovala i izgradili su novo krilo. Kad se provezla pored nje, Robin se prisetila drečavih školskih uniformi boje senfa. Nije mogla da poveruje kako u centru sela i dalje posluje *Čajdžinica 1960*, odmah pored prodavnice telefona. Gradska većnica je i dalje stajala ponosno, povučena iza jednostavnog ukrasnog vrta i fontane, s dve klupe smeštene sa obe strane. Otvorena je nova knjižara u uskoj glavnoj ulici, izlozi su bili puni bundeva, a prodavnica ploča je nestala, zajedno s prodavnicom video-kaseta i kladionicom. Stoundejl je sad imao savremenu frizersku radnju i prodavnicu sportske odeće, kao i prodavnicu slatkiša, odmah pored gradske većnice.

Ona i njeni prijatelji obično su kupovali slatkiše na meru u *Vulvortsu*, od milošte zvanoj *Vuliz*, ali ni nje više nije bilo.

Seoce se nije moglo nazvati posebno slikovitim, posedovalo je izvesnu praktičnost, gotovo osećaj manjeg grada, uprkos drveću, reci i *Pik distriktu* u pozadini.

Tapkanje nogu joj je privuklo pažnju. Huver je skočio na dušek. Nakrivio je glavu, a velike uši su mu se pomerale poput trouglastih satelitskih antena. Krenula je da izađe iz sobe i zaputila se ka tavanu – što pre opere posteljinu, to bolje. Ipak, zaustavila se ispred dovratka – rezovi su još bili tu i prešla je prstom preko udubljenja. Svake godine, na njen rođendan, tata je beležio koliko je porasla.

Robin je povukla merdevine s tavana, mršteći se na škripu metala. Fej je pozvala Huvera i on je požurio niza stepenice. Lako se popela, kao što je to činila stotinama puta ranije. Pipala je da pronađe prekidač, dok su joj telom prolazili trnci kao da ju je drmnula struja. Kako je mrak iščezavao, Robin se uspinjala.

3.

Robin se popela na daščani pod tavana i brzo se uspravila, proučavajući kutije koje su nekad stajale poređane po abecednom redu, tata ih je lepo obeležio, ali sad je vladao sveopšti rusvaj. Hodala je unaokolo, naprežući se da vidi je li neka kutija označena s *Robin* – ostavila je toliko stvari iza sebe.

Nije mogla da pronađe ništa sa svojim imenom, a ne mogavši više da odoli, bacila je pogled na zid tavana s leve strane, deo koji je izgledao malo drugačije od ostatka prostora. Tata, koji je bio građevinac, napravio je na tavanu prijatnu sobicu za sebe, mesto koje su u šali zvali njegovom šupom, sa stočićem na kojem je glačao i popravljao kolekcionarske predmete koje su kupovali. Ako vam niko ne bi rekao da ta sobica postoji, ne biste ni znali. Čak je uveo struju za osvetljenje i grejač. Vodio ju je gore otkako zna za sebe i volela je da kroz krovni prozor gleda u noćno nebo. To je činilo nestanke struje tokom sedamdesetih još uzbudljivijim, jer su umesto sveća imali mesec, a ona se osećala vrlo odraslo pošto bi joj tata dopuštao da ostane budna do kasno u noć.

Kad je Robin krenula u srednju školu i odnos između nje i Fej se pogoršao, čeznula je za mestom na koje bi mogla da pobegne, i bila je oduševljena kad joj je, jednog Božića, tata otkrio poklon – preuredio je deo tavana u spavaću sobu za nju. Bilo je to tajno mesto, skriveno za sve osim njih troje, a kasnije znano i najboljoj prijateljici Tari i Robininom prvom dečku, Julu. Tata je rado preselio svoju „šupu" u gostinsku sobu. Robin se nije iznenadila što Fej nije prigovarala, i podozrevala je da majka više voli da joj ćerka bude skrivena na tavanu.

Gajila je slabu nadu kako bi ih, ukoliko je Fej sačuvala išta od njenih stvari, možda mogla pronaći upakovane tamo. Robin je bila previše ponosna da bi nakon što je otišla tražila od Fej da joj pošalje bilo šta. Dok je gurala deo zida s kvakom na drugoj strani, jeza joj je prošla niz ramena, kao da će se svakog trenutka Jul i ona smestiti na njen krevet i iskoristiti priliku da se krišom ljube. Ili da će s Tarom stajati ispod krovnog prozora kao pod reflektorom, pretvarajući se da su pop zvezde dok pevaju najnoviju pesmu benda *Kalčer klab*.

Čvrsto je zatvorila vrata za sobom i opet se stresla pre nego što je pritisnula prekidač s desne strane. Svetlo se upalilo.

Robin se blago zavrtelo u glavi.

Poput fotografije iz prošlosti, njena soba ostala je zarobljena u osamdesetim, kao vremeplov.

Nije čak izgledala ni prašnjavo, a boje i samopouzdanje su i dalje iskakali na sve strane. Skljokala se na krevet, a prekrivač s geometrijskim šarama bio je hladan na dodir. Poster na zidu u dnu kreveta i dalje je pokazivao Boja Džordža, prekrštenih ruku, kako opušteno gleda u njenom pravcu sa onim šeširom. Videla ga je mnogo puta na koncertima. Još nekoliko pevača pravilo mu je društvo na posterima po ostalim zidovima, poput Alison Moje i grupe *Tomson tvins*, a tu je bio i veliki poster grupe *Vem!*

Drhteći, osvrnula se po sobi. Ah da, njen garderober bio je naspram kreveta, odmah s desne strane kad se uđe. Nameštaj u sobi bio je beo, na sklapanje, tata ga je kupio u nekadašnjoj prodavnici *MFI*, kao i police, tri reda duž jednog zida. Velika prednost krovnog prozora bila je u tome što je imala četiri cela zida koje je mogla da prekriva drangulijama. Robin je zastala da pogleda isečke iz novina koje je lepila, ono što tinejdžeri danas drže u telefonima, kao što su članak o *Bend ejdu* i članak iz časopisa o raspadu *Kalčer klaba* – iscrtala je tužne smajliće po njemu. Na listu A4 formata, iščupanog iz beležnice, ispisala je stihove pesme „Lovecats" od grupe *Kjur*. Stih o tome kako je devojka neverovatno lepa bio je zaokružen crvenom bojom, a ona je drhtavim prstom prešla preko njega. Jul je to zaokružio. Osmehnula se papiru kao da je on, i na trenutak poželela da je tu.

A onda se setila šta se desilo između njih i više nije.

Iza njenog kreveta, s leve strane, nalazio se toaletni stočić koji je volela, sa ogledalom u obliku zvezde, koji su tata i ona pronašli na buvljaku. Kako je mogla to da zaboravi? Robin je prišla i sela na nisku stolicu, pogledala se u ogledalo i videla ženu u koju se pretvorila, a koja nije imala mnogo sličnosti s devojkom zaljubljenom u modu, sendviče i kupovinu na nekadašnjoj pokrivenoj pijaci *Afleks palas*. U stanu bi povremeno okrenula glavu od ogledala u hodniku, jer kad je bila umorna u njemu bi ugledala Fej.

Na pet mesta na ogledalu nalazila se zalepljena po fotografija... Robin se nagnula napred i proučavala sliku nje i Tare u diskoteci, obe su bile obučene kao Adam Ant, u mornarske kostime – samo malo svečanije od onih koje je sad nosila na žurkama. Na toaletnom stočiću stajala je hrpa šarenih gumica za kosu i gomila časopisa – *Samo sedamnaest*, *Džeki* i desetine brojeva njenog omiljenog – *Devojačka scena*. Uzela je jedan i odmahnula glavom dok je čitala stranicu „Draga Debi". Ona i Tara su krišom čitale primerke Tarine rođake, smejući se dok bi se udubljivale u pisma. Kad su bile dovoljno stare da ga same kupuju, proučavale su probleme u seksu kao da im čitanje saveta daje iskustvo. Nije ni znala da ni sa četrdeset osam godina još neće imati sve odgovore.

Robin je pritisnula časopis na grudi, a on ju je grejao iznutra poput termofora. Povremeno bi prelistala neki od Amberinih časopisa – tinejdžerke su i dalje želele da saznaju štošta o zaljubljivanju i menstruaciji, ali i o slanju golišavih slika, zlostavljanju na internetu i promeni pola. Toliko toga se promenilo otkako je živela u ovoj sobi. Ipak, na neki način možda i nije – tinejdžerke su uvek imale muka sa identitetom i pitanjem uklapanja.

Dok ga je vraćala, Robin je u dnu gomile primetila pregršt papira na linije ispisanih hemijskom olovkom. Izvukla je polovinu, pročitala nekoliko redaka i nasmešila se. Obožavala je da piše kratke priče, a engleski joj je bio omiljeni predmet u školi. Kako je sazrevala, pokušavala je da piše vruće ljubavne zaplete, a Tara ih je kritikovala. Toliko bi se smejale pokušavajući da smisle razne načine da opišu delove tela. Izvukla je još papira i ispod njih je na pod ispao list otkucan pisaćom mašinom. Uz ubrzane otkucaje srca, Robin ga je podigla. Da li je to neki od odgovora iz rubrike „Draga Debi"? Pažljivo je poravnala nabore. Napisala im je brojna pisma, a odgovori koje je dobila su je umirili u vezi s mnogo čime o čemu bi svaka druga tinejdžerka pitala svoju majku. Nekoliko trenutaka nije mogla da prestane da bulji u hartiju.

Robin je ustala, želeći da ostane tu satima, prelistava knjige i otvara fioke u dnu starog kreveta. Izvukla je iz kante za smeće izbledeli, crveni omot od *tofos* bombona – više nisu mogle da se kupe. Držala ga je na trenutak, kao da je dragocen. Knedla joj je zastala u grlu. Ova spavaća soba bila je kao susret sa starim prijateljem. Robin je pažljivo vratila omot u kantu. Popela se na krevet, baš kao što je to uvek radila, i oslanjajući se na jednu nogu, posegnula za prozorskim oknom i otvorila ga centimetar. Kao i ostatak sobe, nije bio prašnjav koliko je očekivala, ni posle više od trideset godina. Zatim je legla, stavila ruke iza glave i zagledala se u staklo i prve večernje zvezde koje su se pojavljivale. Sklopila je oči na trenutak, pretvarajući se da će tata svakog trena doviknuti s merdevina kako je večera skoro gotova, a posle toga će moći da uglancaju najnovije mesingano zvono koje su kupili tog vikenda. Osećala se udobno kao da je pod pokrivačem i pevušila je „Karma Chameleon", ljuljuškajući stopala levo-desno u ritmu.

Robin Vilson,
Parejd rou 16,
Stoundejl,
Širi Mančester
oktobar 1984.

Draga Debi,
FRIZURA MI UNIŠTAVA ŽIVOT!
Možda ovo ne deluje kao veliki problem, ali meni se čini kao da je kraj sveta. Kao nagradu, mama moje najbolje drugarice nas je odvela u otmeni frizerski salon i pristala sam da mi naprave sasvim drugačiju frizuru. Prekratka je i rasplakala sam se kad sam došla kući. Tata kaže da mi stvarno dobro stoji, ali devojčica iz škole koja je uvek grozna prema meni prasnula je u smeh.
A dečko koji mi se sviđa video me je u farmerkama za vikend i rekao kako više ne izgledam kao devojčica. Sada me sigurno nikad neće pozvati da izađemo. Trebaće sto godina da mi kosa ponovo poraste i to me je stvarno smorilo. Imaš li neki savet? Molim te, pomozi.
Robin, 12 godina

Devojačka scena
Ulica Gover 41,
London

Draga Robin,
Oh, potpuno te razumem, svaka žena se bar jednom u životu tako oseća zbog frizure, ali srećom postoji jednostavno rešenje. Nabaci najbolji osmeh! Najprivlačnija stvar kod bilo koga je samopouzdanje. U svakom slučaju, sigurna sam da je tvoj tata u pravu i da izgledaš vrlo otmeno. Ta neljubazna devojčica bi se verovatno smejala bilo kojoj frizuri, čak i onoj koja ti se dopada.

Što se tiče tog dečka, oduvek sam mislila kako je dobra veza ona u kojoj par prihvata jedno drugo onakve kakvi su. Možda ćeš odlučiti da vikendom nosiš suknju dok ti kosa ne poraste, ako to nije velika cena da zadržiš njegovu pažnju. A možda ti njegova reakcija pokazuje da nije pravi momak za tebe!

Sve najbolje,
Debi

4.

S novim poletom, Robin se uspravila i spustila noge sa strane kreveta. Izašla je iz sobe i pažljivo zatvorila vrata. Pošto je pronašla kutiju označenu kao posteljina, ispraznila je njen sadržaj na pod hodnika, a zatim se spustila niz merdevine i isključila svetlo. Kad je konačno stopalima dotakla tepih u sobi, osmehnula se i nekoliko trenutaka ostala zagledana ka tavanu.

– Dugo si bila gore – rekla je Fej kad je Robin konačno izašla iz kuhinje, pošto je uključila veš-mašinu i pospremila.

– Trebalo mi je izvesno vreme da pronađem posteljinu. Kutije su bile... malo izmešane.

– Neću se izvinjavati što nisam držala gomilu starih papira u savršenom redu – odvratila je Fej oštro. – Pokušavala sam da pronađem nešto mesecima nakon što je Alan preminuo, i na kraju sam odustala. Jednostavno nisam stigla da sredim sve te stare bankovne izvode.

– Možda mogu da ti pomognem u potrazi, ako mi kažeš šta ti treba, vratiću se gore i...

– Nema svrhe to tražiti posle toliko godina. – Napolju je zavladao mrkli mrak. Huver je skakutao unaokolo, kao da pokušava da ih upozori na nešto.

– Jel' treba on da ide u šetnju? Da nešto pojede? – upitala je Robin.

– Nahranila sam ga. Pre nego što odem na spavanje, može da izađe u dvorište na dvadeset minuta. Samo je uzbuđen zbog te silne buke napolju, kao i uvek za Noć veštica.

Začulo se kucanje na vrata i smeh spolja.

– Deca u kostimima, došla su po slatkiše. Pored šporeta je kutija s čokoladicama. Kupila sam ih pre nekoliko nedelja – izdala joj je uputstvo Fej.

Da je tata ovde, ne bi opstale ni nekoliko dana.

Male veštice i kosturi nisu mogli da odluče šta im je privlačnije, šareno obojene čokoladice ili francuski buldog s velikim ušima. Robin je zatvorila ulazna vrata. Prvi put je plesala na zabavi za Noć veštica. Jul je bio obučen kao Drakula. Plakala je nakon posebno gadne svađe s Fej. Nije ni pokušao da je poljubi, samo ju je čvrsto zagrlio. Gotičko čudovište spaslo je veče.

– Jesi li isključila svetlo u hodniku? Ne volim da trošim struju.

Robin je klimnula glavom. Fej ranije nije bila tako štedljiva.

– Jesu li uzeli sve čokoladice s karamelom? One obično prve nestanu.

– Ranije nisi volela Noć veštica... govorila si da je prerušavanje za malu decu.

Fej joj je susrela pogled. – A ti si nosila kostime svakog dana u godini, sa onim tufnama i šeširima, a pogledaj se sad.

Sva stisnuta, Robin je ušla u kuhinju i uzela da napravi dva omleta. Sedele su za malim stolom od imitacije mermera s kriškama hleba i šoljama čaja. Kuhinja je bila osavremenjena u sivo-beloj kombinaciji, u elegantnim linijama, iskrzana na pojedinim mestima. Huver je sedeo i molio za hranu, a kad je Fej oštro rekla *mesto!*, otišao je u dnevnu sobu spuštenih ušiju. Jela je brže od Robin, koja je, srećna što može da pobegne, otišla da ponovo otvori vrata. Dok se vratila, Fej je pojela sav hleb. Robin je stavila pakovanje keksa na sto i ostavila ga otvorenog dok je dopunjavala šolje. Kad je ponovo sela, nekoliko ih je već nestalo.

– Kako ide uređivanje cveća u katedrali? – upitala je Robin nakon tri *dajdžestiv* keksa. Nije želela da jede toliko šećera, ali bilo joj je potrebno da ublaži tišinu. Tata je često vozio Fej do Katedrale Svetog Jovana; ona nikad nije volela da vozi i uvek je govorila kako nam je bog s razlogom dao dve noge. Koliko se Robin sećala, Fej je u crkvu išla nekoliko puta nedeljno kad nije radila u robnoj kući *Luis* u Mančesteru. Robin i tata su išli u crkvu samo za Božić.

– Nisam išla otkako je tvoj otac umro – rekla je stisnutog grla. – Pošto više nema njegove plate, morala sam da povećam svoje prihode. Jedna stalna radnica je upravo otišla, pa sam uspela da dobijem dodatne sate.

Robin je često razmišljala o tome kako li se Fej snalazi s novcem nakon što je ona otišla, posebno kad je dobila posao i sopstvena primanja. Međutim, kao i mnogo toga iz svog života pre Londona, naposletku je zaključala te neugodne misli.

– Šta tvoj muž misli o tome što si ga napustila na nekoliko dana?

– Napustila sam ga na malo duže od toga – uzvratila je Robin i polako mešala čaj.

– On je tako fin čovek, mora da je pun razumevanja.

Fej je Toda videla samo jednom u životu.

Robin je skinula poklopac s hemijske olovke. *Usredsredi se na osnovno.* – Sutra ću otići u kupovinu. Prvo, potrepštine za ličnu higijenu, da li ti nešto nedostaje?

– Kupiću to sama.

– Nošenje torbe s namirnicama će ti povrediti rebra.

Fej je zurila u šolju. – Dobro. Do kraja nedelje će mi trebati još uložaka.

– Od vate?

– Ne – odbrusila je. – Ponekad kad kinem...

Oh. Robin je zapisala i brzo skrenula razgovor. – Što se tiče obroka za ovu nedelju, šta misliš o...

– Nisam završila. – Fej se zacrvenela dok je zurila u pakovanje keksa. – Pogledaj u gornju fioku mog noćnog stočića. Trebalo je da nabavim nove kreme pre nego što sam pala.

Robin se popela na sprat i sela na Fejin krevet. Otvorila je fioku i izvadila dve tubice, osećajući se kao da radi nešto što ne bi trebalo. Jedna je bila za atletsko stopalo, a druga za hemoroide. Promeškoljila se, osećajući se pomalo nelagodno zbog zadiranja u područje ličnog. Njih dve nikad nisu delile tajne, ne kao Tara i njena mama. Nije znala ko je bio majčin prvi dečko, niti kako se nosila s menopauzom. Robin je sišla dole i ponovo sela naspram nje. Iako je napolju bio mrak, Fej je gledala kroz prozor.

– Još neki toaletni proizvodi? Sigurno je teško da...

– Ne – rekla je Fej kratko.

Robin je spojila usne. – Imaš li dovoljno deterdženta? Sutra ću oprati veš.

– To mogu sama. Vrlo sam izbirljiva kad je odeća u pitanju.

– Ne možeš da isprazniš korpu za veš, a ne bi trebalo da se saginješ i puniš mašinu. Ispeglaću stvari, takođe. – Nije trebalo da je iznenadi što je svaki njen predlog nailazio na odbijanje. – Koje voće voliš?

– Konzervisane breskve, ako moram.

Zaboravila je na to. Svojevremeno su joj se smučile breskve s *berd* pudingom.

– Šta ćemo s večerom ove nedelje? Šta bi volela da jedeš?

Fej je podigla pogled. – Misliš šta *bismo* volele da jedemo?

– Da, naravno da ćemo jesti zajedno.

– Nisam mislila na tebe, već na Blanš. Kuvam za nas dve svake večeri. Muči je artritis i nema nikog od porodice u blizini.

Mora da je umro i njen muž, Denis. Jadna Blanš. Uvek je bila ljubazna, učila je Robin da peče kolače, mahnula bi joj kad bi ponosno nosila mafine sa šlagom ili tvrde pogačice nazad u broj šesnaest. Fej to izgleda nikad nije smetalo. Da je bilo ko drugi bio u pitanju, takvo ponašanje bi smatrala neprimerenim mešanjem.

– Daje mi ugovorenu svotu novca svakog meseca i ne jedemo tu savremenu hranu. Teleći bubrežnjak i gulaš s knedlama, to volimo za večeru. Vikendom pravim puding od pirinča ili rolat sa džemom. – Zadrhtala joj je usna i uspravila se. – Ako ti je to previše, možda nisi stvorena za ovo dobročinstvo. Na ovaj ili onaj način, možda ćeš se više pomučiti nego što si očekivala kad si se vratila u Stoundejl.

– Šta to znači?

– Saznaćeš.

– Zaboga – odmahnula je rukama Robin. – Zar ne možemo bar jednom da vodimo jednostavan razgovor?

Fej ju je presekla pogledom. – Nema ničeg jednostavnog u tome što si se pojavila ovde, očekujući crveni tepih.

– Ne, ali trudim se. I obećala sam stricu Ralfu da ću doći.

– To je jedini razlog što si ovde, zar ne? Pa, možeš prestati da glumiš poslušnu ćerku, slobodno se vrati u kola i idi kući – svojoj kući. Ovo neće ići – rekla je glasom koji je odjednom zvučao umorno. Pogledala je na sat. I dalje je nosila isti sat. Robinin otac joj ga je poklonio za pedeseti rođendan. Nije rekla bogzna šta kad ga je otvorila, ali mu je sledećeg dana skuvala omiljeni lankaširski paprikaš. Sat je imao zlatni pravougaoni brojčanik s klasičnim kožnim kaišem, koji je sada delovao pohabano.

Robin su zapeckale suze u očima. Pa, dobro. Dala je sve od sebe. Duboko je udahnula i ušla u dnevnu sobu, udarivši u okvir kuhinjskih vrata dok je hodala. Huver joj je pritrčao, isplaženog jezika. Bacio se na leđa, podigao sve četiri u vazduh i nije mogla da odoli, a da mu ne pomazi stomak.

– Moram da idem, momče. – S grčem u stomaku, pomerila je telefon bliže Fejinoj fotelji i upalila lampu. Bilo je dosta kasno. Da bar može da pozove Amber, da su i dalje bliske kao pre svađe. To bi podsetilo Robin da, iako nije savršen, postoji jedan odnos majke i ćerke koji nije toliko loš. Je li Amber izašla s prijateljima, ili je radila do kasno kako bi ispunila rok? Skoro da joj se nije javljala od brucoške nedelje i trudila se da se ne brine da li dovoljno jede i spava, ali bilo je dosta sličnosti između brige o tinejdžerima i bebama. Samo prošle nedelje Robin joj je poslala gomilu toplih prsluka i vitamina.

Grlo joj se steglo. Možda Amber oseća isto prema njoj što ona oseća prema Fej.

Ne možeš da odeš iz Stoundejla. Neće se snaći bez tebe.

Robin je osetila vrtoglavicu začuvši očev glas. Pogledala je kroz prozor i gotovo očekivala da će videti njegov auto kako dolazi, dok joj on maše kao kad bi izašao iz kola nakon poslovnog puta. Otac joj je bio glas u glavi, poput savesti. Bio je to glas koji je mlađoj Robin govorio da bude ljubaznija prema stricu Ralfu, a nedavno kako nije pošteno ne reći Todu istinu.

Pitala se da li joj tata sad govori da ostane s Fej. Robin je mrzela kad bi on odlazio zbog posla, nedostajao bi joj čak i ako je bio odsutan svega nekoliko dana. Uvek joj je čitao pre spavanja i sedeo pored kreveta kad je bila bolesna, pomagao joj da vežba blok-flautu i naučio ju je da dubi na glavi.

Ali čak i ako je to bio njegov glas, ovo je bilo previše teško. Robin je požurila na sprat i popela se na tavan. Za razliku od pre trideset dve godine, neće ostaviti uspomene iza sebe. Za početak, želela je da pronađe omiljenu staru tašnicu preko ramena, malu i prekrivenu crvenim šljokicama, u obliku audio-kasete. Ona i tata su je pronašli na buvljaku, i nosila ju je kad god bi s Tarom izlazila u klub. Robin bi mogla da je pokaže Amber sledeći put kad je vidi, možda bi htela da je pozajmi, mada mobilni ne bi stao u nju. Robin je pretražila dno ormana. Ruke su joj dotakle kartonsku kutiju i izvukla ju je. S vrha su izvirivali razni papirići – uglavnom računi koje tata nije voleo da baca. Pregledala ih je, izvlačeći uputstvo za uređaj za pravljenje kisele vode i drugo za *brevil* toster. *Zašto je ova kutija ovde?*

Robin je htela da je vrati, ali se zaustavila. U ušima je odjednom začula zujanje kad je shvatila šta je upravo pronašla. Nije mogla da skine oči s toga, ležalo je tako nedužno u uglu kutije. Posegnula je i uzela smotuljak hartije umrljane čajem.

5.

Robin je sedela na krevetu, gledajući u smotuljak, bojeći se kako bi iznenada mogao nestati. Je li ovo zaista svitak iz neke od njihovih potraga za blagom? Stare? Mora da jeste. Ali ne, i dalje je zapečaćen. Nova potraga za blagom koju nikad nisu završili, a čiji svitak leži skriven više od trideset godina?

Nekad im je to bila nedeljna zabava. Tata bi sastavljao listu zagonetnih tragova koji su njih troje sledili po Stoundejlu, ispisivao bi ih na listu papira umrljanom čajem – zbog nje, pošto je kao mala volela gusare – smotao bi ga u svitak i zapečatio ga voskom. Oh, to uzbuđenje kad bi Robin bilo dopušteno da ga otvori, čak i kad je postala tinejdžerka. Fej bi zatim iščitala svaki trag, a kad bi ga rešili, dobili bi reč. Prvo slovo svake reči postajalo bi deo anagrama, kao Š za školu ili N za novinarnicu. Tata je sjajno smišljao zagonetke da se dođe do traga. Svaka potraga bila je toliko različita od prethodne i nikad nisu znali koliko će vremena biti potrebno da je završe. Pobednik, između Robin i Fej, bio je onaj ko bi prvi rešio anagram na kraju, mada je Robin kasnije shvatila da to zapravo nije bilo najvažnije. Više je bio način na koji ih je tata terao da provode vreme zajedno.

Robin je brzo sišla niza stepenice, držeći svitak, a neki uzvik joj je privukao pažnju dok je ulazila u dnevnu sobu. Spustila je svitak na ležaljku pre nego što je požurila u kuhinju. Fej se bila nagnula napred, trljajući bok.

– Šta se desilo?

– Zapela sam stopalom za nogu stolice dok sam ustajala i pala sam na sto – promrmljala je.

Robin je oklevala, a onda je uhvatila za lakat, ne sećajući se kad ju je poslednji put dodirnula. Fej se povukla i tiho jauknula. Robin ju je sačekala da se ispravi, a zatim ju je odlučno povela nazad u dnevnu sobu i pomogla joj da sedne. Donela je ćebe i još jednu šolju čaja. Sedele su i pile, a Fej je delovala opuštenije, pa je Robin opet razmišljala o svitku, a uzbuđenje je zamenilo čvor u stomaku. Uzela ga je baš kad je Fej posegla za daljinskim upravljačem.

– Pogledaj šta sam pronašla. – Podigla je svitak kao da će moći da ga prodaju na aukciji za milione funti.

Fej je pridigla glavu i ostala širom otvorenih usta. Crvene mrlje su joj se pojavile oko očiju. – Gde si to našla?

– U starom ormanu. Nisam očekivala da će moja stara soba izgledati isto kao pre. – Robin je čekala da joj majka ponudi objašnjenje, ali ona je i dalje samo zurila u prazno. – Sjajno, zar ne? – bocnula ju je. Fej se neodlučno osmehnula, a usne su joj se načas blago izvile. Da je Robin trepnula, i to bi propustila. – Ispalo je iz kutije s tatinim dokumentima koju si tamo stavila. Nije ni čudo što nisi mogla da je nađeš među ostalim stvarima.

Crvene mrlje su nestale s Fejinih obraza i skrenula je pogled. Posegnula je za čokoladicom koju je Robin spustila pored čaja i s mukom je otvarala.

– Ne znam ništa o kutiji u toj sobi – rekla je.

Robin se osećala kao dete koje čeka da otvori rođendanske poklone, nestrpljiva da razmota svitak i ponovo vidi tatin rukopis.

– U svakom slučaju, možda je od neke stare potrage – zaključila je Fej i zgužvala omot u tvrdu kuglicu.

– Ali zapečaćena je, a uvek smo ih bacali kad završimo. – Robin je prešla prstom preko smotanog papira. – Bila je s njegovim starim računima i uputstvima.

– Alan je držao gomilu gluposti u sobi za goste. Nedelju dana pre nego što je umro odlučili smo da je preuredimo kad se vrati iz Šefilda, jer je to već neko vreme trebalo da se uradi. Obećao je kako će srediti sav taj nered. Zašto bi ostavio posebnu kutiju papira u tvojoj sobi?

Robin je stajala, proučavajući papir zamrljan čajem i načas prestala da diše – setila se! – Tata me je pitao mogu li da sredim račune i pobacam stare dok je odsutan. – Bio je silan sakupljač. Uspomena joj se vratila. Jednog dana, dok je bila u školi, stavio je tu kutiju na dno njenog ormana. Robin je osetila mučninu kad je saznala jer je tu sakrila nešto što nije želela da ni on ni Fej otkriju. – Tata je sigurno znao da ću je pronaći i ostavio nam zadatak dok je on odsutan. – Pružila joj je svitak, sa uzbuđenjem u glasu, a namera da ode pala je u zaborav. Svitak je bio poslednja veza s njim. – Hoćeš da ga pročitamo?

– Ne baš – odvratila je. – Možda si pronašla ono što sam tražila sve ove godine. To ne znači da me sad zanima.

– *Ovo* si ranije spomenula? – Robin se spustila u drugu fotelju.

– Pre nego što je tvoj otac otišao na poslednje putovanje, rekao je da je napisao poslednji svitak za nas dve da ga rešimo dok je odsutan. Rekao je kako će rešenje promeniti sve i olakšati nam život.

Robin je privukla svitak na grudi. – Na šta li je mislio?

Fej je uzela primerak časopisa *Vord vikli* s vrha gomile. – Mislila sam da je to možda zabavan način da nam stavi do znanja kako je konačno zaradio na obveznicama. Bili smo u stisci s novcem u to vreme.

Naravno. Sećala se toga jer tata obično nije bio uznemiren, ali pred smrt nije bio uobičajeno veseo. Jedan klijent mu je bankrotirao i nije mogao da plati tati za dve nedelje rada.

– Ali prošlo je dvanaest meseci, a prihod više nije mogao da se potražuje jer je vlasnik obveznica, tvoj tata, preminuo. I tako sam odustala. Bilo je previše obaveza, a ja sam radila po ceo dan. Sve ređe sam odlazila na tavan.

– Ali ovo je poslednja veza s njim.

Fej je pritisnula daljinski i uzela olovku. – Prekasno je.

Mora da je radoznala. Robinino srce je ubrzano kucalo. U suštini, tatina poslednja želja bila je da njih dve zajedno obave potragu. Gledala je u zakrpu na majčinoj čarapi. A možda bi stvarno mogla da otkrije skriveno bogatstvo.

Možda će Fej biti poletnija kad čuje tragove. Robin je nežno slomila pečat i nespretno razvila papir, potresena saznanjem da vidi očeve reči koje su decenijama ostale nepročitane. Fej se često šalila kako lekari i građevinci imaju najgori rukopis, i zahtevala da u potrazi za blagom koristi isključivo štampana slova. I rukopis je stvarno bio sitan, jer je tata želeo da svi tragovi stanu na jedan list papira. Robin je podigla svitak u vazduh, držeći ga sa obe strane. Poruka, napisana kao zagonetka, bila je nasumice ispisana preko vrha, njegovim uobičajenim rukopisom. Zažmirila je i naglas pročitala:

Evo potrage za moje miljenice dve,
Bez vas u Šefildu biće dosadno sve.
Uživajte u potrazi dok sam daleko,
Vi ste blago moje, sad otkrijte još neko.
E da, prvo bacite pogled na drugi trag,
Zbog prilike lakše biće vam drag.

Fej se nije mrdnula ni milimetar. Robin je osetila kako joj se grlo suši. Tata je za sebe govorio kako je setni starac, ali ona je volela kako ju je uvek činio posebnom. Ustala je i prošetala po sobi, želeći da odmah krenu s potragom. Ali moraće da pričekaju dok Fej budu manje bolela rebra. Ipak, mogle bi sada da odrede datum, a tome bi se naročito radovala.

– Kad ćemo to da uradimo? – upitala je.

– Odjednom si voljna da ostaneš, zbog neke glupe dečje igre?

– Ne, naravno da ne...

– Nemoj računati na mene, nema ničeg u vezi s tim svitkom što bi trideset godina kasnije moglo da *promeni sve*, a jedini razlog zašto smo nekad izmišljali te potrage bio je da bi se ti nečim zanimala.

Je li to istina? Ruke su joj klonule i ponovo je sela. Međutim, i Fej je uživala u rešavanju ukrštenica i zagonetki, a tatine omiljene TV emisije bile su one o otkrivanju misterija. – Kako možeš to da kažeš? Ti i tata ste obožavali naše nedeljne pustolovine po selu.

– Alan nije ovde, zar ne? – rekla je kruto.

– Ali ja jesam – rekla je Robin tiho, kao da se vreme zaista vratilo unazad.

– Slobodno to uradi sama, pre nego što odeš, mada ne verujem da će od tragova biti neke vajde, prošlo je previše vremena.

Sama? Ali tata nije to želeo. Robin je ponovo savila svitak.

– Ne. Ne znam šta me je spopalo – rekla je. – Potpuno si u pravu. – Bar je ostalo još nešto što bi mogla učiniti, a što bi tata želeo. – Ali ne idem nikud. To što si se okliznula u kuhinji je presudilo. Ne moramo u tome da uživamo, ali brinuću se o tebi i bez rasprave. Rado ću kuvati i za Blanš, pod uslovom da se što više odmaraš. Što pre se oporaviš, to ću brže izaći iz tvog života.

Fej je uzdahnula s prizvukom klonulosti. Robin je napustila dnevnu sobu i ponovo se popela na tavan. Popela se gore, a udovi su joj bili preteški. Nije mogla da podnese da pročita tragove, ne ako neće pokušati da ih reši. Progutala je knedlu i bacila svitak nazad na vrh kartonske kutije, zatvorila vrata ormana i zaputila se nazad niza stepenice.

6.

Robin je pobegla u maleno dvorište ispred kuće, dok joj je lagana novembarska kiša kapala po licu. Svež vazduh joj je prijao. Juče je odlučila da ostane kod kuće i pospremi je. Ustala je rano kao i svakog ponedeljka, ali je ponestajalo osnovnih namirnica koje je donela i morala je u kupovinu.

– Kuda ćemo? – upitala je Robin Huvera i povukla nadole obe strane sive vunene kape. Poveo ju je ka trotoaru. Nosila je nekoliko Fejinih cegera za kupovinu s cvetnim šarama, zgodnih za nošenje, baš onakvih kakve bi i sama kupila. Taj osećaj zajedništva bio je čudan. Još joj je u ušima odzvanjao majčin glas dok joj je govorila da joj mora reći koliko je koštala kupovina – nije želela milostinju, ali ju je uputila da kupuje jeftinije marke i traži popuste. Robin joj je jutros opet pomogla da se obuče. Fej nije mogla sama da zakopča grudnjak i pomučila se s rajsferšlusom na pantalonama. Odbila je bilo kakvu pomoć u kupatilu. Stare cvetne šare na zidovima i na podu spavaće sobe zamenila je dopadljivom mešavinom krem i svetloplave boje. Fej nije rekla ni reč dok joj je Robin zakopčavala odeću, pokušavajući da ne obraća pažnju na opuštenu kožu i staračke pege na rukama koje su nekad prale veš, gurale kosilicu i ostavljale crvene tragove na Robininim nožicama kad bi bila nestašna. Tata bi se užasnuo da vidi tamne i plave modrice na Fejinim rebrima. Jednom davno se saplela na baštensko crevo i udarila glavu. Bdio je nad njom dok otok nije splasnuo, menjajući joj hladne obloge kad su se pojavili podlivi. Robin je očekivala da će se ona izvikati na njega što pravi frku, kao što to sad radi s njom, ali Fej nije imala ništa protiv da se on prema njoj ponaša kao prema pacijentkinji.

Huver je povukao povodac, a Robin ga je pustila da požuri napred dok su prolazili pored pivnice *Beli jelen*, iz koje je dopirao ustajali miris piva. Nastavila je da hoda pored niza istovetnih kuća dok pas nije zastao pored ulične svetiljke i podigao nogu. Hoće li sresti nekog poznatog u selu? Prešli su raskrsnicu i približili se crkvi na vrhu glavne ulice. Sive cigle i četvrtasti zidovi bili su sušta suprotnost tornju neobično uvrnutom na vrhu, koji je izgledao kao da ga je zahvatio tornado. Kao mala, stajala bi što bliže zidu od cigala, lupkala petama i čekala da bude prenesena u Oz.

Nastavili su pored nove prodavnice odeće za boravak na otvorenom, niz glavnu ulicu koja je jednostavno izgledala kao još dva reda suprotstavljenih kuća u nizu, osim što su ispred stajale šarene tende i table s natpisima. Robin je stigla do *Brinerove knjižare*. Videla je kako se radi o prodavnici polovnih knjiga i delovala je prilično sređeno, s reciklažnim kontejnerom pored ulaznih vrata, gde su ljudi mogli da ubace staro štivo. U poslednje vreme je obožavala da čita porodične priče, uživajući u zamisli da čitave porodice ostaju povezane i da brojni naraštaji postaju deo iste priče. Na trenutak je zastala dok je Huver njuškao još jednu uličnu svetiljku. Nekoliko kupaca je pregledalo knjige i bilo je prilično prometno za utorak. Zaškiljila je i ugledala prostoriju pozadi sa stolovima, kao i crnu tablu na zidu iza kase, na kojoj su bili ispisane razne vrste kafe. Medni sjaj polica i podova od borovine mamio ju je da uđe, ali psi verovatno nisu bili dobrodošli, dok je *Čajdžinica 1960* prekoputa ispred ulaza imala veliku srebrnastu činiju s vodom. Stešnjena između prodavnice telefona i kladionice, u potpunosti se uklapala s minimalističkim, belim okvirima prozora. Kafić je odavao izvestan karakter s visećim korpama sa obe strane ljubičastih vrata i natpisom u obliku šoljice za čaj u tamnosivoj boji.

Robin se zaputila ka ulici i pogledala Huvera.

– Sedi – rekla je, mada je to više izgovorila kao pitanje. Pričekali su dok nije prošlo nekoliko automobila i traktor. Pošto su prešli na suprotan trotoar, Huver je pojurio ka činiji, a njegova snaga ju je iznenadila. Pustila ga je da pije, pronalazeći utehu u činjenici da se ta zgrada jedva promenila. Njeno jednostavno ime odnosilo se na godinu kad je prvi put otvorena, i uklapala se u skromnu prirodu sela. Zvuk zvonca joj je privukao pažnju i na ulazu je ugledala ženu u kecelji.

– Kako ti je gazdarica, Huvere? – rekla je, a zatim pogledala u Robin. – Baš sam se zabrinula za nju. Jeste li vi Fejina prijateljica? Možete li mi reći, je li ona... ovaj... – Žena je zapanjeno uzdahnula. – Pa ne mogu da verujem. Robin? Jesi li to ti?

Robin je proučavala riđi pramen u sedoj kosi. – Gospođo Čapman?

Žena joj je pritrčala i čvrsto je zagrlila, a zatim se odmakla i proučila je od glave do pete, posmatrajući njen đubretarac i jednostavne cipele. – Izgledaš drugačije, dušo, ali te lokne...

Kiša je uvek imala isti uticaj na njenu kosu, šta god da je koristila.

– Čula sam da ti je mama pala. Moram da skoknem do nje i odnesem joj parče njenog omiljenog kolača. Jel' se oporavlja?

– Bolje je, hvala. Ostaću s njom dok se ne oporavi.

Gospođa Čapman se podbočila i Robin se divila vezu na porubu njene suknje, prisetivši se kako sama sebi šije odeću. Zapravo... da, za njen četrnaesti rođendan tata je platio gospođi Čapman da joj sašije haljinu s kratkim rukavima prekrivenu velikim brojevima, baš kao što ju je nosila njena omiljena pevačica.

– Kako su vaši mama i tata? – upitala je Robin. Gospođa Čapman je imala oko trideset godina kad je Robin poslednji put bila ovde. U to vreme se tek bila udala i spremala se da preuzme poslastičarnicu od roditelja.

– Niko ne bi rekao da su prešli osamdeset. Još povremeno svrate i ponašaju se kao da su tajni inspektori za zdravlje i kvalitet hrane. Ali ja sam uvek toliko zauzeta. Odlazak na kafu je sad svakodnevni deo života, a ne poseban događaj kao nekad. – Klimnula je glavom. – Hajde, uđi, želim da čujem sve tvoje novosti.

– Hvala, gospođo Čapman, ali stvarno moram da obavim kupovinu. Možda neki drugi put?

Oči su joj zasijale. – Mislim da si dovoljno odrasla da me zoveš Mejv. – Sagnula se i kratko pomazila Huvera. – Kladim se da si se iznenadila kad si ušla u knjižaru. – Ispravila se.

– Samo što sam stigla u nedelju. Još nisam ušla unutra.

– Ah, u redu... stvarno bi trebalo da svratiš. – Skrenula je pogled u stranu. – Mislim, uvek si bila knjiški moljac.

* * *

Nakon što je ostavila Huvera napolju, privezavši povodac za stub, Robin je obavila kupovinu u samoposluzi, razmišljajući o *Čajdžinici 1960* i kako bi ona i tata podelili sladoled. Maltene je očekivala da ga ugleda u nekom od prolaza, a ako ne njega, onda barem nekog školskog druga ili drugaricu, učitelja ili učiteljicu. Vratila se u Parejd rou vukući noge, zahvalna što nije morala da iskoristi vrećice za izmet koje joj je Fej rekla da ponese. Huver je sad hodao sporije, osim ako bi naišao drugi pas. Onda bi Robin morala da održava ravnotežu s kesama dok bi on skakutao gore-dole, a zbog zdepastog izgleda podsećao je na boksera u treningu.

Ruke su joj bile umorne, pa je spustila kese i pustila Huvera unutra, skinuvši mu povodac pre nego što je pojurio niz hodnik. Pratila ga je u dnevnu sobu, a osećaj krivice probadao joj je grudi. Fej nije bila u stolici, mora da je ožednela.

– Ti samo sedi – doviknula je. – Pusti mene da stavim vodu za čaj. – Međutim, Fej nije bila ni u kuhinji. Robin je podigla kese na sto i požurila uza stepenice, gotovo se spotakavši o psa. Fej nije smela sama da ide gore, ali nije bila ni u jednoj spavaćoj sobi, a ni u kupatilu.

Šta ako joj je pozlilo i ako su je odveli u bolnicu? Ne, bolničari bi sigurno pozvali Robin, iako Fej nije imala njen broj mobilnog. Vratila se u kuhinju gde je Huver grebao po zadnjim vratima. Otvorila ih je i očekivala da će pojuriti pravo na kraj travnjaka, kao jutros, ali umesto toga skrenuo je desno.

Možda je Fej otišla u spoljni toalet. Ali koristila je kupatilo na spratu pre nego što su sišle na doručak. Robin se postarala da to uradi jer su Fej bolela rebra kad god bi morala da se penje uza stepenice. Robin je sinoć bacila pogled u spoljni toalet. Zidovi su bili okrečeni, a mali umivaonik postavljen, ali i dalje je bilo promaje, a kiša je stigla do pločica na podu.

– Jesi li unutra? – Odškrinula je vrata i čula isprekidano disanje dok se rolna prljavog toalet-papira otkotrljala napolje.

Robin Vilson,
16 Parejd rou,
Stoundejl,
Širi Mančester
mart 1985.

Draga Debi,
UDAĆU SE ZA ENDRJUA RIDŽLIJA.
Neprekidno razmišljam o njemu. Izgleda kao film-
ska zvezda i bila sam toliko uzbuđena kad me je
tata odveo na koncert grupe Vem! prošlog Božića.
To je bila najbolja noć u mom životu. Endrju me
je bez sumnje pogledao u publici kad su mahnuli
na kraju poslednje pesme. Volim ga i znam da smo
stvoreni jedno za drugo.
Ali mama me je čula kako pričam o tome kako
ću se jednog dana udati za njega. Nasmejala se
i rekla da je to glupava simpatija. Kako to može
da bude istina? Sviđaju mi se mnoge pop-zvezde,
ali ovo je drugačije. Znam da smo savršeni jedno
za drugo i to što nisam s njim zaista boli. Ležim
noću u krevetu zamišljajući kako će me zaprositi i
kakvo će nam biti venčanje. Kako da nateram mamu
da shvati da je ovo ozbiljno?
Robin, 12 godina

Devojačka scena
Ulica Gover 41,
London

Draga Robin,
Oh, jadna Robin, neuzvraćena ljubav mnogo boli, a bojim se da će u ovom slučaju tako i ostati. Zaljubila si se u pop-zvezdu, a ne u osobu. Niko ne zna kakve su slavne ličnosti zaista. Mama nije bila baš taktična kad se nasmejala i sigurna sam da nije imala nameru da te povredi, ali ipak je u pravu. To jeste simpatija jer ne možeš da gajiš prava osećanja prema nekome s kim nikad nisi ni razgovarala. Ali nemoj da se osećaš loše. Svi mi ponekad maštamo, čak i odrasle žene!

Izađi, učlani se u neki klub i nastavi da upoznaješ nove ljude, i obećavam ti da ćeš s vremenom zaboraviti na njega i upoznati pravog dečka koji će ti ispuniti sve snove!
Sve najbolje,
Debi

7.

– Ne ulazi – rekla je Fej odlučno.

– Šta se dogodilo? Jesi li dobro?

Škripanje klozetske daske.

– Toalet-papir mi je ispao na pod. – Glas joj je zvučao iscrpljeno. – Stajao je pod lošim uglom. Ispao mi je u baricu, prljav je i mokar.

– Pričekaj, kupila sam novi. – Minut kasnije Robin je provukla rolnu kroz uski otvor. Drhtala je dok je čekala napolju. Naposletku, začuo se zvuk puštanja vode i šum slavine. Fej je izašla, brišući mokre prste o džemper.

Robin ju je uhvatila za ruku. – Koliko si dugo bila unutra, smrzla si se?

Fej je naglo povukla ruku pre nego što se polako zaputila unutra, čak i ne obrisavši noge o otirač ispred zadnjih vrata. Čim je ušla u dnevnu sobu, pridržala se za fotelju, kao da prikuplja snagu pre nego što se polako spusti na sedište. Robin nije znala treba li da joj pomogne. Nikad se nije našla u ovakvoj situaciji – osim onog jednog puta kad je tek krenula u srednju školu, a Fej je bila na bolovanju zbog gripa. Iz čistog hira, Robin je preskočila popodnevnu nastavu kako bi joj donela tople napitke i hladne obloge. Fej ju je tad optužila da je koristi kao izgovor da beži sa časova.

Huver je ležao kraj Fejinih nogu dok je Robin pojačavala vatru i pravila topao napitak, ali Fejine ruke su se previše tresle da bi ga čvrsto držala. Robin je zurila, trepnuvši na trenutak. Jednom ju je grupa devojaka iz višeg razreda pratila do kuće. Padao je sneg i videle su je kako se sama vraća iz sela... da, tako je bilo. Našla se s Tarom u *Čajdžinici 1960*, i dok je išla niz Parejd rou, gađale su je grudvama u leđa. Osušilo joj se grlo jer dok se prisećala kako su se njihovi povici pojačavali, jurile su je sve dok nije pala, ali odbila je da pokaže strah. Fej je čula buku i izašla taman kad su je devojke opkolile. Fej joj nije pomogla da ustane, niti je otišla do roditelja tih devojaka, već joj je skuvala šolju *bovrila*. Međutim, Robin nije mogla mirno da je drži jer su joj ruke drhtale i smeđa tečnost se prosula, ne zato što ju je banda saterala u ćošak, već zato što ju je Fej zapravo pohvalila. Rekla je da je Robin dobro uradila što je prikrila osećanja.

– Da pretpostavim, zapričala si se u knjižari? – rekla je Fej iznenada.

Prvo Mejv, a sad i ona. U čemu je štos s tom knjižarom?

– Sledeći put ću ti dati broj mog mobilnog i moraš svoj uvek da nosiš sa sobom. Izvini, trebalo je da se setim ranije...

– Da, trebalo je – odvratila je Fej grubo.

U tišini su ručale sendviče sa šunkom, beli hleb za Fej, a integralni za Robin. Skuvala je kafu, a dva tetrapaka mleka stajala su jedan pored drugog, njeno polumasno sa zelenim poklopcem, a Fejino punomasno s plavim. Robin je prala sudove dok je Fej dovršavala jelo s nekoliko voćnih keksića koje je upravo donela, zajedno sa zdravim sastojcima da i sama ispeče kolače. Nadala se kako stricu Ralfu neće previše nedostajati njeni domaći kolači, ali biće odsutna samo nekoliko nedelja, a osoblje u *Mos lodžu* se stara da stanari dobiju omiljene obroke.

Fej se udobno smestila i uključila televizor. Prebacivala je kanale dok nije pronašla omiljeni kviz. Huver je dremao ispred vatre, a zadnja noga bi mu se s vremena na vreme trzala. Robin je izašla napolje da obriše pod spoljnog toaleta, očistila je umivaonik i promenila peškir. Kako je pala noć, začuo se vatromet, što je uobičajeno s obzirom na to da se bližila Noć lomača u petak. Huver se sakrio ispod Fejine stolice, ali je provirio kad je došlo vreme za večeru. Fej je rekla Robin da ostavi malu količinu sirovog mlevenog mesa, njegovog omiljenog jela. Prijatan, domaći miris, bogat ugljenim hidratima i crvenim mesom, koje Robin inače ne bi koristila, ispunio je kuću dok je podgrevala pastirsku pitu, što ju je podsetilo na obroke s tatom i božićnu večeru.

Večerale su za kuhinjskim stolom, a nakon što su završile, Robin je ustala i donela kutiju čokolade, sad već napola praznu. Fej joj je ponudila da se posluži, a Robin je iz navike odmahnula glavom.

– Kako hoćeš. – Uzela je pralinu s jagodom. – Nekad nisi toliko brinula o težini.

– I ne brinem – dodala je brzo, kad su se začule Huverove šape kako grebuckaju niza stepenice, a zatim se on pojavio u kuhinji, klizeći po pločicama. Možda je čuo šuštanje omota čokolade.

– Nije mi stalo do izgleda – brbljala je Robin – više se brinem o zdravlju. – Pogledala je Huvera, koji se kočeperio po kuhinji i znoj joj je orosio čelo. Njuškao je po njenom koferu koji još nije bio potpuno ispražnjen. Fejine oči su zasijale kad je doneo da se pohvali steznikom s nogavicama.

Robin je izvadila telefon i otvorila galeriju, izabrala jednu fotografiju i oklevala pre nego što ju je gurnula preko stola. Fej je namestila naočare pre nego što je podigla telefon.

– Ima široko postavljene oči kao tvoj tata. One su me prve privukle kod Alana, delovao je kao da mu se može verovati.

– Samo što je krenula na Univerzitet u Mančesteru. – Najbolja pogodnost u vezi s dolaskom u Stoundejl bila je mogućnost da bude bliže Amber. Robin joj je već poslala poruku, nadajući se kako će želeti da se nađu na ručku.

Fej je nastavila da gleda u fotografiju.

– Amber studira ekonomiju.

– Deluje kao razumna devojka.

Razum u tinejdžerskim godinama je precenjen.

Fej joj je vratila telefon, koji je u tom trenutku zazvonio. Robin je otišla u gostinsku sobu i prihvatila poziv. *Amber!*

– Mama... – Kratak jecaj dopro je s druge strane i Robin oseti kako joj se grudi stežu. Odmah je zamislila prelepe oči boje lešnika natečene i stegnutu vilicu. Čak i kao mala, Amber se ljutila na sebe kad bi plakala.

– Ljubavi, šta se dogodilo?

Začulo se krckanje na vezi.

– Gde si?

– Prespavala sam na podu kod prijatelja sinoć... mislim, kod Džordža, dečka s mog kursa. Naš studentski dom je poplavljen, pukla je cev. – Progutala je pljuvačku. – Niko od nas nije primetio i na kraju se srušila tavanica u kuhinji. A ostavila sam najnoviji esej na stolu. Odštampala sam ga, to mi pomaže, i dosta radila na njemu poslednjih dana i rukom dopisivala beleške. Treba da ga predam do ponedeljka, ali sad je sav taj dodatni rad izgubljen, nikad neću stići na vreme. I moj kindl s gomilom knjiga za kurs je stajao u blizini, potpuno je uništen...

– Oh, dušo... Šta kažu u službi za studentski smeštaj? – Robin je ustala s kreveta i šetkala gore-dole.

– Nema mesta u domovima, prebaciće nas u hotel koji nije blizu univerziteta i ima užasne ocene na internetu. Naš stanodavac ne zna koliko će trajati popravke, mora da sačeka da se dogovori sa osiguranjem, i...

– Sredićemo to. Doći ću i...

– Već sam proverila sve mogućnosti – presekla ju je Amber oštro. – Nema rešenja.

– Naravno da ima, ne brini se. Ja ću...

– Pobogu, mama. Mogu ja to da rešim, samo... samo sam se zapanjila. Znala sam da je loša zamisao da te zovem.

Robin je ugrizla usnu. – Jesi li zvala oca?

– Nisam htela da ga zabrinjavam. – Ponovo je progutala knedlu.

Robin ju je zamolila da joj potanko ispriča šta se dogodilo i rekla joj da ne očajava i kako će je zvati opet, malo kasnije večeras. Ponovo se ispružila na krevet i zatvorila oči. Dušek se udubio i, otvorivši ih, ugledala je Huvera kako se nadvija nad njom, vrteći glavom s jedne strane na drugu, dok je u zubima imao njen najbolji grudnjak prekriven pljuvačkom. Jedva to konstatujući, pomazila ga je po glavi. Da je bar mogla da zagrli Amber i kaže joj kako će sve biti u redu. Tod ju je toliko podržavao kad se tek porodila, kao da je razumeo da je zabrinuta kako neće biti dovoljno dobra. Često bi se setila ukrasnog crvendaća, sa okrznutim kljunom kojeg joj je tata kupio, i kako joj je rekao još jednu zanimljivu činjenicu – da je roditeljski nagon crvendaća veoma jak i da brojni izveštaji potvrđuju kako hrane i ptiće drugih vrsta. Možda je glupo, ali Robin je uvek želela da to znači kako će ona biti brižnija majka nego Fej.

8.

Robin je sutradan bila prilično vredna. Uprkos tome što je opet pozvala Amber, koja joj je rekla da se ne brine, pozvala je službu za studentski smeštaj kako bi barem pokušala da joj promeni hotel. Međutim, muškarac s kojim je razgovarala nije bio od pomoći. Uporno je tvrdio da, pošto je Amber punoletna, ne može da razgovara o tome s Robin. Posle ručka, povela je Huvera u selo kako bi prošetala i ublažila osećaj osujećenosti. Zaustavila se da pogleda kroz izlog knjižare. Bila je sreda popodne i sve radnje u Stoundejlu su još bile zatvorene. Na zidu levo, ispred kase, stajao je mural velikog drveta, zelenog i bujnog, čiji je deblo bilo napravljeno od gomile knjiga. Nije videla poseban razlog zašto su Mejv i Fej pomislile da je već svratila u knjižaru.

Nakon što je vratila Huvera kod Fej, pokucala je na vrata broj deset, tri kuće niže. Napravila je večeru i spakovala je u plastičnu kutiju za Blanš. Komšinica je bila u penziji nakon što je provela radni vek kao negovateljica u staračkom domu i, kao i Fej, bila je u poznim sedamdesetim. Udar vetra joj je podigao kosu, a Robin je ponovo pokucala. Konačno, niska žena oštrih crta lica otvorila je vrata. Blanš je bila blago povijena, a otečeni zglavci stezali su okvir vrata. Pramenovi sede kose umekšavali su joj izražene jagodice. Nosila je široku trenerku i duksericu s kapuljačom, a crveni ruž joj je bio razmazan po naborima oko usana. Izgledala je toliko krhko u poređenju sa žilavom ženom kakvu je Robin pamtila, onom koja bi joj vezala kecelju oko struka i dopustila joj da oliže činiju s filom.

Robin je spustila torbu i zagrlila je. Fej je poslala poruku Blanš da će Robin, počevši od danas, kuvati i za nju. Blanš je zablistala. – Ljubavi, vidi ti nju, odrasla i tako doterana, baš kao i tvoja majka.

Robin je oborila pogled na ispeglane pantalone i uglancane cipele.

– Divno je videti te posle toliko vremena, zlato. Laknulo mi je kad sam čula da si se vratila u Stoundejl.

– Hvala ti što si napisala pismo stricu Ralfu.

– Nisam bila sigurna šta da radim, nisam želela da ispadne da se mešam...

– Ispravno si postupila.

– Pozvala bih te unutra, ali očekujem poziv u pola četiri... – Osmehnula se. – Od Suzan, moje ćerke iz udruženja *Usvoji baku*.

Robin je podigla obrvu.

– To je seoska inicijativa za nas starije koji se možda osećamo usamljeno. Moja obaveza je da prenesem neku navodnu mudrost mlađima. – Odmahnula je glavom. – Suzan ima dvoje dece u osnovnoj školi *Milstoun*, ali već znaju mnogo više o elektronskim napravama nego ja. Volela bih da je tvoja mama pristala da bude usvojena, ali nije htela ni da pročita letak.

Fej nikad nisu bili potrebni prijatelji, zašto je Blanš uopšte pomislila da se to promenilo? I zašto bi Fej želela da usvoji ćerku kad nije pokazivala preterano zanimanje ni za onu koju je već imala?

– Samo sam došla da ostavim večeru – rekla je Robin veselo, iako se ponovo osećala kao devojčica čija mama nikad nije dolazila na školske predstave. Pružila je Blanš torbu. – Jagnjeći paprikaš i kolač s breskvama.

Blanš se široko osmehnula. – Nedostajala mi je Fej i njena domaća kuhinja. Ta žena je pravi dragulj.

Kolege su je nazivale efikasnom. Komšinice su je smatrale taštom kad je briga o kući u pitanju. Tarina mama je rekla da je povučena i kako u tome nema ničeg lošeg.

Blanš i Fej su se uvek dobro slagale, ali *dragulj*?

Robin je požurila nazad jer je trebalo da dođe lekar. Rekao je kako mu je laknulo što je tu i pored Fejinog prevrtanja očima, pa ponovio da će majčin oporavak potrajati dobrih šest nedelja. Robin će se vratiti u London sredinom decembra. Šta ako dotad nađe posao? Robin nije htela sad da razmišlja o tome. Nakon što je doktor otišao, Fej je uključila kviz na televiziji, pa je Robin otišla na tavan, nadajući se da će pronaći očevu robu s buvljaka. Nijedna kutija nije bila obeležena slovom *A* za Alana, pa ih je otvarala nasumično. Pronašla je božićne ukrase, staru staklariju i nekoliko lampi... Pretražila je skoro polovinu kutija, pa više nije mogla da odoli želji da ode u tajnu sobicu. Grejalica je još radila, te je skočila na krevet i zatvorila krovni prozor koji je ostavila otvoren, ugledavši svoj *soni* vokmen na vrhu ormana. Uzela ga je i sela na dušek. Obrisala je prašinu i pomilovala prednju stranu pre nego što je pritisnula *plej*. Nije trebalo da bude toliko razočarana što više ne radi. Izvadila je kasetu. Zašto bi slušala *Bananaramu*? Tara ih je obožavala, mora da je pozajmila kasetu od nje. Izvadila je telefon i potražila spisak pesama na *Guglu*. Ah, da.

Ta pesma. S nogama u vazduhu, legla je na stomak, kliknula na *Spotifaj* i preuzela pesmu.

„Cruel Summer“. Brzo je isključila muziku.

Tog julskog jutra pobegla je s Julom, odmah posle ispita, nakon što joj je otac preminuo pre nego što je stigla da mu kaže vesti. Još je bio mrak, a mašinovođa ju je čudno pogledao dok se pentrala u vagon s pretrpanim rancem. Zarila je lice u pokrivač, opet kao šesnaestogodišnjakinja. Koliko god se osećala usamljeno u poslednjih godinu ili dve, nikad neće zaboraviti osećaj potpune otuđenosti iz 1989. godine.

Otvorila je fioku i pretražila gomilu termo-čarapa. Fioka ispod bila je puna majica. Zaboravila je na jarkoružičastu majicu sa slikom kasetofona na prednjoj strani i oklevala je pre nego što je skinula smeđi džemper, zamrsivši kosu. Navukla je majicu i pogledala se u ogledalo u obliku zvezde, okrećući se s jedne strane na drugu. Na toaletnom stočiću joj je zelena bočica nalik pivskoj flaši sa srebrnim čepom privukla pažnju, pa je otišla do nje i spustila se na stolicu koja je kliznula u stranu. Oduvala je prašinu s poklopca pre nego što ga je povukla. Pritisnula je raspršivač i osetila miris *bruta* na koži. Posle toliko vremena više je mirisao na sirće. Suze su joj navrle i obrisala ih je. Samo to što je videla bočicu vratilo ju je u bolnicu, kod tate. Strašno se bojala njegovog puta u Šefild, ali bi ga radije videla bilo gde nego tamo, priključenog na uređaje pored kreveta. Polako je odlazio, ali miris *bruta* se zadržao što je duže mogao i obavijao ju je kad on nije mogao, dok se naginjala da mu pruži poslednji zagrljaj. U danima pred odlazak za London, osećala je miris iz ove bočice iako bi je svaki put naterao na plač.

Robin ju je pomirisala još jednom i osvrnula se po sobi, nevoljna da pomeri ijednu stvar. Nije joj se činilo ispravnim posle trideset dve godine. Osećala je obavezu da sobu očuva tačno onakvom kakvom ju je ostavila – na taj način činilo se kao da je zadržala vezu sa životom koji je imala dok je tata bio tu. Otvorila je drvenu kutiju s desne strane stola. Unutra je bila gomila karmina i senki za oči. Uzela je belu s vrha i zagledala se u ogledalo, a zatim otvorila plastični poklopac i nanela crtu preko nosa. Da bi upotpunila izgled, otišla je do ormana i potražila kaput u stilu *Adama Anta*. Robin je stigla do polovine gomile džempera i jakni kad je osetila potrebu da razgovara s Tarom. Je li još na severu Engleske? Šta li sad radi? Robin je uzela telefon i otvorila *Fejsbuk*. Pre nego što je potražila Taru, proverila je da li joj je Amber poslala poruku, ali nije čak ni pročitala prethodne dve koje je Robin njoj poslala. Zatim je unela Tarino ime u polje za pretragu. Pojavile su se dve Tare Denkvorts. Prešla je prstom preko fotografije žene s poznatom plavom kosom, i ne proverivši drugi nalog. Da ih okolnosti nisu razdvojile... I dalje je živela u Mančesteru, ali je ostale lične podatke sačuvala za sebe. Robin se naslonila na zid i oklevala pre nego što je pritisnula ikonicu – *dodaj za prijatelja*. Trebalo je da je potraži pre mnogo godina. Bilo je čudno pomisliti kako je Tara sve ovo vreme bila samo klik udaljena od nje. Ipak, kad je konačno bila spremna da uspostavi vezu, Robin nije mogla da odagna zabrinutost kako Tara možda ne želi da je vidi. Ne nakon načina na koji je Robin završila priču. Ali ovde, u staroj sobi, među uspomenama... rizik odbijanja bio je vredan pokušaja.

Zdravo Tara! Kako si ovih dana? Znam da je prošlo dosta vremena. Ja sam nekoliko nedelja u Stoundejlu, bilo bi sjajno da se vidimo.

Koji je najbolji način da završi poruku?

S ljubavlju, Robin x

Zapisala je broj telefona u dnu i osetila nalet uzbuđenja kad je pritisnula *pošalji*. U tom trenutku, zvono na vratima se oglasilo jasno i glasno, čak i ovde gore, baš kao i uvek. Fej ne sme pokušavati da ustane. Robin je isključila grejalicu i svetlo, pa zatvorila vrata za sobom, osećajući se upola mlađe dok se spuštala niz merdevine.

– Ja ću otvoriti vrata – doviknula je i pogledala na sat, prekorevajući sebe. Već je trebalo da skuva za Fej još jedan čaj i proveri je li joj potreban toalet. Huver je lajao, pa ga je poslala u dnevnu sobu. Hladan dašak vazduha zapljusnuo ju je kad je otvorila ulazna vrata i prepoznala devojku iz njenih školskih dana, sad odraslu ženu, koja je stajala u mraku u kabanici.

– Samo sam došla da pokupim *Avonov* katalog – rekla je žena i nagnula se napred, zabuljivši se u nju. – Robin Vilson?

– Eh, zdravo. Da. Mama mi se povredila. Ostaću ovde dok se ne oporavi.

– Oh, jadna žena. Nadam se da ne trpi bol. – Nakrivila je glavu. – Nisi se nimalo promenila.

Robin je stegla kvaku. U svom smeđem džemperu i s ravnom plavom bob frizurom, obe su znale da ništa nije kao nekad. Pokušala je da se seti ženinog imena.

– Ni ti – odvratila je uljudno. To je skoro bila istina, i dalje je bila sitna, i mada je prihvatila sedu kosu, izgledala je moderno sa slojevitom frizurom.

– Mora da ti je čudno što si opet ovde. – Osmeh joj je nakratko preleteo preko lica. – Jesi li posetila knjižaru?

Treća osoba koja spominje to mesto? – Ne, još nisam – rekla je Robin veselo i tutnula joj katalog pored ulaznih vrata u ruke. Žena se pozdravila i bacila pogled preko ramena pre nego što je izvadila telefon. Robin je čvrsto zatvorila vrata i Huver je potrčao ka njoj dok je ulazila u dnevnu sobu.

– To je bilo iznenađenje. Žena iz *Avona*...

– Stejsi Evans.

A da, tako se zvala. Fej je nastavila da gleda televiziju. Robin se pitala kakva li još iznenađenja Stoundejl krije za nju.

– Dobro, šta kažeš da skuvam još jedan čaj, pa ću staviti veš na pranje?

Fej je utišala televizor i pogledala Robin. Sedela je uspravno, a oči su joj se raširile.

– Jesi li objasnila Stejsi tvoje stvari na tavanu?

Zašto bi to uradila? I zašto Fej nije mogla da skine pogled s Robininog džempera? Oborila je pogled, a zatim otrčala u hodnik i pogledala se u ogledalo na dnu stepenica. Upadljiva bela crta preko njenog nosa isticala se još više od svetle majice i raščupane kose.

E, dođavola.

Otišla je u kuhinju, skuvala čaj i ponovo se smestila u fotelju. Ispivši pola šolje, spustila ju je na stočić.

– Zašto nikad nisi ispraznila moju sobu?

Fej je stegla vilice. – Verovala sam da ćeš se vratiti, na početku.

– Čak i kad si saznala da sam dobila posao i želela da ostanem u Londonu?

Skinula je naočare i protrljala oči. – U nedeljama nakon što je tvoj tata umro a ti otišla dani su postajali sve duži, uprkos tome što sam radila dodatne sate, pa sam se trudila da budem zauzeta usredsredivši se na njegovu odeću. Razvrstala sam je i najveći deo stvari odnela u dobrotvorne svrhe, a ostatak sam spakovala i stavila na tavan.

Robin se nije iznenadila što je tako brzo spakovala njegove stvari, ne posle toga kako se ponašala na njegovoj sahrani.

– Pa zašto nisi uradila isto i s mojim stvarima?

– Već su bile gore – daleko od očiju, daleko od srca.

Naravno, bilo je to pitanje pogodnosti, a ne sete. Kad je Robin prvi put stigla u London, Fej je nekoliko puta pozvala strica Ralfa, ali Robin je odbijala da razgovara s njom. Fej je pripretila da će doći i vratiti je – a Robin da će opet pobeći. Onda su pozivi prestali i Fej nikada nije pisala. Robin bi povremeno čula strica kako tiho razgovara telefonom, govoreći nekome da je ona dobro. Od Fej nije bilo ni traga ni glasa sve do prvog Božića nakon što je pobegla. Rekla joj je kako je vreme da prestanu s glupostima i da se vrati kući, ali dotad je Robin već imala posao u otmenoj prodavnici odeće, novac u džepu i nekoliko novih prijatelja. Stric Ralf je prestao da je ohrabruje da ide u šesti razred i rekao joj za oglas za posao koji je video u izlogu butika. Vlasnica ju je zaposlila da dopunjava police, rekavši da ima oko za modu, iako je zahtevala da se Robin oblači samo u zagasite boje kako bi se uklopila sa odećom kakvu je prodavala. Polako, njena odeća u stilu *novog romantizma* potisnuta je u pozadinu ormana. Počela je da gradi novi život kako bi popunila prazninu zbog gubitka oca, koju majka nije mogla da ispuni.

Huver je zevnuo i skočio s Fejinih tamnoplavih pantalona. Protegao se ispred vatre, na stomaku, kockaste glave ugneždene između šapa.

– Iznenadilo me je kad sam videla da si nabavila psa. Koliko već imaš Huvera?

Fej je stavila naočare i ljutito je pogledala. – Šta je ovo, kviz *Dvadeset pitanja*?

– Ne, Fej. Zove se razgovor.

– Nema potrebe da budeš drska. I zašto te to uopšte zanima? Već smo utvrdile da si ovde samo kako bi udovoljila Ralfu. Nisam čula ni reč od tebe otkako sam bila u poseti da vidim Amber.

– Da, pa, mogla si i ti da pozoveš. – Robin je odnela šolje u kuhinju i oprala ih, pa se vratila.

– Huver je pripadao gospođi Tejlor iz susedne kuće.

– Molim? – Robin je ponovo sela. – Mislila sam da se vas dve ne slažete.

– Jer je život prestao da se kreće napred bez tebe u njemu?

Povređena, Robin je uzela novine.

– U pravu si, Robin, nije da se nešto promenilo otkad si otišla. – Fej je posegnula za novinama. – Sve se promenilo.

Robin je ustala da joj ih preda i izađe iz sobe kad je Fej ponovo progovorila.

– Nikad nismo bile najbolje prijateljice, ali smo pronašle zajednički jezik. S vremena na vreme, Šila bi svratila s najnovijim kolačem. Povremeno bih joj dala buket cveća iz bašte. Ali pre tri godine je posustala. Alchajmer ju je savladao. Dom za stare nije primao kućne ljubimce, a njena deca ga nisu želela. Saznala sam da će Huver otići u azil za pse. Ionako sam ga šetala, pa je imalo smisla da ga preuzmem. – Skinula je poklopac s penkala. – Nije bilo potrebno mnogo prilagođavanja, a mrzi vodu, tako da je ribnjak mogao da ostane kakav jeste.

Ko je *zapravo* ova predusretljiva osoba? I da li je Fej zaista pokušavala da joj izađe u susret pričajući sve ovo? Robin to nije očekivala.

Kasnije te večeri, dok je Fej dremala u stolici, Robin je izvadila telefon jer je imala sve jaču potrebu da razgovara s Tarom. Je li joj majka još živa? Da li je u kontaktu s nekim iz škole? Nekad su znale sve jedna o drugoj i osmehnula se prisećajući se sumanutih tinejdžerskih razgovora o kremama za depilaciju i tamponima. Robin je tokom popodneva nekoliko puta proverila *Fejsbuk*. Tara je s vremena na vreme bila na mreži, a poruka je bila označena kao da ju je videla. U stvari, zelena tačka koja je pokazivala da je trenutno na mreži ponovo se pojavila, ali još nije odgovorila. Robin je prelistavala novosti na *Fejsbuku*, ne čitajući nijednu objavu. Šta ako joj Tara nikad ne odgovori?

Ni Amber joj nije odgovarala na poruke, pa ju je Robin ponovo pozvala, spomenuvši da je razgovarala sa univerzitetskom službom, ali su izričito rekli kako moraju da razgovaraju sa Amber.

– Mama! Rekla sam ti da ću to sama srediti. Nisi mogla da izdržiš, zar ne? To je kao onaj put kad si otišla kod mog profesora matematike iz srednje škole, a da mi nisi rekla. Rekla si mu da mi je potrebno više vremena da pripremim završni ispit i tražila da ga pomeri. To je bilo takvo poniženje – rekla je i prekinula vezu.

9.

Robin se trgla iz sna. Rep ju je pljesnuo po licu, dok je neprijatan miris dopirao iz tog pravca. Huver se naglo okrenuo, omirisao vazduh i pogledao Robin s prezirom, povlačeći se unazad. Proveo je noć u Fejinoj sobi i obično bi tamo ostajao dok se ona ne probudi. Šapom je grebao po pokrivačima, a Robin je, bosa, požurila u sobu prekoputa, s psom za petama. Fej je još spavala i zadovoljno hrkala.

Napolju je bilo maglovito i vlažno, što i nije bilo povoljno za sutrašnju Noć lomača. Robin je sedela za kuhinjskim stolom, laktovima oslonjena na površinu, dok je voda u čajniku ključala, i prelistavala Fejinu staru, rukom ispisanu knjigu recepata, tražeći nadahnuće. Blanš je zvala posle ručka na kafu. Tajno je uživala u zasitnim, teškim jelima kakva je njena majka volela, a koja je Robin smatrala previše nezdravim da ih kuva za muža i ćerku. Kad je sa šesnaest godina otišla od kuće, kuvala je za strica i pravila sebi užinu za posao. Nakon potpunog rusvaja posle bega u London, bilo joj je potrebno nešto postojano za šta bi se uhvatila, i zaključila je da su red, uhodanost i disciplina bili odgovor, a to se odnosilo i na hranu.

Sinoć je pozvala strica i potrudila se da zvuči veselo, srećna što ne razgovaraju uživo jer je uvek umeo da prozre kad se pretvara.

U dva sata je Robin ugledala Blanš napolju, kako se polako kreće s hodalicom, i izašla je da je dočeka. Dok su se ona i Fej smestile za sto u trpezariji, Robin im je pripremila osveženje. Huver je ležao u dnevnoj sobi sa svojom zbirkom igračaka smeštenim u uglu iza televizora, uključujući mekanu plišanu patku, uže i plastičnu kost za žvakanje. Osetila je žalac ljubomore prvi put kad je primetila igračke. Fej je oduvek bila stroga kad se radilo o njenim stvarima koje je morala da drži na spratu, čak i kad je bila mala. Možda je i bolje što nikad nije imala brata ili sestru, ako je bila u stanju da psa vidi kao suparnika.

– E, da si mi živa i zdrava, grlo mi je suvo kao papir – rekla je Blanš dok joj je Robin pružala šolju. – Doktor mi daje nove tablete.

– Moj stric ima isti problem s lekovima za pritisak. Kune se u bombone za grlo. Ako želiš, mogu da ti ih kupim.

– Dobra si ti devojka! – odvratila je Blanš, a usne s crvenim ružem razvukla je u širok osmeh.

Robin je donela Fejin stari srebrni stalak za čaj i postavila pogačice koje je tog jutra ispekla, zahvalna što ima čime da se zanima. Fej bi ga koristila kad dolazi neko važan, poput vikara pred tatinu sahranu. Tog dana je obukla najbolju nedeljnu haljinu i postavila sto pun sendviča i domaćeg voćnog kolača, kao i njen omiljeni batenberg, dok je Robin jedva mogla pravilno da obuče majicu ili naspe pahuljice u činiju, a da ne napravi rusvaj.

– Lep ti je sako – rekla je Blanš. – Imala sam jedan u istoj nijansi tirkizne boje. Moj Denis, bog da mu dušu prosti, govorio je da izgledam kao princeza Dajana.

– Ta boja je promena za mene – odvratila je Robin, osećajući kako joj uši bride. Visio je u njenom starom ormanu, a zlatni dugmići su joj privukli pažnju. Obično ga je nosila kad ide u kupovinu s Tarom, uz farmerke s visokim strukom i crni šešir, što je bio potpuno drugačiji izgled u odnosu na Amberine pocepane farmerke i vunenu kapu. Nije mogla da odoli da ne isproba sako uz lepršavu belu bluzu koja joj je bolje pristajala uz kovrdže. Možda sutra neće ispravljati kosu.

– Dobro, ostaviću vas da uživate.

– Zar nam se nećeš pridružiti? – upitala je Blanš.

Pre nego što je stigla da razmisli, Fej joj je rekla da donese još jedan tanjir. Na zvuk noža, Huver je odmah dotrčao. Kratak rep mu je veselo mlatarao, seo je kod Fejinih nogu, nakrivljene glave, očekujući nešto.

– Ne – rekla je Fej oštro.

Udaljio se i spustio pored televizora.

– Dobar dečko – dodala je Fej.

Okrenuo joj je leđa. Robin se nasmejala, a kad je Fej uhvatila njen pogled, osmeh joj je načas preleteo preko lica. Robin je skrenula pogled, nesigurna kako da odgovori. Blanš ju je pitala za posao u Londonu. Robin je pričala o karijeri u marketingu, ne spominjući da je dobila otkaz. Blanš se namrštila kad se sagnula da počeše nogu, a Fej se pridružila Robin u kuhinji dok je ponovo stavljala vodu da proključa. Fej je napunila tanjir škotskim biskvitima, krećući se lakše, i polako su se nazirali tragovi oporavka. Izvadila je i termofor s ružičastim plišanim pokrivačem iz ormarića.

– Ovo će pomoći Blanš s bolovima u zglobovima.

Kad su ponovo sele, Robin je nekoliko puta pogledala u telefon, nadajući se da će joj Amber javiti kako se razvija situacija.

– Čekaš da te neko pozove? – upitala je Blanš sa osmehom.

– Robin? – opomenula ju je Fej oštro.

Robin je podigla pogled. – Molim?

Blanš se nagnula napred. – Jel' sve u redu?

– Da, da, nije ništa.

– Hajde, devojko, kaži šta se zbiva – rekla je Blanš. – Možda možemo da ti pomognemo.

Robin je uzdahnula. – Reč je o mojoj ćerki, Amber. Studentski smeštaj joj je poplavljen. – Onda im je ispričala sve do tančina.

– Takve poteškoće se uvek reše na ovaj ili onaj način – rekla je Fej.

– To joj sad i nije od bogzna kakve pomoći – promrmljala je Robin. – Prvi put je daleko od kuće. Mora da se oseća usamljeno i očajno, daleko od prijatelja, a nosi toliku odgovornost. A kad sam proverila hotel na internetu, gosti su pominjali prljave tepihe i napukle daske na klozetskim šoljama.

– Možeš li da pozoveš studentsku službu? – upitala je Blanš.

– Već jesam, ali nisu hteli ništa da mi kažu. Amber se to nije dopalo i jasno mi je stavila do znanja kako ne želi da se mešam.

– I s pravom. Ja sam u njenim godinama već radila i sama se izdržavala – rekla je Fej.

– I ja isto, ali samo zato što sam imala teško detinjstvo ne znači da ne želim da olakšam svojoj ćerki.

Blanš je načas razmislila. – Postoji očigledno rešenje koje vam je pred očima. – Oči su joj se zacaklile dok je stezala natečene šake. – Mlada Amber bi mogla da se doseli ovamo.

Robin je spustila šolju, a Fej je prestala da žvaće.

– Ovde, u Parejd rou? – upitala je Robin.

– Imaš bolji predlog?

– Nema šanse da bi zamenila studentski život za Stoundejl.

– Zašto da ne? Besplatan smeštaj, tvoja kuhinja, i ovaj mališa... – Klimnula je glavom prema Huveru. – Do Mančestera je kratka vožnja. Samo pomisli, Fej, imala bi dve osobe da se brinu o tebi.

Fejin izraz lica nije se promenio. Uvek je bila takva, čak i kad bi se naljutila na Robin jer nije pojela sve iz tanjira ili što je ostala budna do kasno, njen glas bi odavao ljutnju, ali lice nikad.

– Jedna osoba koja nepotrebno diže frku je više nego dovoljno, hvala – odgovorila je naposletku. – Ali pretpostavljam da bi to moglo da bude praktično rešenje.

Je li zaista ozbiljna? Robin gotovo da nije pričala sa Amber o svom detinjstvu. Fej bi joj bila potpuna tuđinka. Amber bi povremeno pitala zašto ne mogu da posete baku. Robin bi na to jednostavno odvratila da su okolnosti prilično složene. Kad je Amber sazrela, Robin joj je ispričala o svađi nakon očeve sahrane i dodala da se nikad nisu slagale. Uglavnom je pričala Amber o svom tati, o njegovim hobijima i poslu građevinskog inženjera. Ipak, nikad nije mogla da kaže ništa loše o Fej jer joj je tihi glasić u glavi govorio da to ne čini.

Ipak, nije mogla da izloži Amber Fejinoj okrutnosti. Šta ako bi zanovetala unuci? Mada, Robin bi bila tu da to zaustavi, a ovde je barem sve čisto...

Njih tri, zajedno? Robin se predugo igrala srećne porodice s Todom i nikad to ne bi ponovila. Međutim, pomisao na to da joj ćerka dođe sutra, da vidi je li dobro, da joj pravi omiljena jela i sluša priče o novim prijateljima...

– Šta bi ti škodilo da joj to predložiš? – rekla je Blanš i zagrizla škotski biskvit.

Robin Vilson,
Parejd rou 16,
Stoundejl,
Širi Mančester
avgust 1985.

Draga Debi,
MRZIM SVOJE DLAKAVE NOGE.
Otkako sam prošle godine krenula u srednju školu, dlačice na nogama su mi postale stvarno tamne. Mrzim ih. Fizičko je najgori deo nedelje, sigurna sam da ceo razred gleda u mene. Tajno sam probala tatin brijač, ali sam se posekla i raskrvarila noge. Mojoj najboljoj drugarici se skoro i ne vide, ali kaže da njena mama koristi kremu za depilaciju koja jako smrdi. Koji je najbolji način da ih se rešim? Razmišljam o tome da upotrebim izbeljivač iz kuhinje kako bih ih posvetlela. Muka mi je od nošenja farmerki po ovoj vrućini.
Robin, 12 godina

Devojačka scena
Ulica Gover 41,
London

Draga Robin,
Prvo, molim te da ne koristiš izbeljivač — to je veoma opasno i oštetiće ti kožu. Nisi jedina koja se tako oseća i, srećom, to je problem koji je danas lako rešiti. Krema za depilaciju zaista zaudara, ali tuširanje posle njenog korišćenja trebalo bi to da reši, ili da ti neko pokaže kako pažljivo da obriješ noge. Zašto ne pitaš mamu za praktičan savet? Sigurna sam da će ti pomoći da ovo rešiš na bezbedan način, pogotovo ako zna da zbog toga izbegavaš letnju garderobu jer ni pregrevanje nije dobro za tebe. Tako ćeš moći da uživaš u nošenju šortseva i suknji!
Sve najbolje,
Debi

10.

Kako se veliki prozor *Brinerove knjižare* pojavio u njenom vido-krugu, Robin je ubrzala korak. Nakon svih onih komentara, odluči-la je da bi trebalo da poseti knjižaru i ostavila je Blanš i Fej da dovrše pogačice. Zvonce se oglasilo čim je ušla.

– Tu sam za minut – začuo se tih glas. Iz zadnjeg dela prodavni-ce dopirali su zvuci razgovora i zveckanje posuđa iz kafea. Osećaju-ći se prijatno uz miris kafe i nered od knjiga, raskopčala je vetrov-ku i divila se muralu drveta. Čitava prodavnica bila je u zelenom prelivu. Na desnom zidu nalazile su se police s bonsai drvećem, a tavanica je bila nebeskoplava, prekrivena listovima koji su izgledali kao da lebde na povetarcu. Svaki list je nosio naslov poznate knjige, dela Džejn Ostin, Oskara Vajlda, Bila Brajsona i Dejvida Atenboro-ua. Stajala je ispred polica sa sagama, stavljajući rukavice u džepove i posmatrala rikne knjiga, povremeno primećujući i naslovnice koje su bile okrenute ka njoj, požutelih stranica i uvijenih ivica. Robin je poželela da prelista neku i vidi da li su prethodni vlasnici pravili beleške. Ponekad bi kupila polovnu knjigu preko interneta, kad je original bio rasprodat, a pre svega bi je prinela nosu, uživajući u mirisu koji ju je umirivao. Posegnula je za istorijskim romanom.

– Izvinite što ste čekali, mogu li da pomognem? Tražite li nešto posebno?

Okrenula se i suočila s bedžom na kojem je pisalo:

Džejson Braun
upravnik.

Robin je zastao dah u grlu. Uočila je crnu olovku za oči i uske farmerke, crnu jaknu s podignutom kragnom i podvrnutim rukavima, naravno. I krivudavu liniju njegovih usana, smele obrve...

To je zaista bio on, stajao je pred njom, ne mnogo drugačiji.

– Jule? To sam ja, Robin.

Zakoračio je unazad, zaustivši da nešto kaže, ali se predomislio.

– Nisam očekivala da te vidim ovde – promucala je.

– Vlasnik sam knjižare. Svakog dana sam ovde.

Zurili su jedno u drugo.

– Nisam te prepoznao – rekao je.

– Prošlo je dosta vremena – odgovorila je, osetivši trenutnu malodušnost. Gustu kestenjastu kosu i dalje je začešljavao unazad i još mu je spreda bila blago talasasta. Sede vlasi sa strane dobro su mu stajale. Tamne oči sad su mu krasile bore u uglovima.

– Kako to da si još u Stoundejlu? – upitala je.

– Zašto ne bih bio?

– Oduvek si želeo da putuješ. Pretpostavila sam da si otputovao nekud. – Nervozno se nasmešila.

Nije ništa rekao. Robin nije znala šta da radi, pa je nastavila da postavlja pitanja.

– Živiš u selu? *Čajdžinica 1960* se jedva promenila. Jesu li ti roditelji još ovde?

Jul je duboko uzdahnuo, izbegavajući da je pogleda u oči. – Čuo sam da si se vratila.

Dakle, znao je da je tu, ali se nije javio? Obrazi su joj se zarumeneli, Robin je pogledala ka sagama, mada više ništa nije videla, a zatim se okrenula prema njemu.

– Nećeš verovati, ali Fej sad ima psa, zove se Huver. Našla sam Taru na...

Oglasilo se zvonce na vratima, i žena s bebom privezanom na grudi ušla je unutra. Jul se okrenuo.

– Jule?

Otišao je iza pulta, ostavljajući je tu, bez izgovora ili pozdrava.

Izašla je iz prodavnice, a noge kao da su same znale kuda je želela da ide. Požurila je niz glavnu ulicu, a auto je zatrubio dok je prelazila put do mosta Šipvoš. Nekoliko minuta kasnije obrela se u šumi. Žirovi su joj krckali pod stopalima i prešla je preko oborenog debla koje je preprečilo uzani put. Ogoljene krošnje drveća propuštale su poslednje zrake popodnevnog sunca koji su obasjavali grupice bobica crvenog gloga. Zategla je šal dok se trošna kućica na drvetu nije ukazala pred njom, skrivena granama velikog jasena u šumi.

Još je tu.

Robin je prošla kroz blato, a crni kos je prhnuo iz gomile paprati i uz kričanje odleteo. Zaustavila se pored širokog debla jasena i zagledala se u trulo drvo. Jul i ona su tog poslednjeg proleća tu provodili brojne vikende, pre nego što joj je tata umro i pre nego što su otišli u London. Nikad nisu otkrili ko je prvobitno izgradio tu kućicu, radije su verovali da je delo vilenjaka. Prešla je rukom preko hrapave kore drveta, jedva primećujući kako prstima uništava paukove mreže. Robin je razmišljala o Julu i vremenu koje su proveli u Londonu, pa o odlasku u Hitnu pomoć bolnice *Čering kros*. Bila je glupa, tako glupa, što je pomislila da će biti srećan što je vidi. Trenutna ushićenost koju je osetila kad su im se pogledi prvi put posle toliko godina sreli isparila je, ostavljajući je praznom. Sad ima svoj život, baš kao i ona, svoj posao, a možda i suprugu, decu. Vratila se iz šume. Stolovi za izletnike i ratni spomenik još su bili tamo, levo od nje, a teren za kriket protezao se u daljinu.

Barem je nešto bilo isto.

Prešla je preko kamenog mosta koji se nadvijao nad rekom i pogledala naniže u jato ribica dok je voda blago prskala i penila. U glavi joj se pojavila slika Fej, tate i nje kako se igraju grančicama. Otišli su na most na kraju jedne od nedeljnih potraga za blagom, kad je Fej rešila anagram. Tražila je grančice i podelila ih tako da njih troje mogu da igraju omiljenu igru Vinija Pua. Izbrojali bi do tri i puštali grančice da padnu u vodenu struju s jedne strane mosta. Onda bi Fej trčala napred-nazad da vidi čija će grančica prva proći ispod mosta, plutajući na vodi. To je Robin činilo čak srećnijom nego da vidi svoju grančicu kako prva prolazi i pobeđuje.

Skoro da je pao mrak kad je Robin stigla do prodavnice, i dalje vrteći prizor iz knjižare u glavi. Umorni putnici kupovali su gotova jela i jeftina vina. Jedva da je primećivala stvari koje je ubacivala u kolica, jureći kroz prolaze jer nije želela da sretne nikog poznatog. Je li Jul bio ljut na nju? Razočaran? Nije imao pravo da bude.

Torbe s namirnicama su je udarale po nogama dok se vraćala u Parejd rou, a svetla u Blanšinoj dnevnoj sobi bila su upaljena. Ušla je u kuhinju, spustila torbe i popila čašu vode. Fej je podigla pogled s časopisa *Vord vikli* kad je Robin ušla u dnevnu sobu.

– Zašto mi nisi rekla? Trebalo je da mi kažeš da je ovde – rekla je i glas joj je zadrhtao.

– Bila si u knjižari?

Robin je klimnula glavom.

– Mislila sam da si shvatila očigledno.

– Na šta misliš?

– Na ime knjižare.

Briner. Naravno. Jul je dobio nadimak koji je njegova porodica koristila od milošte. Kad se rodio, baka mu je rekla da izgleda baš kao njen omiljeni glumac, Jul Briner iz filma *Kralj i ja*. Robin ga nikad nije upoznala kao Džejsona. Prvi put su se sreli ispred *Čajdžinice 1960*, kad im je bilo četrnaest godina. Bio je nov u selu, i zamalo se sudario s njom kad je izašao s roditeljima.

– Jule, zamalo si izbio vazduh ovoj mladoj dami – negodovao je njegov tata. Jul je povukao kačket niz lice, ali ne pre nego što je Robin primetila koliko je sladak.

Robin je prekrstila ruke. – Zar ti nije palo na pamet kako bih se zaprepastila da ga vidim bez upozorenja?

– Kao što si došla ovde nenajavljeno?

To... nije bilo isto.

– Sem toga, nikad mi nisi pričala o njemu, čak ni dok ste se zabavljali.

Robin je još čvršće prekrstila ruke. – Ali nisi ni bila zainteresovana.

– Nisam imala priliku. Pitala sam te više puta šta ti se sviđa kod njega.

– Da, jer si mislila da nije dovoljno dobar.

Fej je spustila penkalo. – To nije istina. Čula sam vas kako ćaskate na tavanu i znala sam da oboje volite knjige. Džejson je delovao kao nešto više od obične simpatije.

Robin je blago odmahnula glavom. – Pre će biti da si se brinula šta radimo tamo.

– Ponekad, ali i ti imaš tinejdžerku, sigurno to sad razumeš.

Robin se spustila u fotelju i suza joj je zasijala u uglu oka. Brzo ju je obrisala, nadajući se da Fej to nije primetila. Navikla je na distanciranost između nje i Fej, ali ne i između nje i Jula. Nekad su bez pitanja naručivali piće jedno za drugo u gradu i birali odeću jedno drugom u prodavnicama. Toliko su se dobro poznavali. Ali u knjižari, Jul je delovao kao potpuni neznanac.

– Jesi li razgovarala s njim otkad se vratio iz Londona pre toliko godina? – upitala je Robin.

– Otišla sam do njegove kuće da saznam šta se dešava. – Fej je slegnula ramenima. – Njegovi roditelji su me pozvali unutra i naterali ga da se izvini za svoj udeo u vašem bekstvu. Nije rekao bogzna šta. Roditelji su mu bili očajni.

Robin se promeškoljila, ne uspevajući da se udobno smesti. Kad je Amber krenula u prvi razred srednje škole, kinjila ju je devojka iz starijeg razreda. Robin je to saznala tek od oca jedne od ćerkinih prijateljica, a on ju je pogledao kao da ne poznaje dovoljno svoju ćerku. Zbog toga se osetila poniženo. Da li se i Fej tako osećala?

– Džejson se prošle godine ponovo vratio u Stoundejl. Klimnemo glavom jedno drugom kad nam se putevi ukrste. Ne razumem zašto si sad toliko uznemirena. Bila si mlada. Bilo je to davno.

Dakle, Jul nije živeo u selu sve ove godine. Robin se pitala gde je bio. Setila se tatine sahrane, službe u crkvi s njegovim prijateljima i saradnicima, a onda i poslednjeg oproštaja u krematorijumu, gde su bili samo ona, Fej i stric Ralf. – Nije svima lako da preseku svoja osećanja. – Uto je Huver prišao i skočio na nju. Tutnuo joj je njušku uz ruku. – A *zašto* se on zove Huver? – promrmljala je, zahvalna na skretanju misli.

– Šila je rekla kako bi uvek pokupio sve otpatke koji padnu dok ona kuva, od čega mu je nekoliko puta pozlilo dok je bio štene.

– I mi smo tatu iz istog razloga zvali *kanta za smeće* – ako bih ostavila nešto na tanjiru, on bi se nagnuo i pojeo to.

Fej je klimnula glavom. – Iako sam ga onoliko grdila zbog toga.

Na trenutak, Robin se osetila kao da su njih troje ponovo zajedno, tata namiguje dok uzima dodatak krompira, Fej glasno negoduje, iako su i ona i tata znali da je zapravo zadovoljna što se hrana ne baca. Fej je otvorila vrata ormana od bukovine. Zdravom rukom je podigla dopola punu zelenu bocu i pružila je Robin, trgnuvši se nakon što je dodirnula rebra.

– Tonik je iza ječmenog sirupa, u ormariću pored šporeta. Moraš da očvrsneš.

– Znala si za poslednji svitak. Nikad mi nisi rekla za knjižaru. Ima li još nešto što treba da znam? – upitala je Robin.

– Da, ima kockica leda u gornjoj fioci zamrzivača – odvratila je Fej, vrativši se ukrštenici.

11.

Večeras je Noć lomača, pomislila je Robin, kad se u petak ujutru probudila u gostinskoj sobi, sa čašom džin-tonika pored kreveta. Sela je i naslonila se na uzglavlje, odmah posegnuvši za telefonom. Otvorila je *Mesindžer*. U pola osam Amber verovatno još spava. Zeleni krug je svetleo pored Tarinog imena, pa je Robin odlučila da pokuša još jednom i otkucala je nekoliko reči. Odmah se uspravila kad je Tara odgovorila, pa je brzo otkucala sledeću poruku, raspitujući se kako joj je na poslu i u životu. Tara se bavila akupunkturom i reikijem u centru Mančestera i živela je s partnerom. Reči su joj zvučale ukočeno i nije mnogo otkrivala, ali Robin je rekla sebi kako poruke na *Fejsbuku* često zvuče neprirodno, zanemarujući osećaj kako Tara možda i nije toliko zainteresovana da se ponovo druže. Nekoliko koktela i sve će opet biti kao nekad.

Nadala se da će Tara biti slobodna i voljna da se nađu za vikend.

Tara: – U redu. Imaću samo sat vremena, tokom pauze za ručak. Nađimo se u pivnici *Stari Velington* u nedelju u podne. Rezervisaću sto. Vidimo se.

Zeleni krug je nestao. Robin je otišla pod tuš i upravo je poslednji put ispirala kosu kad joj je telefon zazvonio. Isključila je tuš i gotovo se okliznula, zakoračivši na pod kupatila. Dok je voda kapala po pločicama, zgrabila je telefon s police iznad umivaonika.

– Dušo, kako si? Zar nije sjajna zamisao da se preseliš ovde? Imaćeš mir i tišinu za učenje i...

– Mama. Smiri se i prestani da se zalećeš. Mislim stvarno, seti se kad si mom nastavniku na roditeljskom sastanku rekla da bih volela da učestvujem u programu Vojvode od Edinburga? Ti i ja nismo ni razgovarale o tome, a nijedna od mojih prijateljica se nije bila prijavila.

Robin se trgla. Ali to priznanje je bilo ključno za svaku prijavu na univerzitet, svi su to rekli.

Amber je uzdahnula. – Slušaj, ne dolazim u Stoundejl. Lično, ne mogu da zamislim gori predlog.

– Ali... to je savršeno rešenje. – Robin je čula nesigurnost u sopstvenom glasu, i dalje zabrinuta zbog toga kako će se Fej ophoditi prema Amber, uprkos uverenju da je to najbolja rešenje za njenu ćerku s obzirom na okolnosti.

– Misliš, savršeno za tebe da se još više mešaš u moj život nego što to već radiš.

Oh. – Molim te, nemoj tako da razgovaraš sa mnom.

– A šta tvoja mama misli? Kako se vas dve slažete? Samo što si došla tamo.

– Savršeno joj odgovara. Sve je u redu. – Robin će razgovarati s Fej. Postaviće je na svoje mesto.

– Zar ne bi bilo neugodno? – rekla je Amber odsečno. – Uopšte je ne poznajem, nikad mi nisi ni ispričala zbog čega ste se zapravo posvađale.

– Jednostavno sam nastavila dalje, to je sve. A i ona je.

– U tome si naročito dobra.

Robin je izdahnula i duboko udahnula. Nije želela da ponovo upada u istu raspravu. Ne danas.

– U svakom slučaju, svađa između mene i moje majke je naš problem, a ne tvoj.

– Već sam pod dovoljnim pritiskom i ne želim da posredujem u vašim svađama ili da hodam po jajima. U redu, moram da idem...

– Ne bi bilo tako.

Amber je zastala. – Hoćeš da kažeš kako bi zaista bila srećna da se upoznam s njom? To želiš?

Amber je sad bila potrebna sigurnost.

– Naravno.

– I obećavaš da ćeš se povući? Da ćeš me pustiti da sama sredim svoj život?

Robin se opet trgnula. – Nema potrebe da nastavljaš.

– I te kako ima. Ne želim da opet zivkaš univerzitet, kao oni *hoverkraft* roditelji o kojima pišu novine.

– Helikopter roditelji. Dobro, ljubavi, obećavam, važi?

Nakon što su se pozdravile, Robin je stajala na mestu i disala. Amber će doći sutra.

Obukla se i pomogla Fej da ustane iz kreveta, jedva primećujući njeno gunđanje da ima bolničko držanje veterinara. Robin je toliko nedostajala ćerka. Nikad nisu bile ovako dugo razdvojene, a jaz koji se u poslednje dve godine produbio između njih nije olakšao njen odlazak na fakultet. Telefonski pozivi su bili jedno, ali Robin je morala da je vidi uživo. Je li stekla dobre prijatelje? Da li se snalazi sa učenjem? Imala je toliko pitanja.

Robin je zviždukala dok je išla kroz selo, pa do prodavnice. Zaobišla je knjižaru, povukavši Huvera dalje od bandere dok su prolazili pored nje. Morala je da se usredsredi na pripreme za ćerkin dolazak. Na putu nazad, u glavi je prolazila kroz listu poslastica koje je kupila, kao što su Amberine omiljene pečene grickalice i skupi šampon koji je stalno pozajmljivala od nje, a da je ne pita. Retko ga je kupovala u zadnje vreme. Robin je iz poreskih razloga bila tiha partnerka u Todovom preduzeću, i kad je bankrotirao, oboje su izgubili i kuću i novac.

– Ovo ti je ispalo iz džepa.

Zastala je i okrenula se. Jul joj je pružao papirić. Stajao je pored kofe s vodom, s brisačem za prozore i krpom od jelenske kože u drugoj ruci. Danas je nosio braon somotski sako.

– Moj spisak za kupovinu... hvala. – Uzela je papirić. Robin je čekala da nešto kaže, nedostajala joj je ona lakoća u razgovoru koju su nekad imali. Žena s kolicima prošla je pored njih, a beba je mahala svetloružičastom cuclom.

– Mejvin kafić je prepun, a tvoj odeljak za kafu u knjižari očigledno joj nije ukrao mnogo mušterija. – Pobogu, zašto je to rekla?

Huver je zatezao povodac, pa ga je na trenutak olabavila. Proučavala je Julovo lice, njegov pogled koji je delovao prodornije zbog olovke za oči. Poželela je da ga pita je li oženjen, ima li dece, ali bi to zvučalo kao da joj je stalo. Oborio je pogled, a zatim se nasmešio Huveru, kao da potiskuje smeh, pre nego što se vratio pranju izloga. Robin je nastavila niz glavnu ulicu. Zaboravila je kako je njegov smeh nekad umeo i nju da podigne.

Godinama je potiskivala misli o njemu, ali sad se neprestano pitala kakav bi bio život s njim. Uvek su pričali o tome kako će imati najmanje četvoro dece i kako će biti roditelji koji ih vade iz škole i kreću na put u kamperu, učeći ih važnim znanjima, poput žabica i izgradnje skloništa. Osećali su se tako odraslim dok su pričali o tome, ali sad, u njegovom prisustvu, Robin se osećala kao trapava tinejdžerka koja ne ume da pronađe prave reči.

Parejd rou joj je delovao preteće, a jedan mališan je prošao pored nje, nesigurno hodajući i držeći mamu za ruku. Mahnuo je Huveru i pokazao na njega, smejući se. Kako se Robin približavala broju šesnaest, stariji par se osmehnuo psu, a muškarac je nakrivio šešir. Žena iza njih takođe je pogledala Fejinog psa i osmehnula se. Psi su očigledno bili omiljeni u Stoundejlu. Stigli su do trema i Robin je otključala vrata pre nego što se sagnula da proveri Huverove šape.

Mašući repom, Huver ju je nedužno gledao, sa svetloružičastom cuclom u ustima.

12.

Robin je ponovo pogledala na sat, pa kroz prozor. Možda voz kojim dolazi Amber kasni. Subotom ide ređe. To joj je pružilo priliku da porazgovara s Fej. Nije mogla više da odlaže i sela je u fotelju, nasuprot njoj.

– Možemo li da popričamo? O Amber. O tome kako bi trebalo da se prilagodimo dok je ovde.

– Šta je to s tvojim godištem? Samo pričate, pričate, pričate. Ponekad je bolje jednostavno pustiti da sve teče svojim tokom. Šta tu ima da se raspravlja?

– Upravo se o tome radi. – Robin je stisnula šake. – Način na koji se ophodiš prema meni. Ja... Neću dozvoliti da se tako obraćaš Amber.

Talas rumenila popeo se uz Fejin vrat. – Ne znam o čemu govoriš.

– Ozbiljna sam, Fej. Zahvalna sam ti što Amber može da se preseli ovde, ali neću oklevati da je odvedem... i odem s njom, ako joj ovde bude neprijatno.

Fej je stegla vilice.

Robin je ustala. – Pozvaću je opet.

– Pobogu, prestani da praviš frku.

To nije frka, pomislila je Robin, *to je majčinstvo*. Ponekad je Tod umeo da je optuži kako se previše brine, pogotovo u poslednjih nekoliko godina kad mu se život pretvorio u posao. To ju je nateralo da se oseti kao osamdesetih godina, kao da njeni stavovi i osećanja nisu vredni.

Fej je skidala ućebane gužvice sa džempera i zagladila suknju. Dok se oblačila, Robin je primetila kako su modrice počele da žute.

Fej se vratila rešavanju ukrštenice u *Vord vikliju*, istovremeno šalju-
ći poruke na telefonu. Primetila je kako je Robin posmatra.

– Još jedna greška. Džulijan veoma ceni što mu ukazujem na njih.

– Ko? – upitala je Robin.

– Urednik. – Protresla je časopis. – Pogrešan odgovor na šest
vodoravno.

– Šalješ mu imejl svaki put?

– Naravno. Treba da postoje standardi. Mada, ne volim imejl.
Prvi put sam poslala poruku redakciji. Džulijan mi je uzvratio po-
zivom. Očitala sam mu bukvicu, ali smo na kraju pričali o njegovoj
bašti. Dao mi je drugi broj na koji mogu da šaljem poruke ako pro-
nađem još nešto. Obično smo u kontaktu jednom mesečno. – Oči
su joj zablistale. – Poslednja greška je bila prava zagonetka. Pitanje
je bilo prvo ime prvog deteta monarha koje se razvelo. *Vord vikli* je
stavio da je to Ana, misleći na princezu Anu, a Džulijan je rekao
da je to tačan odgovor jer ona nikad nije bila monarh. Ali to nije
logično, odgovor je Henri VIII jer, iako je vladao, on je bio i dete
monarha.

– Koliko to dugo traje? – pitala je Robin, pokušavajući da rastu-
mači zagonetku Ane i Henrija.

Slegnula je ramenima. – Oko pet godina, čini mi se. Uvek je
veoma zahvalan. Kaže da sam mu jedan od najpažljivijih čitalaca.
Pitao je da li potičem iz porodice koja voli ukrštenice, pa sam mu
objasnila da živim sama. Lepo je što sam, otkako sam u penziji,
ponovo nekome korisna. Redakcija mi šalje božićnu čestitku i be-
splatno izdanje svakog decembra.

Uto se začulo zvono na vratima. Huver je zalajao, a Fej ga je po-
zvala da se vrati nazad kad je jurnuo ka hodniku. Robin se pomu-
čila s bravom, i dalje razmišljajući o Fej i načinu na koji je pričala o
uredniku, kao da joj je prijatelj. Naglo je otvorila vrata.

Amber. Njena dušica, Amber.

U ušima je imala slušalice, a na leđima je nosila veliki ranac,
verovatno pozajmljen od prijatelja. Držala je ručku velikog kofera.
Kosa joj je porasla bar centimetar, osim šiški koje su delovale po-
malo neuredno, a farmerke su joj bile šire nego pre. Imala je tamne
podočnjake. Zdravi, domaći obroci, to je ono što joj treba.

– Tako mi je drago što te vidim. – Robin je krenula napred da je zagrli. Amber nije uzvratila. Nije to radila otkako su se ona i Tod razveli, ali nije važno, tu je, bezbedna je, čak i ako stoji ukočena kao daska. Robin je to shvatala, nakon načina na koji se njen brak sa Amberinim ocem okončao. – Daj da ti uzmem kofer.

– Opusti se, mama, mogu sama. – Pogledala je Robin u grudi. – Kakav ti je to džemper? Nikad ne nosiš crveno? I retro naramenice iz osamdesetih? Je li nov?

– Imam ga već izvesno vreme.

Amber je slegnula ramenima i koraknula preko praga, pa uvukla kofer u kuću. Bacila je ranac na tepih i skinula slušalice, ubacivši ih u kaput od veštačkog krzna, boje kože.

– Izuj te čizme. Očistiću ih kasnije.

– Ne, hvala – rekla je napeto, dok ih je skidala.

Robin se osmehnula i taman je htela da se povuče kad je primetila ćerkino desno uvo.

– Šta je to? Napravila si *još jedan* pirsing?

– I? – Amber je prekrstila ruke i prkosno je gledala.

– Gde si to uradila? Jesu li ti to dobro dezinfikovali pre...

– Ne, naravno da sam to uradila sama zihernadlom. – Prevrnula je očima i krenula ponovo da obuva čizmu. – Znala sam da je ovo greška.

– Samo me je iznenadilo, to je sve. Nema potrebe da budeš takva. – *Izbroj do dvadeset, Robin.* Pokazala joj je ka vratima dnevne sobe i Amber je prošla pored nje i ušla. Huver je dotrčao i onjušio joj noge. Amber je stajala neodlučno, a onda se naglo uputila ka Fej, pružajući ruku ka zglobu koji nije bio u zavoju. Robin je uputila Fej pogled pun nade.

– Drago mi je što smo se upoznale. Kako se osećaš posle pada?

Rukovale su se. – Oporavljam se, hvala. Neće te ostaviti na miru dok se ne pozdraviš kako treba.

Robin ih je obe posmatrala. Nikad nije ni pomislila da će jednog dana biti zajedno.

Amber je oklevala, a zatim se spustila na kolena.

– Kako se zove?

– Huver – odvratila je Fej.

Pas se okrenuo na leđa i uputio Amber štenpći pogled. Uzela je konopac igračku i igrala se s njim povuci-potegni, mašući rukom levo-desno. – Hvala ti što si mi ponudila da ostanem. Nisam htela da Džordži još više otežam.

Robin je posmatrala Fej koja nije mogla da skine pogled sa unuke.

– Poznaješ li Džordžija dugo? – upitala je Robin. – Lepo ime.

– Pobogu, mama, Džordži je samo prijatelj, a i to slabo, a ime je Džordžina, ako već moraš da znaš.

– Zašto ne pokažeš Amber gostinsku sobu, Robin, pa ćemo onda ručati? – ubacila se Fej.

– Zvuči odlično. Nisam doručkovala, a nisam ni kafu stigla da popijem na stanici.

– Ali doručak je najvažniji obrok u toku dana – rekla je Robin.

Amber je prevrnula očima i okrenula se ka Fej. – Biće lepo konačno se protegnuti u pravom krevetu. Danas je trebalo da se preselim u hotel. Nisam baš imala mnogo izbora – pod kod Džordži ili krevet koji verovatno ima buve i polomljene opruge.

– Ne bih se previše pružala, mogla bi da muneš majku.

– Delimo bračni krevet u gostinskoj sobi – reče Robin veselo, istog časa shvativši kako se zavaravala da to neće biti važno, nadajući se da će još neko vreme zadržati staru sobu u potkrovlju onakvu kakva je.

Amber je ispustila konopac. – To mi nisi spomenula.

– Krevet je veliki, a ja skoro uopšte ne provodim vreme u toj sobi tokom dana.

– Ali ponekad učim do kasno ili buljim u telefon ako ne mogu da spavam.

Fej je odmahnula rukom. – Ni ja ne volim iznenađenja.

Robin je odnela ranac na sprat dok je Amber dovukla kofer i izvadila laptop pre nego što je legla na krevet, na stomak.

– Trebalo je da znam kako ćeš me prevariti kad pomislim da je boravak ovde rešenje, pustila si me da mislim kako postoji treća spavaća soba – rekla je.

– Pa... nikad nisam rekla da ćeš imati svoju spavaću sobu. – Robin nije spomenula Amber sobu u potkrovlju. Nije bila spremna da je deli ni sa kim, čak ni sa ćerkom.

– Ovo je poslednja kap – ljutito je rekla Amber.

– Šta hoćeš da kažeš?

– Ima li interneta? Mogu li da dobijem šifru? Moram nekome da pošaljem imejl – rekla je, prenebregavajući pitanje. Naglim pokretom je podigla poklopac, očiju uprtih u ekran.

Robin Vilson,
Parejd rou 16,
Stoundejl,
Širi Mančester
novembar 1985.

Draga Debi,
PLAŠIM SE STARENJA.
U septembru je umro brat moje komšinice, Blanš,
i otad više nije ista. Ponekad posle škole odem
kod nje da pečemo kolače, ali sad samo izgleda
tužno i jedva da progovori kad joj dođem u posetu.
Znam da je detinjasto, ali plašim se što ću
ostariti i izgubiti ljude do kojih mi je stalo,
i da ću se suočiti sa svim mukama koje odrasli
imaju. Šta ako nikad ne upoznam nekog ili se ra-
zvedem, ili se posvađam s prijateljicama? Šta ako
nikad ne budem zarađivala mnogo novca? Ne želim
stalno da brinem o budućnosti. Šta mogu da uradim
povodom toga?
Robin, 13 godina

Devojačka scena
Ulica Gover 41,
London

Draga Robin,
Bravo, skoro si sama odgovorila na pitanje!
Nema smisla brinuti o budućnosti jer ne možeš
upravljati njom.
Kad si krenula u osnovnu školu, kladim se da
ti je srednja škola izgledala zastrašujuće, ali
sad si tu, nosiš se s novim izazovima i nije tako
strašno, zar ne? Tako izgleda starenje za svakoga.
I uopšte nije tako loše! Stičeš samopouzdanje i uz
nezavisnost možda jednog dana putuješ ili prona-
đeš zanimljiv posao, ili imaš svoju porodicu. Pred
tobom je mnogo uzbudljivih dešavanja. A život ima
čudan način da te jednostavno natera da se nosiš
s problemima kad se pojave.
Prirodno je da tvoja komšinica neko vreme neće
biti ona stara. Sad joj je najviše potrebno društvo
i mnogo razumevanja. Zašto sledeći put ne ispečeš
kolač pre nego što odeš kod nje? Možeš samo mirno
da sediš i čitaš kod nje ili da gledate neki tele-
vizijski program koji voli. Sigurna sam da bi joj
to mnogo značilo.
Sve najbolje,
Debi

13.

Posle trenutka oklevanja, Robin je povukla škripave merdevine i popela se u potkrovlje. Bila je zaštitnički nastrojena prema svojoj tinejdžerskoj sobi i uspomenama s kojima još nije imala vremena da se ponovo upozna. Ipak, možda bi bilo zabavno posmatrati Amberino lice kad ugleda nekadašnju modu i stvarčice. Robin je pružila ruku da joj pomogne, ali Amber je zanemarila taj potez i sama se popela s poslednje prečke.

– Pazi, dušo.

Usledio je glasan uzdah. Robin ju je povela ka zidu s leve strane i delu koji je izgledao malo drugačije. Lagano je pritisnula i držala vrata otvorena dok je Amber ulazila. Ćerka je zastala i Robin je morala da se provuče pored nje kako bi ušla unutra.

– Oh. Bože. Dragi.

– Znam.

– Nije se promenilo otkad si poslednji put živela ovde? – Oponašala je zvuk praska. – Bukvalno da ti pamet stane. – Sela je na krevet i odskočila nekoliko puta. – Šare na prekrivaču su zaslepljujuće. – Amber je ustala i oprezno otvorila vrata ormana, a onda tiho zviznula. – Kao da sam u radnji sa starinskim stvarima. – Pažljivo je izvadila suknju na tačkice i prislonila je uz noge. – Zaista si izlazila u ovome?

– Uz helanke boje limete. – Robin je otišla do ormarića na kraju kreveta, izvukla gornju fioku i ispreturala je. Par mrežastih čarapa pao je na pod zajedno sa zlatnim korsetom. Amber se brzo sagnula i podigla ih.

– Opa! Jesi li ti to prolazila kroz fazu oponašanja Madone?

Robin je volela rupice na ćerkinim obrazima. Dugo ih nije videla.

– Korseti su bili popularni sa suknjama ili pantalonama. Tara, moja najbolja drugarica, i ja smo ih nosile kad smo izlazile u klubove. Trebalo je da nas čuješ kako glasno pevamo u zadnjem delu autobusa, sa svima ostalima, na putu ka gradu.

– Ali otišla si odavde sa šesnaest godina, bila si premlada za ulazak u klubove, zar ne? Danas moraš da imaš osamnaest i važeći dokument.

Robin je objasnila da u to vreme nisu obavljali provere, a sa šminkom su izgledale starije i uvek su prolazile pored obezbeđenja. Tati je to bilo skroz u redu, a čak se ni Fej nije bunila, jednostavno je tako bilo. Tara i ona su slavile rođendan u septembru, tako da su imale nekoliko meseci za izlaske pre nego što je otišla. Amber ju je konačno pogledala u oči i pomenula klubove koje je ona posećivala. Robin nikad nije čula ni za jedan od njih. Osetila je leptiriće u stomaku dok je pričala Amber o *Pikadiliju 21*, nasuprot parku Pikadili gardens. Bio je to raskošan klub, sve je bilo prekriveno zlatnim listićima i smatrali su ga veoma otmenim. Pila bi američki liker od *sautern komfort* viskija, a odeća i kosa bi joj sutradan smrdele na cigarete, iako ni ona ni Tara nisu pušile. Plesale bi u podrumu oko svojih tašnica spuštenih na pod.

– Jedna devojka iz škole uvek je nosila ogromnu torbu s bežičnim uvijačem za kosu, za hitne slučajeve.

– To je urnebesno. Ja nosim samo telefon, u čijoj futroli držim i kartice. Ne nosim ni šminku, ni četku.

– U ono vreme devojke su nosile trajne, uvijene, raščupane frizure.

– Pretpostavljam da si ti onda imala sreće, pošto ti je kosa prirodno kovrdžava.

Robin je prstima prošla kroz kosu. Nikad o tome nije tako razmišljala.

Amber se vratila do ormana, s vremena na vreme vadeći poneki komad odeće, poput majice s natpisom – *Odaberi život Vem!* To je Robin vratilo u vreme kad je Amber bila mala i nije znala šta će pre da dohvati lopaticom od raznih gumenih slatkiša u bioskopu. Jedva je mogla da se usredsredi dok je razmišljala o poslednjoj potrazi za blagom koju je vratila na mesto, i o tragovima koje je tata želeo da ona i Fej reše.

– Vidi ti tu bajkersku jaknu – rekla je Amber i skinula je s vešalice.

Robin je molila Fej i tatu da joj je kupe za petnaesti rođendan. Amber je stajala ispred ogledala na toaletnom stočiću, pokušavajući da vidi jaknu s leđa, i savršeno joj je pristajala.

– Ovo je baš kul – promrmljala je Amber.

Njene reči su delovale utešno poput parčeta čizkejka, poput toplog ćebeta, poput zagrljaja koji nije htela da pruži Robin.

Pogledala je naniže ka hrpi časopisa. Napola ispražnjena tuba kreme za bubuljice ležala je pored njih. – Kako je moguće da je ovo koštalo samo četrdeset sedam penija? Znam da si matora, ali ovo je smešno.

Ponovo su se pojavile te rupice. Robin nije mogla da se seti kad joj je ćerka poslednji put rekla ovako nešto u šali. Amber je sela na stolicu i podvila noge ispod sebe, baš kao što je Robin nekad sedela, prelistavajući nekoliko časopisa dok nije završila na stranici s problemima u časopisu *Devojačka scena*.

– Draga Debi, moja najbolja drugarica kaže da se menstruacija može zaustaviti ako želiš da ideš na plivanje. Je li to tačno jer ne razumem kako to da uradim? – Položila je ruku na srce. – Ovo je neprocenjivo. Hvala bogu što danas imamo internet.

– Mnogo godina kasnije pročitala sam članak o tom časopisu. Urednici su bili vrlo ponosni što su na svako pismo koje nije objavljeno slali lični odgovor. Sumnjam da se to danas dešava.

Amber je slegnula ramenima. – Pitam se zbog čega jednostavno nije pitala mamu.

– Nisu sve majke i ćerke imale takav odnos – rekla je Robin ravnim glasom. – Ja... Ja sam često pisala stranici „Draga Debi". Fej i ja nismo pričale o... ličnim stvarima, a znala sam da će me Debi saslušati, da me neće ismevati.

Amber se okrenula prema njoj. – A kad si prvi put dobila menstruaciju?

– Sakrila sam uprljane čaršave kad je krenula i stavila toalet-papir u gaćice, ali Fej mi je usisavala sobu i pregledala veš. – U to vreme Robin ju je još zvala mama. Svesno je prestala nakon tatine sahrane, ljuta i ogorčena, želeći da stvori jaz između njih pre nego što se preselila u London. – Još sam spavala u drugoj sobi dole, gde sam sad. Pronašla je čaršave ispod mog kreveta. Kad sam se vratila iz škole, ostavila je paket uložaka na mom jastuku.

– Nije ništa rekla?

– Ne. Pričala sam s Tarinom mamom o tome.

Na trenutak su zaćutale.

– Ova soba, tako je šarena, tako... puna života.

Robin je pogledala oko sebe. Da, uvek je bila drugačija od zagasitih boja koje je Fej nosila.

Amber je oborila pogled i skinula jaknu. – Zašto ti ne obučeš ovo? – Pružila joj je, izbegavajući Robinin pogled.

Robin je obukla jaknu, otišla do ormana i počela da pretura po dnu, trudeći se da ne obraća pažnju na svitak na vrhu kutije. Na kraju je izronila držeći polucilindar. Obrisala je prašinu i stavila ga.

– Ide ti uz kovrdžavu kosu. Ništa od ovoga *uopšte* ne liči na tebe.

Robin je osetila bol za devojkom koja je nekad bila, srećnom da sklopi oči, nosi vokmen i haljinu s kratkim rukavima i pleše ispod krovnog prozora kao da joj je nebo publika.

– Bolje da se vratimo kod Fej, prošlo je dvadeset minuta – rekla je Robin, pogledavši na sat. – Pitaće se šta smo radile.

– Da, baš, kao što je bila radoznala poslednjih dvadeset godina.

Robin je duboko udahnula. – Znam.

– Jel' te pitala o tvom starom poslu, o tati... o meni? O bilo čemu?

– Ponešto. Skoro ništa.

– Baš čudno. Uvek si bila sasvim suprotna kao mama, želela si da znaš svaku pojedinost o meni. Moje školske drugarice su uvek mislile da je smešno što si me podsećala kad mi je vreme za menstruaciju.

Zaista? Robin se užurbala, skidajući šešir i bajkersku jaknu i vraćajući ih na mesto.

– Mogu li ponovo da se popnem kasnije, da još malo razgledam?

Robin je dodirnula zid iza sebe.

Amber je stisnula usne. – Neću njuškati, ako te to brine.

– Još se navikavam na to da su sve moje stare stvari ovde.

Zatvorila je vrata ormana i krenule su prema merdevinama koje vode u potkrovlje. – Zašto ne bismo ponovo došle zajedno, nakon što nešto pojedemo? – rekla je spuštajući se niz merdevine, skaku- ćući na poslednjih nekoliko stepenika kao što je to radila kad je bila tinejdžerka. Pomerila se u stranu i Amber je izašla na odmorište.

– Ma ne – rekla je kao da joj je to dosadno, a čarolije je nestalo čim je ušla u gostinsku sobu. – Sići ću za minut, moram da napišem taj imejl.

Robin je ostala na odmorištu i posmatrala je kako leži na kreve- tu i kucka na laptopu. Nedostajao joj je taj odlučni izraz, način na koji bi joj se usna iskrivila dok se trudi da se usredsredi. Robin je taman htela da ode kad je čula kako Amber glasno šmrca. Požurila je u sobu, a Amber je brzo sklopila laptop i obrisala oči rukom dok je sedala.

– Dušo, šta se dešava?

– Ne tiče te se.

Robin joj je protrljala ramena, ali Amber se povukla. – Želim da budem sama nekoliko minuta.

– U redu... ako si sigurna... – odvratila je tiho. – Pozvaću te dole kad ručak bude gotov. Samo zapamti da sam uvek tu za razgovor. Ili možda možeš da pozoveš neku prijateljicu, ako ne želiš da pričaš sa mnom.

Amber se stresla. – Nemam nijednu prijateljicu. Mrzim cimer- ke. Pišem tutoru da ga obavestim kako napuštam fakultet.

Robin se nadala da je pogrešno čula.

Amber je isturila bradu napred. – I ne možeš da mi promeniš mišljenje.

– Ali... tako si se lepo provela, žurke, nedelja brucoša... – Robin je sela na krevet, osećajući slabost u nogama.

– Na kraju bih uvek rano odlazila kući sa svih tih događaja. – Ponovo je šmrknula. – Bila sam budala što sam navaljivala da imam privatni smeštaj u prvoj godini. Daleko je od kampusa, daleko od saveza studenata, pa je uvek problem vratiti se noću, a nas je samo četvoro i svi smo toliko različiti. Većina studenata na mom kursu živi u studentskim domovima i postali su deo velikih grupa prijatelja. – Glas ju je izdao.

– Oh, dušo... a šta je sa studijama?

– To je jedini razlog što sam izdržala ovoliko dugo, baš je onako kako sam očekivala, obožavam ih.

– Pa to je dobro, zar ne? Ne možeš da odbaciš snove samo zbog nekoliko teških nedelja. Sigurna sam da ako ponovo pozoveš službu za studentski smeštaj i objasniš...

– I zato nisam htela da znaš. – Podigla je ruke u vazduh. – Znala sam da nećeš razumeti. Ne želim više da pričam o tome. – Otišla je do prozora, leđima okrenuta Robin. – Sutra ću pokupiti ostatak stvari i vratiti se u London u ponedeljak. To je moj izbor, moja odluka i ništa ne možeš da učiniš povodom toga.

14.

– Jesam li ja to čula merdevine za potkrovlje? – Fej je podigla obrvu, kad je Robin spustila tanjir sa sendvičima na sto.

Robin je klimnula glavom dok je Amber ulazila u sobu, s tamnim podočnjacima koji su izgledali dublji nego pre.

– Pretpostavljam da ćeš uživati pretražujući majčinu staru garderobu – rekla je Fej, kad je sela i otpila gutljaj soka.

– Neću ostati toliko dugo. Cela priča s fakultetom ispala je katastrofa.

Fej je namestila naočare i pogledala ih obe.

– Ali šta ćeš da radiš umesto toga? Ne možeš da odustaneš svega nekoliko nedelja nakon početka prvog semestra – rekla je Robin, svesna preklinjućeg prizvuka u svom glasu.

– Nema smisla nagomilavati dugove ako to nije ono što želi – rekla je Fej.

– Amber, jel' bi mogla da skokneš do gostinske sobe i doneseš mi prugasti džemper koji visi u ormanu? – rekla je Robin ukočeno. – Danas nikako da se zagrejem.

Amber se namrštila, ali je otišla na sprat.

– Ne mešaj se, Fej – rekla je Robin oštro. – Drago mi je što si ljubazna prema njoj, ali ne želim da se mešaš. Ne znaš ništa o Amber.

– To je možda tačno, ali znam mnogo o ćerkama koje su odlučne da rade suprotno od onog što misle da njihove majke žele.

– Stvarno? Pa, to znanje ti nije pomoglo da rešiš bilo šta između nas, zar ne?

I ne pogledavši Fej, Robin je nestala u kuhinji, a ruke su joj se tresle dok je seckala krastavac na štapiće. Kako to da nije znala koliko se Amber muči? Kad bi samo mogla sve da popravi. I kako se

Fej usuđuje, poznaje Amber svega nekoliko minuta, a misli da ima pravo da je ohrabruje da odustane od prilike za sticanje diplome? Njena ćerka se svojski upinjala da to postigne otkad je dobila najviše ocene na završnim maturskim ispitima.

Spustila je nož i zastala.

Razlog zbog kojeg se nije vratila u Stoundejl 1989. godine nije bio to što joj je Fej rekla da prestane s glupostima, nije to bilo zato što je Fej to želela.

Nije.

Donela je štapiće krastavca u trpezariju. Fej i Amber su sedele za stolom i ćaskale, a devojčin ton je bio živahniji dok je Fej naginjala glavu i slušala. Bilo je lepo čuti Amber kako zvuči srećnije, ali čudno što je Fej razlog za to.

– ... i onda Tom svakog jutra dođe kući u tri i sve nas probudi. Više puta se uključio alarm za dim zato što je spržio tost.

– Zar nema nikoga kome možeš da se požališ? – upitala je Robin, dok je sedala.

Amber je slegnula ramenima. – Ostalima to izgleda ne smeta toliko koliko meni. – Sagnula se da pomazi Huvera po glavi. Iz nekog razloga Fej mu je dozvolila da sedi ispod Amberine stolice.

– Šteta što ne možeš da ostaneš neko vreme, ali potpuno te razumem – rekla je Fej, usredsredivši se na sendvič. – Taj Tom zvuči kao da je još u pelenama i kako mu treba neko da ga uspava.

Amber se osmehnula i ponovo pogledala Huvera.

– Samo mi je potreban lični prostor. – Ispravila se. – Pretpostavljam... mislim, mogla bih da ostanem nekoliko dana ako... ako bih spavala u potkrovlju.

Načas je pogledala prema Robin, pa se brzo okrenula ka Fej.

– Ali ne možeš, ona... nije korišćena više od trideset godina. Nije to gostinska soba koja se održava čistom, a ko zna, možda gore ima suve truleži, možda nije bezbedno i... – Robin je progutala knedlu.

Amber je skinula parče paradajza sa sendviča sa sirom.

– Ma dobro. Nije važno.

Fej se okrenula ka Robin. – Ali to je savršeno rešenje. Ili zašto ti ne bi spavala u potkrovlju i prepustila Amber gostinsku sobu?

– Zato što noću treba da ti budem blizu, u slučaju da ti nešto hitno zatreba – rekla je Robin, osećajući kako joj se toplota penje uz vrat. – Što se tiče potkrovlja, ja... pa... tek sam otkrila tu sobu.

– Razumem. – Fej je odmahnula zdravom rukom. – Očekivala si da te pustim u kuću, nepozvanu, a ti ne možeš da pustiš *svoju* ćerku u sobu koju si sasvim uspešno zanemarivala sve ovo vreme. – Coknula je. – Šteta što nisi pragmatična kao tvoja ćerka, to bi joj uštedelo mnogo muka i dalo joj vremena za razmišljanje.

Amberine obrve su poskočile dok je gledala njih dve.

– Samo skini svoje stvari dole ako ti toliko znače – rekla je Fej. – Zapravo, zašto ne napraviš jednu dobru čistku? – Ustala je i donela seoske novine iz gomile časopisa pored fotelje. Ponovo je sela i pružila ih Robin. – Tu ćeš pronaći radno vreme deponije.

Tišina je bila puna iščekivanja i čekale su Robinin odgovor.

– U pravu si – rekla je naglo i podigla novine. – To je bila samo ishitrena reakcija. Ostani tu, Amber, u potkrovlju, biće dobro kad se lepo sredi, možeš da učiš i...

– Ostala bih samo nekoliko dana pre nego što se vratim na jug. Donela sam odluku, zato nemoj da se previše zanosiš – rekla je Amber živahno. – To će mi dati vremena da obavestim tutore kako napuštam studije, ali... – Pogledala je jednu pa drugu. – Samo ako ste sigurne.

– U redu je. Zaista. Kao što Fej kaže, to su samo cigle i malter. – Robin je otišla u kuhinju i isekla sebi debeo komad sira i tutnula ga u usta pre nego što je stavila čajnik da proključa. Delujući malo vedrije, Amber je stajala ispred fotografije venčanja babe i dede dok je Robin donosila čaj.

– Sviđa mi se visoki okovratnik venčanice – rekla je i pridružila im se za trpezarijskim stolom. – Danas se ne viđaju često. Mama je nosila ogromnu venčanicu, a prodala ju je odmah posle razvoda. Zvali su je stil *bo pip*.

– Zaista? – rekla je Fej, odmerenim tonom. – Svakog dana saznaš nešto novo.

Robin je osetila kako joj se vrat zarumeneo.

– Kad ste se ti i deda venčali?

Fej je sipala čaj pre nego što je odgovorila. – Devetnaestog jula 1969. Imala sam dvadeset šest godina, a Alan dvadeset sedam.

Amber je pokazala na ženu na fotografiji koja je stajala pored Fej. – To je opasan šešir – rekla je. – Zar tvoj tata nije bio tu?

– Umro je u rovovima, nikad ga nisam upoznala. Majka mi je umrla nekoliko meseci nakon što se Robin rodila. Dolazila je kod nas na nedeljni ručak kad smo se tek venčali.

Robin gotovo ništa nije znala o babi i dedi, samo da su se zvali Dot i Artur.

Robin je pričala Amber o tome kako su nedelje nekada bile tihe, pre nego što su prodavnice i rekreativni centri počeli da rade sedam dana u nedelji, i kako je pečenje za nedeljni ručak bilo veliki događaj. Nervozno uzbuđenje prožimalo joj je telo dok je pominjala potrage za blagom i kako je tata provodio večeri praveći tragove i zagonetke. Želela je da joj ispriča o svitku koji je pronašla, ali nije htela da reskira svađu s Fej, koja bi mogla dodatno da uznemiri Amber. Ipak, Fej se smejala kad ju je Robin podsetila na trenutak kad se tata zakleo da će prati sudove nedelju dana ako reše posebno težak anagram na koji je bio ponosan.

– Trebalo je da ga vidiš s Fejinim ružičastim gumenim rukavicama i u cvetnoj kecelji – rekla je Robin i nasmejala se, dok su se i Amber i Fej osmehivale ka njoj. To je bilo... lepo. Zaboravila je kako Fej zabaci glavu unazad kad joj je nešto smešno i nabora nos, kao dok gleda omiljenu seriju *Jeste li usluženi?*, ili kad bi tata igrao blesavi ples zato što je *Stokport kaunti* pobedio.

– Kakvo biste blago našli na kraju potrage?

– Samo zadovoljstvo rešavanja anagrama – rekla je Fej.

– Tata je pisao tragove na papiru obojenom čajem i uvijao ih u svitke.

– Zar mu u Stoundejlu nije ponestajalo mestâ koja bi uvrstio u tragove?

– Ne – ubacila se Fej. – U selu ima mnogo čudnovatih mesta, a mogao je da ih ponovo koristi, samo je morao da se potrudi da nova zagonetka bude drugačija.

– Zvuči zabavno, volela bih da sam bila tamo.

Robin je pružila Amber kesicu njenog omiljenog pečenog čipsa, zadovoljna što joj ćerka izgleda kao ona stara.

– Ne jedem to više. Imamo li pravi?

Amber je odjurila u kuhinju i za nekoliko sekundi se vratila s drugom kesicom. Već je hrskala, a mrvica je bilo svuda.

Robin je krišom pogledala Fej, koja nije delovala uznemireno.

– Kako si upoznala mog dedu... ako nije problem što pitam?

Fej je složila salvetu. – Na kuglanju. Njegovi prijatelji i moji su jedne večeri igrali jedni protiv drugih. Našoj ekipi je šefovala moja nadzornica iz *Luisa*, koja je jednog tipa iz njegove ekipe prepoznala kao redovnu mušteriju na muškom odeljenju.

– Iz *Luisa*? – upitala je Amber.

– Robna kuća – rekla je Robin.

Fej je pričala o prostranoj balskoj dvorani na petom spratu koja je imala prelepu staklenu kupolu i kako su vlasnici jednom poplavili podrum i uneli gondole kako bi kupci mogli da se voze. Robin se trudila da se priseti vremena kada je Fej *njoj* pričala tako otvorenim, prijateljskim tonom.

– Ali gde se to nalazi? – upitala je Amber.

– Mora da nisi često išla u kupovinu ako nisi primetila – rekla je Robin i lagano je munula po mišici. Amber se odmakla. – Na vrhu Market strita, nasuprot parku, mora da si danas bila slepa.

Amber i Fej su se pogledale.

– Kupovala sam gomilu stvari u toj zgradi otkako sam krenula na faks – to je sad *Prajmark*.

– *Luis* je zatvoren? Kad se to desilo?

– Otišli su u stečaj nekoliko godina nakon... što si otišla. Prijavila sam se za druge poslove, kao i moji prijatelji, brinuli smo se već neko vreme kako ćemo tamo izgubiti posao, jer su dugo kružile glasine. Bilo kako bilo, *Luis* je otkupljen. Novi vlasnici ga nisu zatvorili još nekih desetak godina – rekla je Fej.

– Gde si onda radila? – upitala je Robin. Pretpostavljala je toliko toga o tome kako se odvijao Fejin život. Nikad joj ne bi palo na pamet da je Fej izgubila posao koji je volela.

– Prihvatila sam posao u maloj prodavnici odeće u Stokportu. Autobus je išao često, a vlasnik bio prilično ljubazan. Više nije bilo isto ići na posao – nedostajali su mi prijatelji, uzbuđenje i razne pogodnosti. Ali i to se dešava. Moraš jednostavno da se nosiš s tim.

Bez tate. Bez prijatelja s posla. Bez uređivanja cveća. Robin je otišla, iako to Fej nije mnogo uznemirilo... Njen život se zaista promenio koliko i njen, nakon što je pobegla u London.

– Pričaj mi malo o tim studijama ekonomije – rekla je Fej žurno Amber.

Amber joj je pojasnila kako se radi o matematičkom modelovanju i ekonometrijskim tehnikama.

– Uspori, dušo, dobićeš gorušicu – rekla je Robin.

Naglo je ustala. – Smem li da odem gore i još jednom pogledam tvoju staru sobu? Mogla bih da preuredim nekoliko stvari, da je pripremim za preseljenje sutra, možda, nakon što pregledaš i odlučiš šta želiš da izneseš.

– Naravno da smeš – rekla je Fej. – Imaš prašak i sredstva za čišćenje u kuhinji.

Amber je odgurnula stolicu i uskoro su se čuli njeni koraci kako trupkaju uz stepenice. Robin je pokupila tanjire, odnela ih u kuhinju i naslonila se na šporet. Jadna Amber. Još nije mogla da veruje. Da napusti fakultet? Tek što je počela. Možda Tod može da joj pomogne da shvati i spreči je da odbaci svoju budućnost. Robin nije imala priliku da ide na fakultet. Želela je da studira engleski jezik i bila je odlučna da Amber ne propusti tu priliku kao što ju je ona propustila.

Izašla je iz kuhinje, brišući ruke o kuhinjsku krpu, baš kad je Amber utrčala unutra.

Podigla je ruku u vazduh, mašući poslednjim svitkom.

15.

Amber se okrenula ka Fej. – Pogledaj, jedna od onih nedeljnih potraga za blagom koje ste nekad radile.

– Da. Robin ju je pronašla – rekla je Fej i nastavila da čita časopis.

– Tata ju je sastavio pre nego što je otišao u Šefild... onaj poslednji put, kad se razboleo. Hteo je da je Fej i ja uradimo dok je on bio odsutan.

I dalje bi to želeo.

Amber je zurila u smeđi papir. – Trebalo bi da je otvoriš.

– Jesam. Bila je zapečaćena voskom. Na vrhu je pesmica koju je tata napisao za nas. – Robin je spustila kuhinjsku krpu na trpezarijski sto i krenula ka ležaljci.

Amber joj je pružila svitak i sela, prekrštenih nogu, na tepih.

– Možeš li da mi pročitaš poruku?

Robin je bacila pogled ka Fej, koja je lagano klimnula glavom.

Evo potrage za moje miljenice dve,
Bez vas u Šefildu biće dosadno sve.
Uživajte u potrazi dok sam daleko,
Vi ste blago moje, sad otkrijte još neko.
E da, bacite pogled prvo na drugi trag,
Zbog prilike lakše biće vam drag.

Čuvši ponovo te reči, u Robin se samo još više rasplamsala želja da dovrši potragu. Amber je skinula gumicu s ruke, vezala kosu u rep i oprezno pružila ruku. Prelistavala je stranicu.

– Ove zagonetke su sjajne sa... – Ponovo je pročitala deo. – Zanimljivim uputstvima.

– Zašto treba prvo pročitati drugi trag? – upitala je Robin.

Amber je nakrivila glavu. – Jeste li se ranije bavile ovim potragama u jednom danu?

Fej je klimnula glavom, gledajući unuku.

– Ah, shvatam šta deda misli. Možete početi sutra. Pretpostavljam da bih mogla... da se pridružim... taman da vidim malo Stoundejla pre nego što odem.

Deda. Bilo je to skoro previše.

– Fej ne bi mogla da izdrži svih šest tragova u jednom danu, ne u trenutnom stanju, to zahteva poprilično mnogo hodanja.

– Neću se uopšte baviti time – odbrusila je Fej naglo. – Kao što sam rekla tvojoj majci, nema svrhe. Taj svitak je star trideset godina.

Amber se snuždila. – Ali ovo je nešto najuzbudljivije što mi se dogodilo otkako sam krenula na fakultet.

Oh, dušo. Ma koliko da je Robin želela da završi potragu zbog sebe, sad je imala još jači motiv da ispuni očevu poslednju želju.

– Treba nam dosta vremena da se ugrejemo *unutar* kuće ovih dana – rekla je Fej. – Možda je nešto sagrađeno preko odgovora na tragove ili su izbrisani, a ni Alan nije ovde da vidi hoćemo li ih rešiti ili ne.

– Ali to znači da bismo mogle da otkrijemo tatinu tajnu – rekla je Robin.

Amber se nagnula napred. – Na šta misliš?

Robin joj je objasnila kako je rekao da će anagram promeniti sve i da će im život postati mnogo lakši.

– Opa! Znači, deda je možda dobio na lutriji.

– Toga u to vreme nije bilo – odvratila je Fej suvo.

– Ipak, mogao je da sakrije negde određenu količinu novca, ili šta ako je kupio antikvitet na nekoj od tih buvljih pijaca o kojima si pričala, mama, i otkrio da vredi hiljade funti?

Fej je namestila naočare.

To jeste bilo moguće.

Robin je posmatrala kako se Amber razbuktala mašta, mahala je rukama, sugerišući Fej kako je možda pronašao ogrlicu punu pravih dragulja ili jedinstveni teleskop. Ćerkino bolje raspoloženje bilo bi dovoljna nagrada, čak i ako nikad ne reše anagram.

A šta ako ova potraga za blagom dovoljno zainteresuje Amber da izdrži još nekoliko nedelja na severu, pa ostane u Mančesteru nastavi studije i da živi u Stoundejlu kako bi imala moralnu podršku dok joj se možda, samo možda, situacija ne popravi?

– Imala bi internet da ti pomogne sa zagonetkama – rekla je Amber.

– Postoji pomoć, a postoji i varanje – uzvratila je Fej, pustivši da joj časopis sklizne na pod.

Amber nije bila ovako željna da provede vreme s Robin otkako su se ona i Tod razišli. To je ostavilo ogromnu prazninu u njenom životu – nedostajala joj je ćerka. Predlagala je odlaske u bioskop, obroke napolju, sve što su nekad radile zajedno ili bez Toda ako je on bio na poslu, što je u poslednjih nekoliko godina često bio slučaj. Čak je predložila vikend u spa centru pošto je Amber sazrela, ali nijedan predlog joj nije bio zanimljiv. Ipak, Amber je uživala da joj priča o povremenim kafama koje bi popila s tatom, o odlascima u pozorište i filmu koji su gledali. Iako je on pokrenuo razvod, i iako je Amber bila ljuta na oboje, više je krivila Robin nego Toda, rekavši da je ona kriva što je on odlučio da se rastanu. Ali Robin nije želela da razmišlja o tome.

– Nikad nisam upoznala dedu – rekla je Amber. – Učestvovati u delu ove potrage bilo bi kao da...

Tri žene su se zgledale.

– Zašto ne obaviš celu potragu s nama, dušo? – Robin je stegla šake dok je pokušavala da natera njih dve da se saglase. – Kako stvari stoje, Fej verovatno ne bi mogla da izdrži više od dva izleta nedeljno u ovom trenutku. Mogla bi da ostaneš u Stoundejlu, pa bismo polako rešavale tragove, dok bi ti išla na fakultet i videla kako će to ići.

Lice joj je iznenada otvrdlo. – Da. Trebalo je da naslutim kako nešto spletkariš. Rekla sam ti. Vraćam se u London.

Robin se iz sve snage upinjala da ne odgovori odmah.

– Dušo, možeš da promeniš mišljenje u bilo kojem trenutku – rekla je nežno.

Amber je frknula.

– Ozbiljna sam. I obećavam da ću te podržati bez obzira na odluku.

– Mogu sama da se snađem, ne treba mi podrška – odbrusila je ona.

– Ne treba ni meni, ali evo nas ovde – rekla je Fej i uputila Amber pogled pun razumevanja.

– Šta kažeš da pređemo jedan ili dva traga nedeljno, pa da vidimo kako ide? – predložila je Robin. – Potraga se završava sredinom decembra, a ja se svakako tad vraćam u London. Možemo zajedno da otputujemo, ako još budeš ovde i odlučiš da je napuštanje studija prava odluka. I da, mogle bismo da počnemo sutra popodne, kad se vratim posle susreta s Tarom – rekla je opuštenim glasom.

– Nisam znala da si sve ove godine ostala na vezi s nekim iz Stoundejla – rekla je Fej, zažmirivši.

– Nisam. Pronašla sam je prošle nedelje na *Fejsbuku* i pisala joj za slučaj da želi da se nađemo.

Možda joj ionako ne bi uspelo da ostane sama s Fej. Tata je uvek bio tu da ublaži ozlojeđenost zbog ćorsokaka i pogrešnih odgovora. Ali šta ako ipak to urade zajedno, njih tri? Rešavanje ovog anagrama bila je tatina poslednja želja jer se nikad nije oporavio. Poslednja reč koju joj je uputio bila je *ćao*, kad joj je doviknuo na tavan pre nego što se odvezao do Šefilda. Robin je na trenutak oborila pogled u krilo, ophrvana sećanjem kako mu je pričala dok je ležao priključen na aparate, i stezala mu prste u nadi da će dobiti neki odgovor. Nije bila pobožna, ali se čak i pomolila, sklopivši ruke i čvrsto zatvorivši oči. Obratila se bogu da će, ako spase tatu, učiniti sve što može da bude bolja ćerka Fej. Njena majka je redovno odlazila u crkvu i katedralu, a Robin se pitala je li bog možda ljut na nju zbog toga što se stalno svađala s jednom od njegovih vernica.

Prošao je minut.

– Mogu da ostanem u sobi na tavanu? – Amber je pogledala Robin u oči. – Bez ikakvih pritisaka u vezi s fakultetom? Nećeš pokušavati da mi promeniš mišljenje ako odlučim da odem pre tebe? Pristanak na ovu potragu ne bi značio da ostajem do decembra.

– Da – odgovorila je Fej pre nego što je Robin stigla išta da izusti.

– Pa… – Amber je slegnula ramenima. – Nedelje su mi slobodne i nemam predavanja četvrtkom, a trenutno nemam pametnija posla. Mogla bih da iščitam tragove, tako da će za vas dve biti izne-nađenje. Niste ih već pročitale, zar ne?

Robin je odmahnula glavom.

– Pretpostavljam da bih mogla da pomognem... – Fej je prekrsti-la ruke i bacila pogled na Amber. – Ipak, pristajem samo ako ćemo to da uradimo *sve tri* zajedno.

Robin je zurila u Fej, čije je lice ostalo bezizrazno.

– Spremna sam da pokušam s prvim tragom – nastavila je Fej nehajno – ali samo zato što je nepisano pravilo da je prvi prost kô pasulj.

Huver je na to podigao uši, mrdnuo njuškom i potrčao u kuhinju.

Robin Vilson,
Parejd rou 16,
Stoundejl,
Širi Mančester
februar 1986.

Draga Debi,
STIDIM SE BUBULJICA
Koža mi trenutno izgleda užasno. Imam bubuljice na bradi i čelu. Pokušavam da ih sakrijem puderom, ali mama kaže da će to samo pogoršati stanje. Sigurna sam kako mi to zapravo govori jer misli da sam premlada da svakodnevno stavljam šminku, pa je krišom nosim u školu. Prijateljica mi je rekla da izbacivanje čokolade pomaže protiv bubuljica, pa sam se trudila da je ne jedem mesec dana, ali bez uspeha. Pokušavam da kažem sebi kako je to sitan problem, ali tako sam potištena kad god se pogledam u ogledalo. Molim te, pomozi mi.
Robin, 13 godina

Devojačka scena
Ulica Gover 41,
London

Draga Robin,
Većina tinejdžera u nekom trenutku ima muku s bubuljicama, i ako pogledaš po školi, primetićeš mnoge sa istim problemom. Nisi sama. One su posledica preteranog lučenja hormona tokom puberteta i najverovatnije će nestati kako prolaziš kroz tinejdžerske godine. Tvoja mama je sasvim u pravu, stalno šminkanje će samo pogoršati bubuljice, ali sigurna sam da bi se složila da se šminkaš vikendom ili u posebnim prilikama.

Umesto da pokrivaš bubuljice, probaj ove savete: dvaput dnevno se umivaj blagim sapunom i toplom vodom, drži kosu vezanu, pokušaj da ne diraš lice i NIKAKO ih nemoj cediti! Ako to budeš radila, koži će trebati više vremena da se zaleči. Ukoliko ti se učini da se pogoršavaju, ponovo porazgovaraj s mamom i idi s njom do apoteke ili kod lekara. Bubuljice mogu biti i nasledne, pa ih je verovatno i ona imala u tvojim godinama tako da će te sigurno razumeti!

Sve najbolje,
Debi

16.

Voz je stigao na stanicu, a Robin je ušla i tumarala kroz vagone pokušavajući da pronađe prazan. Kad je voz krenuo, sela je na tamnoplavo sedište pored prozora i zagledala se napolje. Jedan putnik je ušao i, zadihan, seo tačno naspram nje.

Naravno da je tu seo.

Tara bi joj rekla da prestane da bude takav mrgud. Robin ju je svojevremeno zvala najraskošnijim cvetićem u Stoundejlu. Bila je sigurna da će joj, zajedno sa Amber, učiniti naredne nedelje daleko podnošljivijim nakon što prebrode početnu nelagodu. Iako je prošlo više od trideset godina, Robin se nadala da će sve biti kao nekad, i to za svega nekoliko minuta... Neće valjda i bivši dečko i najbolja prijateljica biti nepoverljivi prema njoj? Zamišljala je Tarino lice kad se sretnu, radoznalo, veselo i njen osmeh, i dalje tako širok. Da, tako će biti, nije dozvoljavala sebi da misli drugačije.

Tog jutra se rano probudila i u svojoj staroj sobi provela dragocene trenutke nasamo. Mirisalo je sveže nakon što je pomogla Amber da je pospremi. Bajkerska jakna je još ležala na krevetu i nije mogla da odoli, pa ju je obukla. Prekopala je dno ormana gde je nekad držala modne dodatke na gomili, za razliku od Fej, koja je uvek za sve imala mesto u svojoj spavaćoj sobi, čak i sada. U ruksaku koji je ponela u London jednostavno nije bilo dovoljno mesta da strpa omiljene piksi čizme. Pronašla ih je, skroz pozadi, ispod torbe pune šarenih kaiševa koje je nekada nosila labavo oko dugih košulja, ali gumeni đonovi su se rasušili i propali.

Trudeći se da ne obraća pažnju na putnika, Robin je izvadila telefon da na Gugl mapama potraži gde se nalazi pivnica *Stari Velington*, ali joj je iskliznuo iz vunenih rukavica, tresnuo na pod i skliznuo do sedišta naspram nje. Sagnula se da ga pokupi u isto vreme kad i putnik, koji joj ga je pružio. Srećom, ekran nije pukao. Podigla je pogled i ugledala tamnosivu kapu s kestenjastom kosom koja je provirivala ispod.

– Oh. Zdravo – rekla je.

Puls joj je ubrzao brže od voza dok joj je Jul zurio u jaknu.

– Našla sam je u svojoj staroj sobi. Upravo idem da se nađem s Tarom – izletelo joj je.

On se naslonio na sedište. – Pristala je da se nađe s tobom?

Dlačice na potiljku su joj se nakostrešile – zašto ju je to pitao? – Naravno da jeste. Bile smo najbolje prijateljice. – Nije znala šta više da kaže. S Julom se uvek osećala prirodno, još otkako je ušao u njen razred u trećoj godini srednje škole i seo pored nje na času prirodnih nauka. Doduše, poslednji put kad su sedeli jedno pored drugog Margaret Tačer je bila premijerka.

– Jesi li i ti krenuo na ručak? – upitala je.

Samo je odmahnuo glavom. Okrenula se na stranu i zagledala kroz prozor.

– Idem da obiđem nekoliko knjižara – rekao je. – Uvek je dobro držati konkurenciju na oku.

– Tvoja knjižara izgleda sjajno. Volela bih da ponovo svratim, treba mi nešto novo za čitanje – ako ti to ne smeta.

– Kako hoćeš – promrmljao je.

Robin je iznenađeno posmatrala kako Jul naglo ustaje i napušta vagon. Bilo joj je krivo, ali nije mu dozvolila da joj pokvari popodne s Tarom. Stavila je slušalice u uši.

Kad je voz stigao, Robin je već stajala pored vrata. Izašla je i ubrzano hodala ka izlazu. Kontrolor je klimnuo glavom nakon što joj je pregledao kartu i prošla je kroz stanicu, pored kioska s hranom i pokretnih stepenica, pa izašla na svež vazduh. Otkud Julu pravo da se ponaša kao povređena strana? On je nju ostavio u Londonu pre toliko godina.

Robin se spustila niz ulicu, pored tramvaja i autobusa. Plavo nebo iznad nje ispunilo ju je vedrinom. Preprečila je uskim uličicama, čija su joj se imena Djusi, Paton i Njuton odjednom učinila poznatim, i dok je iz jedne prodavnice s pločama odzvanjala muzika grupe *Kleš*, na trenutak joj se učinilo kao da nikad nije ni otišla. Stigla je do vrha Market strita i okrenula se, pogledavši ka parku Pikadili gardens. Voda je poskakivala iz fontanâ kojih ranije nije bilo. Ljudi su sedeli, ćaskali i pili iz papirnih šolja za poneti. Robin je zakoračila u pešačku zonu i pogledala ka *Prajmarku* dok je prolazila pored glavne tramvajske stanice, tražeći prodavnice kojih više nije bilo i primećujući nove.

Ulični svirač joj je privukao pažnju dok je prolazila pored klupe i kante za otpatke, a muškarac s jednom nogom sedeo je na zemlji i svirao harmoniku. Malo dalje, ulični plesači izvodili su koreografiju na pesmu Majkla Džeksona, a ispred drogerije *Buts*, nasuprot jednom od ulaza u tržni centar *Arndejl*, troje mladih sviralo je violine – izgledali su kao studenti.

Skrenula je desno kada je stigla do Ulice Nju katidral i zaputila se ka prodavnici *Harvi Nikols*. „Otmeno, zar ne?", čula je u glavi svoj šesnaestogodišnji glas. Na kraju joj se ukazao Šemblz skver, ili Trg rusvaja. Oduvek je volela to ime i želela je da živi u ulici koja je više odgovarala njoj, za razliku od Parejd rou – ime koje je podsećalo na parade i zvučalo kao da odgovara vojničkim porodicama. *Stari Velington* se ukazao pred njom, na utonulom delu zemljišta, s drvenim stolovima ispred. Kakva prelepa tjudorska građevina. Čitala je kako je nakon bombe koju je *IRA* postavila 1996. godine bila teško oštećena, ali su je renovirali. Obnova centra grada predvidela je izmeštanje pivnice, ciglu po ciglu, i ponovo je nazidana ovde, bliže katedrali. Godinama je ubeđivala sebe kako je ne zanima ništa u vezi s Mančesterom, ali pomno je pratila vesti kad god bi se njen rodni grad pojavio na naslovnicama, kao 2002. godine, kad je bio domaćin Igara Komonvelta.

Robin je stigla i prošla pored stolova napolju. U dva minuta do dvanaest gurnula je vrata i ušla. Ljudi su sedeli i pili, neki s laptopovima, drugi s prijateljima. Popela se vijugavim stepenicama do bara na drugom spratu, gde su svi stolovi bili zauzeti osim jednog za dvoje, pored prozora. Rekla je da je rezervacija na Tarino ime i konobar ju je odveo do stola. Prošlo je pet minuta, a Tara još nije stigla. Robin je pogledala napolje, nadajući se da će je uočiti, tapkajući nogama i proučavajući napolju bar sa ostrigama, dok su ostali gosti ćaskali, a primamljivi mirisi dopirali do nje. Kao tinejdžerka gledala je filmove u kojima otmeni ljudi jedu ostrige uz šampanjac. Očekivala je da su prijatnijeg ukusa od morske vode.

– Robin?

Brzo je pomerila stolicu unazad i ustala, požurivši da zagrli Taru. Bila je viša nego što je se sećala. Ruke, koje su se uvek povezivale s njenim, sada su ostale uz telo.

– Divno je ponovo te videti, a kosa ti je još plava! – Robin je dotakla rever jakne i nasmejala se. – Prepoznaješ li ovo?

Tara je skinula šal i kaput, pa ih okačila na naslon stolice. – Roditelji su ti je poklonili za rođendan.

– Tako je! Pozajmila si je, a tvoja mama je poludela, mislila je kako imaš tajnog dečka na motoru. – Konobar je prišao. – Vino? – upitala je Robin Taru, svesna da se ceri od uveta do uveta. – Osim ako ne želiš *čincano* vermut kao nekad.

– Kiselu vodu za mene, molim vas.

Robin je naručila špricer i konobar je otišao. Bar će obe piti nešto s mehurićima. – Pa, pričaj mi o tvom partneru, gde si ga upoznala?

– Priša je medicinska sestra. Uselila se kod mene pre osamnaest meseci.

– Ah, razumem... pa to je sjajno. – Nije znala. Ili možda jeste. Robin je podigla čašu. – Za nas i to što smo ponovo u kontaktu.

Tara je podigla čašu, ali nije pogledala Robin u oči, niti ju je pitala kako joj je kod mame. Robin je zaboravila na mali razmak između prednjih zuba svoje prijateljice. Nije ga često viđala jasno, s obzirom na to koliko je njena prijateljica svojevremeno bila pričljiva.

Tara je otvorila jelovnik i proučila ponudu, pa je tišina bar bila ispunjena nečim. – Bolje da naručimo, nemam mnogo vremena.

Robin je predložila ribu i pomfrit, očekujući da će se Tara nasmejati. Nekad su petkom uveče pre omladinskog kluba odlazile na ribu i pomfrit, osećajući se odraslim jer su jele napolju. To bi ih bar malo otreznilo nakon što su kod kuće krišom popile alkohol. Međutim, Tara je jednostavno naručila vegetarijanski burger.

Razgovarale su o poslu, tačnije, Robin je pričala. Tara je bila mnogo ćutljivija nego ranije i Robin je polako gubila volju za jelom. Trebalo je da nadoknade toliko godina, a završile su razgovarajući o tome koliko se centar grada promenio. Robin je spomenula potragu za blagom predviđenu za to popodne i na trenutak ju je Tara pogledala u oči i osmehnula se. Godinama ranije, kad bi se Fej i Robin zaglavile, Alan bi im ponekad dozvolio da odu do Jula ili Tare da vide mogu li da pomognu. Njeni prijatelji bili su podjednako zagrejani da rešavaju zagonetke, a onda bi ponedeljkom u školi raspravljali o potrazi.

Tara je pogledala telefon nakon što su stigle kafe. – Moraću uskoro da krenem. Bar je napolju lepo, konačno, toliko je bilo kiše u poslednje vreme.

Robin je spustila šoljicu. – Ozbiljno, zar ćemo razgovarati o vremenu? – Pokušala je da i dalje zvuči veselo. – Tara, žao mi je. Nadala sam se da će današnji dan biti drugačiji... jel' nešto nije u redu?

– Prestani, Robin – rekla je tiho, posegnuvši za malim rancem. Izvadila je novčanik i ostavila nekoliko novčanica na stolu.

– Sa čime da prestanem?

– Da se ponašaš kao da smo opet tinejdžerke i kao da se nismo videle samo nekoliko nedelja.

Robin je osetila kako joj obrazi gore.

– Kao da nisi samo otišla, a da mi nisi rekla zašto, niti mi javila da li si dobro. Čak ni Jul nije hteo da mi kaže šta se to desilo u Londonu. Bio je skrhan kad se vratio.

Stvarno?

– I ponašao se kao pravi skot neko vreme.

– Kako to misliš?

Delovala je uznemireno. – Opijao se noću u parku... znaš, uobičajeno tinejdžersko ponašanje.

– Oh...

– Mislila sam da smo najbolje prijateljice i da pričamo o svemu? Zajedno smo planirale da delimo stan. – Tara ju je gledala pravo u oči.

– Pa jesmo, ja... – Robinin glas je zadrhtao. – Toliko si mi nedostajala i često sam mislila na tebe.

– Nedovoljno da napišeš pismo ili me pozoveš. – Zatvorila je novčanik. – Znaš, mama se rasplakala kad je saznala da si otišla – rekla je da će joj nedostajati da dolaziš kod nas.

Robin je otpila veliki gutljaj špricera, ali nije se osećala ništa bolje. Zapravo, nije razmišljala o tome s tačke gledišta svoje najbolje prijateljice. Bila bi skrhana da je Tara tako nestala. Uvek su bile podrška jedna drugoj. – Ja... Žao mi je, Tara. Iskreno. Sve je bilo tako zbrkano, ali kad se osvrnem unazad, jasno mi je da je trebalo da se javim.

Tara nije odgovorila.

– Kako je tvoja mama? – upitala je Robin.

– Dobro je. Viđam je kad mogu. Doduše, ne onoliko često koliko bih volela. – Stisnula je usne.

– Zašto ne?

Oklevala je. – Tata ne odobrava što imam devojku. Naziva to životnim stilom, kao da to što sam sa osobom koju volim znači da pratim neku modu. – Tara je vratila novčanik u torbu i ponovo pogledala na sat.

– Stvarno mi je žao, nisam imala pojma. – Robin je uvek volela njenog tatu. Davao im je sitniš za slatkiše i pomagao s domaćim zadacima. – Ja... trebalo je da budem tu uz tebe.

– Kako si mogla? Prekinula si svaki kontakt i pre nego što sam uopšte shvatila ko sam u stvari. – Tara je obukla kaput i dohvatila šal. – Razumela sam tvoju potrebu da pobegneš od svega, stvarno jesam – samo nisam shvatila da je to *sve* uključivalo i mene. Ali znaš, sad smo odrasle žene, Robin, a to je bilo jako davno.

– Nije bilo tako – rekla je, nešto glasnije i povišenim glasom. Gosti za susednim stolom su se okrenuli i zagledali se u njih.

Tara je pomerila stolicu unazad. – Vidi, drago mi je što je za tebe sve ispalo dobro, stvarno jeste. Znam da ti je tatina smrt delovala kao smak sveta, a nikada ti nije bilo lako s mamom. – Slegnula je ramenima. – Ali sve se to dogodilo pre mnogo vremena, a nas dve nismo bile u kontaktu, pa nemamo na čemu išta da gradimo osim na sećanjima dve devojčice. – Ustala je i otišla.

17.

Lajanje je dopiralo do gornjeg sprata. Robin se uspravila i izvukla maramicu iz kutije na noćnom ormariću. Kad je ušla u dnevnu sobu, Fej je sedela u fotelji, Huver joj je bio kod nogu, a Amber se igrala s njim.

– Bile smo u *Belom jelenu* – reče Fej.

– Pitala sam baku zašto bi se samo mama provodila – dodala je Amber, ne pogledavši Robin.

Baku? Robin je zastala. Kako lako joj je to skliznulo s jezika. Robin je trebalo da bude zadovoljna jer njena svađa s Fej nema nikakve veze sa Amber, ali pomislila je kako su potrebne godine da se takvo zvanje zasluži.

– Jesi li izdržala šetnju? – upitala je Fej.

– Nije to bio maraton, zapravo ne znam ni zašto sam uopšte ostajala kod kuće. Rebra su mi bila bolje čim sam se pokrenula. Vreme je da više izlazim. Amber će samo napraviti čaj pre nego što krenemo u potragu za blagom. – Pričala je o nedeljnom pečenju koje su upravo pojele, a Amber je dodala da su i Huvera pustili unutra. Robin je morala da se pribere – izgledalo je kao da su prava porodična jedinica. Fej ju je čak pitala za susret s Tarom.

Robin je sela na ruke. – Bile smo u *Starom Velingtonu*. Bilo je... ugodno. I prijalo mi je da prošetam kroz Mančester posle toliko vremena. Nisam mogla da poverujem koliko se promenio, a opet, na mnogo načina i nije. – Robin je uhvatila sebe kako brblja. Čak je i Amber zurila u nju pre nego što je otišla u kuhinju da pristavi vodu za čaj.

Robin je posegnula ka Huveru, koji je doneo igračku od konopca. Njegovo razigrano režanje ispunilo je tišinu dok mu je povlačila igračku s jedne strane na drugu.

– Zar je bilo toliko loše? – pitala je Fej.

– Ne znam na šta misliš.

– Ti i Tara zajedno... Mnogo reči bih mogla upotrebiti da to opišem, barem kad se prisetim starih vremena – bučne, razdragane, živahne, vesele...

– Godine rešavanja ukrštenica očigledno su se isplatile.

– Ali *ugodno* – nastavila je – ta reč nikad nije mogla da se primeni na vreme koje ste provodile zajedno.

– Vremena se menjaju, ljudi takođe.

– Drago mi je da si to sad shvatila, jer si mislila kako možeš da se vratiš a da se *ništa* nije promenilo, kao da je Stoundejl nekakva žabokrečina, za razliku od tvog bleštavog Londona. Šašava devojko.

Amber je stajala na vratima kuhinje, razrogačenih očiju. Robin ju je primetila i nakašljala se.

– Kako bi bilo da čaj ponesemo gore? Što pre završimo sređivanje moje stare sobe, to ćeš pre moći da se useliš tamo. Neće nam trebati dugo, a onda možemo da krenemo s potragom. – Zgrabila je nekoliko kesa iz kuhinje i krenula uza stepenice, pa se popela na tavan. Zadihana, otvorila je vrata ormana i krenula da izvlači odeću, trpajući čipku, teksas i sveopšte šarenilo boja u jednu od kesa.

Amber se pojavila. – Ostavila sam čaj u gostinskoj sobi... šta to radiš?

Robinino lice se zgrčilo.

– Nema potrebe da se tako ponašaš, stvarno, ako ti je to toliki problem, radije bih danas rezervisala kartu za London nego da osećam tvoje nezadovoljstvo što ostajem ovde. – Amber je izvadila telefon i energično krenula da kucka po njemu.

– Nije to – promrmljala je Robin.

Amber je podigla pogled, zaustavivši prst u vazduhu. – Nego šta?

Robin je progutala knedlu. Prvo Jul, pa sad Tara... Povratak uopšte nije bio onakav kakav je očekivala, osim Fejinih britkih opaski. Prošlo je tačno nedelju dana otkad je stigla u Stoundejl, a sve je postajalo teže, ne lakše.

– Slušaj, nema potrebe da prazniš sobu. Mogu da ostavim kofer dole i da samo izvadim stvari za nekoliko dana kad mi zatrebaju.

– U redu je. Isprazniću sve – rekla je, okrećući glavu u stranu. – Ova gomila može da ide u dobrotvorne svrhe.

– Samo mi napravi mesta na toaletnom stočiću i možda sredi dno ormana za moje cipele – rekla je Amber odlučno. Podigla je par *lenonki* koje su pale na pod, stavila ih i pogledala se u ogledalo u obliku zvezde.

Robin je načas oklevala, pa se okrenula ka njoj. – Pripazi se, dušo. Nemoj da se prebrzo zbližiš s Fej. Ona... možda neće ispuniti tvoja očekivanja. Znam da ti je baka, ali... ne želim da te povredi.

Ćerkino telo se ukočilo. – Sasvim sam sposobna da procenjujem ljude.

Robin je prevrnula očima. – U redu. Zaboravi da sam išta rekla. Šta ja uopšte znam?

Ćutale su dok je Robin sređivala orman. Amber je sedela pored toaletnog stočića.

– Zašto ti baka toliko otežava život?

Robin se spustila na krevet i uzdahnula. – Iskreno, ne znam. Iako me je tata voleo, često sam se pitala da li sam dovoljno dobra ćerka. Ali Tarina mama me je obožavala, a i Blanš, ona me je naučila svemu što znam o pečenju.

– Nikad je nisi pitala?

Robin je čvrsto stegla kesu. – Ne. Zašto bih joj pružila to zadovoljstvo?

Amber joj je uputila znatiželjan pogled. Činilo se da će postaviti još jedno pitanje, ali se predomislila. Ustala je i uzela kesu. – Vratiću ovo.

Robin se pribrala dok je posmatrala Amber kako preuzima inicijativu, a onda su zajedno ispraznile dno ormana, koje je bilo zagušeno i mračno.

Amber je podigla par narandžastih satenskih helanki. – Trebaće mi veće naočare za sunce.

Nastavile su da sređuju odeću koja je ustajalo mirisala.

– Šta je sa svim tim praznim bocama laka za kosu?

– U to vreme smo svi tapirali kosu. Moja frizura bi izdržala uragan, a bila je visoka oko pet centimetara.

Na trenutak, nestašan osmeh je preleteo preko Amberinog lica.

– Hvala bogu da sad svi ispravljaju kosu. – Sišla je niz merdevine da donese svoje stvari. Robin je pregledala fioke. Gornja je bila puna čarapa i donjeg veša. Uzela je zgužvane čarape, jednu po jednu, i ubacila ih u kesu za smeće, pre nego što je zgrabila šaku grudnjaka – svi su bili postavljeni. Potrajalo je dok joj nisu porasle grudi, a trudnoća sa Amber dodala im je još nekoliko centimetara u obimu. Par gaćica pao je na tepih, i podigla ih je – mekane, čipkane i pastelne, toliko različite od praktičnog pamučnog veša kakav sad kupuje, nalik onom koji nosi Fej. Ta sličnost između njih delovala je čudno. Robin je opet zagledala gaćice. Naravno, kupila ih je na tezgi u *Afleksu* za prvi put kad je trebalo da spava s Julom. Mislila je da je važno šta nosi i kako treba da izgleda zrelo i zavodljivo. Nije joj ni palo na pamet kako će i on biti nervozan i da verovatno neće ni primetiti šta ima na sebi. Protrljala je svilu među prstima. Drveni pod joj je bio toliko neudoban pod leđima, dok je Jul ležao na njoj. Bilo je to za Božić, nekoliko nedelja nakon njegovog rođendana, i bilo je hladno uprkos ćebadi koju su spakovali u sportske torbe.

– Šta je to?

Nije ni opazila da se Amber vratila. Stavila je gomilu odeće na komodu, zajedno s torbom za kozmetiku.

– Ja čak i nemam takve gaćice. – Amber je sela na drugi kraj kreveta i skinula naočare za sunce. – Jesi li imala dečka?

– Jesam.

– Kako se zvao?

– Jul... to mu je bio nadimak.

– Jeste ti i on... mislim...? – Uzela je gaćice. – Imala si samo šesnaest godina.

– Naravno da ne! – Robin joj je istrgla gaćice iz ruke i ubacila ih u kesu za smeće.

– Dobro, nema potrebe da se živciraš, neću te više ništa pitati. – Sa ozbiljnim izrazom lica, Amber je odmarširala do komode, sela na stolicu i uzela da pregleda Robininu staru kutiju sa šminkom. Robin je u poslednje vreme često viđala taj strogi izraz, posebno kada bi je Amber ponovo pitala zašto se razvela od njenog oca. Ta tišina ju je podjednako gušila kao i s Fej.

– Dobro, dobro. Jesmo. Prvi put usred zime. U kućici na drvetu – promrmljala je.

Amber se brzo okrenula. – Šta? Imala si seks sa šesnaest? Opa. To je tako... mislim, to od tebe ne bih očekivala. Mislila sam da ste tad svi bili nevini bar do fakulteta. Jesu li tvoji roditelji saznali? – Obrve su joj nestale ispod šiški.

– Nijedno od njih nije nikad saznalo.

– I kako je bilo? – Nakrivila je glavu.

– Pa... bilo je hladno.

Amber je klimnula glavom, ohrabrujući je.

– Mnogo mi je značilo što sam napravila taj korak s Julom, ali... nije bilo kao u filmovima.

– Ovo je previše, ne mogu da se saberem. – Amber je gledala Robin kao da joj uopšte nije majka.

Uprkos nelagodnosti, Robin je imala lepa sećanja na kućicu na drvetu, osećaj zabranjenog voća, nevinost. Jul je rekao da je to nešto posebno, njihova tajna, i kako tamo ne bi smeli da dovode nikog drugog, čak ni prijatelja. I nisu.

– I nekoliko nedelja kasnije, u proleće, pre puta u London... – Pre nego što joj se život urušio. – Rezervisali smo hotel u Stokportu za popodne. Izgledala sam starije sa šminkom, a Jul... on je uvek delovao samouvereno. Tog puta je bilo mnogo bolje.

Amber je i dalje gledala u nju s nevericom.

Robin je prišla i podigla tinejdžerske časopise. – Ovo bih mogla i da bacim.

– Ne, nemoj. Biće mi sjajno štivo pred spavanje, posebno foto--priče. Možda je tinejdžerski život pre trideset godina bio zanimlji- viji nego što sam zamišljala.

Robin je legla na krevet. – Zavisi od izdanja. Sve je bilo prilično nevino u ranim osamdesetim. Sadržaj se promenio krajem decenije.

Amber je spustila hrpu časopisa na toaletni stočić i izabrala je- dan. – Hvala ti što si mi ispričala o tom dečku – rekla je, ne gleda- jući je u oči.

Prvi put posle dugo vremena, Robin se osetila kao dobra maj- ka. Zaista glupavo, jer nije kao da je Amber upravo pojela neko od njenih jela s puno svežeg povrća ili da joj je pomogla sa učenjem. Dok je Amber prelistavala časopis, povremeno se osmehujući, Robin se prisetila vremena kad je bila mlađa i kad su zajedno čitale.

Zurila je u postere, sjajnu šminku iz 80-ih na licima poznatih.

– Da li bi ti smetalo da gvirnem u tvoju torbicu s kozmetikom? – upitala je Robin. – Smem li da pozajmim karmin?

– Pa dobro – rekla je kao da se dosađuje, glasom za koji je Robin znala da čuva za nju. Amber je pokretom glave pokazala ka fiokama, gde je torbica stajala na gomili njene odeće. Robin je nanela upečatljivu boju. U ogledalu u obliku zvezde videla je Amber, kako je iza nje, na krevetu, diskretno posmatra dok je nanosila karmin. Robin je sela pored nje i primakla se bliže, dok im se laktovi nisu dotakli, a glasno coktanje joj je jasno stavilo do znanja kako zapravo nisu postale ništa prisnije.

18.

Fej je stajala u hodniku, s bordo šeširom na glavi. Obukla je nekoliko slojeva širokih džempera i mornarski pončo. Nije mogla da obuče nijedan kaput jer joj je ruka bila u gipsu. Pončo je bio otmen, nosila ga je na posao sedamdesetih godina, i nije želela da ga se reši. Bio je prilično drugačiji od njenih *barberi* mantila u bež i krem nijansama koje je Robin primetila u njenom ormanu. Fej je očigledno i dalje pratila modu. Robin je bilo jasno kako je robna kuća *Luis* i dalje imala uticaja na nju. Čekala je zajedljivu primedbu o bajkerskoj jakni. Dan za danom, sećanja na život u Stoundejlu polako su je vraćala starim navikama – šarenim udobnim odevnim predmetima, ukusnim receptima iz Fejinog kuvara i kovrdžama lakim za održavanje. Bar su to bile lepe uspomene. Robin nije želela da se vraća na neprijatne – na trenutke kad ju je Fej terala da se oseća glupo ili nevoljeno, i na zavist koju je osećala prema odnosima kakve su njeni prijatelji imali s majkama. Ipak, sad je imala priliku da vidi koliko bi sve moglo da bude drugačije, posmatrajući Fej i Amber zajedno.

Je li moguće... sigurno nije... ali šta ako se Fej promenila?

Povukla je rub jakne i prisilila sebe da otkloni tu zbunjujuću postavku razmišljajući o svojoj odeći. Kad su Amber i ona sišle s tavana, Robin je svratila u gostinsku sobu i pregledala odeću koju je donela iz stana, primetivši dosadne boje, skrojene nabore i neupadljive kopče. Kao da više nije pripadala njoj, kao da je svih ovih godina bila stilistkinja nekom drugom.

Amber je sišla niza stepenice, glasno žvaćući žvaku. Izvadila je bočicu vode iz džepa kaputa i zalepila žvaku na nju, pa otpila gutljaj. Zatim ju je ponovo stavila u usta pre nego što je sela na stepenice da zašnira čizme. Robin je uzela Huverov povodac i brzo izašla napolje, pripremajući se za to šta će Fej reći, ali umesto toga čula je kako njih dve razgovaraju o lepljivom kolaču s melasom koji su pojele za užinu. Kovitlaci bele pare uzdizali su se oko njih dve, na vedrom, plavom nebu. Zastale su kod kapije.

– Ako bismo rešavale sve tragove u jednom danu, morale bismo pripremiti nešto za drugi trag pre nego što počnemo – rekla je Amber – ali pošto nećemo, ne moramo da brinemo o tome. Dakle, prvi trag kaže...

> *Čujte i počujte, dame moje!*
> *– A šta to? – pitate sad.*
> *Hteo bih da vam pokažem skrovište svoje,*
> *Na vojničkom tlu pronađoh hlad.*
> *Po suncu mio kô čigra,*
> *Drugarima cvrkut i igra.*
> *Zapravo, kad ovako uzletim,*
> *Na ples koje zemlje vas setim?*

Amber je uhvatila Fej podruku dok su izlazile na ulicu, a Robin nije mogla da skine pogled s njih.

– Prvi je navodno trebalo da bude jednostavan? – upita Amber. – Vojničko tlo... Da li ovde postoji neka vojna zgrada ili groblje, bako?

Fej je odmahnula glavom i pogledala u Blanšin prozor. Kad je primetila prijateljicu, mahnula joj je, a onda prstima ispisala slovo Č. Blanš je ustima oblikovala reči *Molim te*.

– Ako zaboravim, podseti me da joj kupim čokoladicu pre nego što se vratimo – rekla je Fej dok su nastavljale dalje.

Osim s Blanš, Fej ranije nije razgovarala s komšijama. Robin je jednom čula tri žene kako ćaskaju u dvorištu, okrenute leđima prema njoj, kad je zastala da razmrsi slušalice vokmena. Smatrale su kako Fej misli da je bolja od svih, sa svojom odećom u tonu i nadmenim stavom, i govorile su kako se ponaša kao da je raditi u *Luisu* isto što i da radiš za kraljevsku porodicu. Žene su se smejale, a onda je jedna od njih primetila Robin.

– Izvini, dušo, samo se malo šalimo.

– Još se čudite što se drži po strani, a takve ste kučke.

Zapanjeno su blenule u nju i pripretile da će reći njenim roditeljima, ali Robin je znala da nikad to neće učiniti jer bi morale da objasne šta se dogodilo. Počela je oštro da uzvraća kad je napunila četrnaest godina. Nije bilo svrhe truditi se da zadivi majku koja je nije volela, a ako je bila nepristojna, Fej bi je poslala da večera u svojoj sobi, što je za Robin bio dobitak. Ipak, dok se udaljavala od tih žena, Robin nije mogla da shvati zašto je branila Fej. Govorila je sebi da je to zato što bi buntovna Robin, koja javno pokazuje osećanja, uznemirila Fej. Ali duboko u sebi je znala da mora postojati neki drugi razlog.

– *Čujte i počujte* reči su gradskog vikača – rekla je Fej. Stigle su do crkve. Robin je bila zapanjena koliko polako Fej hoda – to nije bilo toliko primetno dok su bile unutra. Delovala je prilično pogrbljeno, a pončo ju je bukvalno progutao. Izgledala je tako sitno, kao da bi jak nalet vetra mogao da je obori.

Ovo nije bila osoba koju je Robin ostavila pre toliko godina.

– Pa, jednostavan početak, idemo do gradske većnice – rekla je Robin. Prošli su pored *Brinerove knjižare*, i Robin nije mogla da odoli a da ne zaviri unutra. Jul je stajao iza pulta i usluživao kupca. Pogledao ih je, a osmeh mu je nestao s lica.

– Ko je to? – upitala je Amber.

– Jedan... stari prijatelj.

– Nije valjda Jul? – našalila se Amber.

Robin je stisnula usne.

– O bože, jeste? Kakva jeb... mislim...

Nastavile su niz glavnu ulicu i prošle pored prodavnice slatkiša, pa stigle do gradske većnice. Amber je podigla svitak da pročita dalje, podsećajući Robin i Fej da ne gledaju ostale tragove. Fej je ostala da stoji sama, nesigurno se ljuljuškajući, pa joj se Robin približila i uhvatila je za lakat ruke koja nije bila u gipsu.

– Trag kaže da je na vojničkom tlu... – Amber je pokazala na kvadrate travnjaka oivičene žbunjem. – Rekla bih da redovi trave odgovaraju tom opisu.

Obe su klimnule glavom.

– Dakle, šta god da je, mora biti u ovim ukrasnim vrtovima. – Amber je ponovo pogledala svitak. – *Po suncu mio.* – Pogledala je oko sebe i zaškiljila u daljinu, pokazujući na poslednji red travnjaka, najbliži zgradi. – Je li to sunčani sat? – Amber je uzela Huverov povodac i njih dvoje su potrčali, prošavši pored fontane gradske većnice i redova grmlja s prelepim grimiznim kamelijama.

Fej se oslanjala na Robin dok su ih pratile, a Robin skoro da nije primećivala dodatno opterećenje. Nekada je bila tako postojana. Robin ju je krišom pogledala – bore na Fejinom licu bile su izraženije na prirodnoj svetlosti. Jesu li bile normalan deo starenja ili su dublje zbog toga što je morala da radi više nakon što je tata otišao? Bledo lice i otečene oči mogle su biti posledica nesanice ili... stara Fej nije verovala u suze, ali možda se i to sad promenilo. Stigle su do Amber i stale su oko postolja, sve tri proučavajući kružnu gvozdenu ploču.

– Ali ko su drugari sunčanog sata i kako bi ovde našli šalu i igru? – Amber je snažno žvakala žvaku. Obrisala je malo zemlje s postolja i ona je pala na tlo.

– Ako stih nije imao smisla, onda bismo proučavale pojedinačne reči – rekla je Robin.

– Ali to nas je ponekad vodilo u dugotrajnu potragu bez uspeha – odvratila je Fej oštro.

– Imaš li još neki predlog za izlazak iz ćorsokaka? – Robin se odmakla kako se više ne bi dodirivale.

Amber ih je pogledala. – Kladim se da nas tri možemo to da rešimo? – Rekla je kao pitanje, a Fej je blago klimnula glavom.

Robin je uzela svitak. – *Cvrkut i igra...* deluje neobično, starinski, čak i za osamdesete, mora da je tata to upotrebio s razlogom. Odmah pomislim... na ptice.

– Ali zašto bi ptice bile drugari sunčanog sata?

– Možda sunčani sat nije odgovor – rekla je Fej i osvrnula se po vrtovima.

Huverova šapa spustila se na Robininu nogu. Pogledala je naniže i on joj je namignuo.

– Možda si u pravu – rekla je Robin. – Ptice vole drveće, ali ovde ga nema, samo grmlje i trava.

– Ali ptice vole fontane, zar ne? – rekla je Amber.

Robin je pogledala naniže, a Huver joj je ponovo namignuo, ostavljajući je da razmišlja o mogućnosti da tatin duh možda progovara kroz tog psa.

– Mora da je to – rekla je i Amber je opet potrčala kao dete u potrazi za uskršnjim jajima. Fej i Robin su se osmehnule jedna drugoj, što bi neko drugi jedva mogao da primeti. Dok su prilazile fontani i vodi koja je žuborila, Robin je opustila prste i ponovo uhvatila Fej za ruku. Međutim, Fej ju je povukla i nagnula se napred.

– Huveru, momče, zašto stalno namiguješ? Da ti nije prah od zemlje upao u okce? – Izvadila je maramicu iz džepa i zamolila Amber za bocu vode, prolila malo na maramicu, a zatim se sagnula i nežno mu obrisala oči.

Kad je završila, Huver je netremice gledao u Robin, bez treptanja. Talas razočaranja prostrujao je njom.

Siva betonska fontana bila je sagrađena u dva nivoa. Naravno, skulpture u njoj su bile ptice. Donji, veći bazen okruživalo je šest ptičjih glava iz čijih je kljunova izbijala voda, dok je gornji nivo bio sastavljen od golubica koje kruže.

Amber se nagnula nad vodu. – Vidi ti te novčiće, toliko ljudi je poželelo želju.

– Jednom sam bacila novčić, nakon što sam gledala film *E.T. vanzemaljac*, jer sam jako želela ličnog vanzemaljca. – Robin je zurila u sitniš; nije ga bilo tako mnogo u današnje vreme. – A ako bismo tata i ja izgovorili nešto u isto vreme, ko god prvi vikne *baksuz* mogao bi da nešto poželi. Jednom sam poželela kartu za muzičku emisiju *Top ov d pops*. Tata je rekao kako je njegova želja uvek ista, ali nikad nije hteo da mi kaže šta je.

Fej joj je uputila čudan pogled, i Robin je pomislila da je možda njoj poverio.

– Sećaš se kako smo tata i ja lomili jadac kad sam bila mala? – upitala je Amber, a glas joj je na trenutak zvučao mnogo mlađe. – Poželela bih da me ne teraš da jedem prokelj. Tata bi se stvarno mučio ako bi on pobedio, govorio bi da je zadovoljan životom baš onakvim kakav jeste. – Pogledala je u Robin. – Rekao bi da ne bi ništa menjao.

Robin nikad nije to razumela kako su Tod i ona bivali stariji. Na početku braka, iznenađivali bi jedno drugo sitnim poklonima, izletima ili vikendom van grada. Ali kako su godine prolazile, Tod ju je sve manje iznenađivao. Govorila je sebi da je to uobičajeno kad su postali roditelji i oboje počeli naporno da rade, ali nije mogla da se odupre osećaju kako je uzima zdravo za gotovo, i uvek je opet ona bila ta koja im planira odmor.

– A ti, bako? – upitala je Amber, skrenuvši pogled.

Fej je izgledala umorno, pa ih je Robin povela ka obližnjoj klupi.

– Želje su glupost, nema čarobnog štapića u životu, moraš da radiš kao konj da bi dobio ono što želiš. – Sela je i ispružila nogu, trljajući koleno.

– Nikad nisi ništa poželela, ni kao dete? – Amber je prestala da žvaće. – Sigurno jesi.

– Možda... samo jednom, nakon što sam ugasila svećicu. Alan i ja smo se tek venčali. On je bio prva osoba koja mi je napravila rođendansku tortu, navaljivao je da to uradi. Nikad ranije nisam dobila tortu, a on se toliko potrudio. – Oči su joj zablistale.

– Tvoja mama ti nikad nije napravila tortu? – upitala je Amber.

– Povremeno bi mi kupila poklon iz dobrotvorne radnje, i to je bilo sve. Uvek je govorila da su natpisi, baloni i pokloni bacanje novca ako možeš da napraviš ukrase od novina, a za tortu su potrebna samo jaja, puter i brašno. – Podigla je zdravu ruku ispod grudi. – Ali tako je bilo. Nisam znala za drugo.

Robin se setila stare fotografije iz Fejinog detinjstva koju joj je tata jednom pokazao, devojčica talasaste kose s pleternicama. Robin ju je sažaljevala, zamišljajući kako se budi bez iznenađenja koja većina dece doživi na svoj poseban dan.

– Šta si poželela kad si ugasila tu svećicu? – upitala je Robin.

– Da me Alan nikad ne napusti – i to dokazuje moju poentu. Želje su besmislene.

Godinama je delovala kao da je tako snažna, u Robininoj glavi, ali dok su se sad vraćale ka fontani, Robin je jedva uspevala da drži

Fejin spori korak, ispunjena zebnjom. Nije znala ništa o tome koliko je Fejina majka bila stroga, niti za tu rođendansku tortu koju je njen tata tom prilikom napravio. Robin je pogledala Amber. Same, ona i Fej nikad ne bi pričale ovako. Nikad ne bi razmenile onaj poseban osmeh koji je iznenadio Robin.

Amber je nekako bila kao melem na njihove rane.

Ova potraga za blagom mogla bi otkriti mnogo više od tatinog anagrama. Izašle bi iz kuće, udaljile se od bolnih uspomena, to bi mogao da bude način da otkrije više o Fej i... Robin je to želela. Stvarno jeste. Fej je izgledala umorno. Bila je spora i sklona padovima. Šta ako joj se nešto dogodi, iznenada, a Robin nikad ne otkrije istine koje je želela... koje je morala da sazna? I mali deo Robin, duboko u njoj, deo kojim nije mogla da ovlada, zavideo je na toplini koju je Fej pokazivala prema Amber, i pitao se da li će Fej ikada pokazati to isto prema *njoj*.

Pogledala je svitak u Amberinim rukama. Postao je još važniji.

– Dakle, nazad na potragu, ples... kako se to uklapa u priču? – upitala je Amber.

Fej je zurila u ptice na gornjem nivou fontane i čelo joj se razvedrilo.

– *Luis* je jednom održao zabavu na temu Grčke uz pecivo s medom i s vinom koje je imalo ukus kao razređivač. – Napravila je grimasu. – Učili smo grčki ples. Stojiš u krugu, sa ispruženim rukama na ramenima osoba pored tebe, i krećeš se sve brže i brže ukrug. – Oslonila se na fontanu. – Kad malo bolje razmislim, izgledali smo kao ovaj krug golubova, sa ispruženim krilima oko sebe.

– Znači, slovo je G, jer – Grčka je ta reč! – rekla je Robin i nasmejala se.

Ni Amber ni Fej nisu shvatile šalu, pa se razočarala, sve dok nije pogledala naniže, gde je Huver uhvatio njen pogled i ponovo joj namignuo.

Robin Vilson,
Parejd rou 16,
Stoundejl,
Širi Mančester
jul 1986.

Draga Debi,
ZABRINUTA SAM ZBOG SVOJIH GRUDI.
Ovo je tako ponižavajuće, ali mislim da moje grudi nisu normalne. Ne mogu da prestanem da ih zagledam u ogledalu. Jedna deluje veće u odnosu na drugu, a grudi mojih drugarica su bujnije. Videla sam devojke na trećoj stranici časopisa koji je kupio tata moje drugarice i njihove sve izgledaju savršeno i obe su potpuno iste. Zašto moje ne izgledaju tako? Svako bi mi se smejao kad bi me video golu.
Robin, 13 godina

Devojačka scena
Ulica Gover 41
London

Draga Robin,
Kao prvo, ne uzrujavaj se. Svaka tinejdžerka se tako oseća u vezi s nekim delom tela. I prestani da se zagledaš ispred ogledala. Dojke i ne treba da izgledaju sasvim isto i snimatelji se služe raznim trikovima da bi devojke koje poziraju izgledale savršeno. Svačije grudi rastu različitom brzinom, a ima ih raznih veličina.
Sledeći put kad dođeš u iskušenje da porediš dojke, seti se da su sestre, a ne bliznakinje!
Sve najbolje,
Debi

19.

Blanšina kuhinja bila je mnogo prijatnija od Fejine, s nameštajem od borovine i zbirkom šarenih čašica za jaja na prozorskoj dasci. Viseća polica protezala se preko šarenih tapeta, sa okačenim šerpama i tiganjima koji vise. Fejini su svi bili uredno sklonjeni. Mala kanta za smeće bila je prepuna. Robin će se postarati da je isprazni pre nego što se vrati... vrati kod Fej. Nije mogla to mesto da nazove *kućom*.

– Šta kažeš na to da skuvam čaj, dušo, a ti mi ispričaš kako je prošla potraga za blagom?

Robin je spustila salatu od tunjevine u kutiji koju je donela, zajedno s majčinom čokoladicom.

– Ne može da škodi. Izgleda da Fej voli domine kad je Amber pita da igraju. Počele su drugu partiju kad sam otišla.

Blanš je stavila čajnik da proključa i postavila tanjir s kolačima na mali sto. Robin je ponudila da pomogne, ali je Blanš odmahnula rukom. Robin joj je pričala o tragovima koje su rešili, a Blanš joj se pridružila meškoljeći se i trljajući kuk dok je tražila odgovarajući položaj za sedenje za kuhinjskim stolom.

– Ne mogu da se setim kad sam poslednji put jela ove kolače – rekla je Robin. – Tata ih je zvao *kamenjarke*.

– Njegov smisao za humor uvek je bio na mojoj talasnoj dužini. – Blanš ju je zamolila da sipa čaj. – Ove nedelje me ruke baš bole i kuvanje čaja svake večeri bi mi teško palo, ali mogu s vremena na vreme da ispečem nešto. Odlučna sam da ne odustanem od svega zbog ovog glupog artritisa. – Oči su joj zasijale. – Možda bih čak i izašla, potražila nekog na onim aplikacijama za *sviđanje*, što je tako prikladno ime. Našao bi se valjda i neki pustolovni savremeni muškarac koji bi mi se svideo i ponovo mi zagrejao motor.

– Samo nemoj od mene da tražiš savete o tome šta se zbiva ispod haube – rekla je Robin, a Blanš se nasmejala.

– Nekad sam nosila čitave ture kolača na posao – rekla je Blanš – a stanari su ih obožavali. Uvek me iznenadi kako tradicionalni kolači vraćaju uspomene iz detinjstva. Jednom sam napravila parkin, kolač s đumbirom, i jedan čovek je pustio suzu radosnicu setivši se svoje majke.

– To je omiljeni kolač strica Ralfa. Toliko sam naučila od tebe o pečenju. – Fej nikad nije provodila vreme učeći Robin kako da napravi jela iz svoje knjige recepata.

– Ah, ti dani kad sam za nekoliko minuta mogla da napravim pleh biskvita.

– I kad sam ja mogla da poližem činiju bez osećaja krivice.

Blanš ju je pogledala preko šolje, pa otpila veliki gutljaj. Naočare su joj se zamaglile. Spustila je čaj, držeći šolju u rukama da se ugreje.

– Ranije danas, odmah posle ručka, prošla si sama pored moje kuće, dolazeći iz pravca sela. Stala si ispred moje kuće da obrišeš nos... Slobodno mi reci da gledam svoja posla, ali izgledala si uznemireno.

Robin je uzela još jedan kolač.

– Kako izgleda vratiti se? – upitala je Blanš nežno.

Odakle da počne? Robin se nije uzdala u sebe da progovori, niti verovala da će joj glas zvučati kao da drži sve konce u rukama.

– Da li se dobro slažeš s majkom?

– Tako je kako je – rekla je Robin što je neupadljivije mogla.

– Znam da ste se svađale pre mnogo godina. Nije naročito pričala o tome i vrlo malo deli o svojoj prošlosti, ali jedno ti mogu reći, dušo... neznanci, prijatelji, porodica, uvek postoji razlog za ono što rade i kakvi su. Mislimo da upadamo u poslove, veze ili ponašanja, ali uvek ima nešto ispod toga što nas pokreće. Kad god smo primali nove stanare, volela sam da popričam s njima o njihovoj prošlosti, to mi je mnogo govorilo.

– Šta hoćeš da kažeš?

Blanš je podigla napola pojeden kolač i mahala njime u vazduhu. – Ljudi kad se rode su kao obično testo, ali onda život dođe i doda so ili šećer, tvrde komadiće, meke komadiće, nešto od čega narastu, nešto od čega ne narastu. Uzmimo mog Denisa za primer. Za vreme rata su ga sklonili u unutrašnjost i živeo je s porodicom koja je vodila prodavnicu. Zauzetost, pomaganje u skladištu i slušanje razgovora o mušterijama i zaradi pomogli su mu da prebrodi teška vremena i usmerili mu život ka karijeri u prodaji.

– A šta je s tobom, zašto radiš u staračkim domovima?

– Zbog majke. Razbolela se kad sam bila tinejdžerka i umrla je dan pre mog osamnaestog rođendana.

– Oh, Blanš, žao mi je.

– Razumeš koliko je to teško bilo. Negovala sam je, do samog kraja. Moj otac nije mogao da se nosi s tim. Otkrila sam mnogo o sebi, a prljavi poslovi mi nisu smetali. Jedino što je njenu smrt učinilo malo podnošljivijom bilo je to što sam znala da je bila čista i da joj je bilo udobno. – Blanš je skinula naočare i obrisala ih o vunu. – Briga, ta predanost, podarili su mi svrhu kad mi je život bio neizvestan, kao što je to bilo nekoliko godina kasnije, kad sam otkrila da neću moći da imam dece. Imalo je smisla da onda tu ljubav pružim neznancima – neznancima koji su mi postali porodica.

– To je divno.

Njeni bledi obrazi postali su ružičasti. – Ali sve to već znaš – nisi tako stara kao ja, ali mora da naslućuješ nešto o majci.

Robin je uzdahnula i uzela gutljaj čaja. – Ne baš. Znam da joj je otac poginuo u ratu, da je život bio težak... i to je otprilike to.

– Osećanja iz detinjstva nikad ne nestaju, događaji koji se tada dese ostavljaju trag. Jednom mi je rekla da je, kad je počela da radi u *Luisu*, tamo imala osećaj kao da su porodica, sve te proslave za osoblje, zajedništvo... Možda ne pričam najjasnije, ali ono što pokušavam da kažem je... Način na koji se Fej ponaša verovatno ima veze s njenom prošlošću.

– Da. Posumnjala sam na to iz ono malo pojedinosti koje mi je otkrila.

Blanš je nagnula glavu. – Onda se nadam da shvataš značaj toga – kako vaš odnos, trenje između vas, manje ima veze s tobom, a više s njenom prošlošću, s događajima koji su se desili pre nego što si se rodila.

Robin je zurila u nju. Toliko godina je smatrala kako je verovatno ona kriva, odlučila je da je upravo *ona sama* u nečemu pogrešila. Na neki način, Blanšino objašnjenje ju je umirilo, ali po drugim pitanjima nije. Fejin odnos prema Robin možda jeste bio posledica teškog detinjstva, ali Robin takođe nije imala lako detinjstvo, ne uz Fej, ali *ona* se nije iskalila na Amber. Mada, Robin je imala primer sjajnog oca. Fej svog nije ni upoznala. Pa ipak...

Robin se namrštila.

Blanš je vratila naočare. – Reci mi, dušo... zašto si se vratila u Stoundejl?

– Da se brinem o njoj.

– Ali nisi to želela.

Robin je prstom prešla po vrhu šolje dok je pričala Blanš o stricu Ralfu i kako ga je zvala ili barem slala poruke skoro svakog dana otkad se vratila kako bi mu olakšala brige. Nije morao da zna kako su i njoj ti pozivi značili. Strašno joj je nedostajao.

– Ali mogla si da ga nagovoriš, da ga uveriš kako je bolje da se ne mešaš. A ipak si ubedila Fej da te pusti da se useliš i držiš se toga. – Prešla je rukom preko Robinine ruke. – Zapitaj se zašto je to tako. U stvari, dozvoli mi da ti odgovorim. Zato što si uvek imala srce dobre ćerke.

20.

Amber je otišla na predavanja, zgrabivši parče tosta na izlasku, a Fej joj je mahnula kroz prednji prozor. Nikad ne bi odobrila da njena ćerka tinejdžerka jede s nogu. Robin nije trebalo dugo da se spremi, niti joj je nedostajala jutarnja rutina s ravnanjem kose i proizvodima za oblikovanje frizure. Razbarušila je kovrdže i obukla preveliki duks sa apstraktnom šarom koji je pronašla u staroj sobi, uživajući u osećaju mekoće i opuštenosti koji su toliko odudarali od njenog uobičajenog poslovnog izgleda.

– Hoćeš li da odemo u selo posle ručka? – upitala je majku.

– Po ovoj kiši? Ne. U svakom slučaju, izaći ću na svež vazduh sutra u potrazi za blagom – pod uslovom da bude toplije. Bilo je ledeno kad sam pustila Huvera napolje. Ne idem nikud po ovom vremenu. A imam i dosta posla danas. Moram da pozovem apoteku da mi pošalju recepte i...

– Ali ja sam ovde, nema potrebe...

– Šta ću kad se vratiš?

Možda bi mogle da ostanu u kontaktu? Da dođe ako ustreba. Robin je dodala punu kašiku šećera u čaj. Da li je zaista to pomislila?

Fej je podigla obrve. – Ovaj pad me je naveo da shvatim kako moram da se pripremim u slučaju da se nešto slično opet desi i budem nesposobna da nabavim hranu ili otkucam poruku na telefonu – pripreme za slučaj nužde, da se pozabavim ljudima koji su zaista važni. Lekar. Veterinar. Džulijan iz *Vord viklija*.

Posle ručka, Robin je posegnula za vetrovkom koja je visila na čiviluku u hodniku, ali je primetila svoju staru bajkersku jaknu.

Oklevala je, a onda je ipak uzela. Otići će do prodavnice odeće za boravak na otvorenom pored knjižare i videti može li da pronađe deblje rukavice i dobar šal za Fej. Previše toga je bilo na kocki u ovoj potrazi za blagom da bi Fej odustala posle samo jednog traga.

Gvirnula je kroz stakleni izlog *Brinerove knjižare* pre nego što je ušla u prodavnicu pored, gde je pronašla prelep par debelih teget rukavica sa izvezenim cvetovima oko zgloba. Uzela je i karirani šal koji bi Fej mogla dvaput da obmota. Prodavali su i džempere za pse, pa joj je prodavačica pomogla da izabere neki koji bi odgovarao francuskom buldogu. Tata bi uživao da ovde razgleda. Kad god su on i Fej išli na planinarenje, izgledao je neobično otmeno, sa uglancanim čizmama, crvenom sportskom jaknom i odgovarajućom ravnom kapom.

Pošto je izašla, Robin je na trenutak oklevala, a onda skrenula desno. Sklopila je kišobran pri ulasku. Jul je bio zauzet s mušterijom. Robin je bila zadovoljna što je u toplom, a bar je miris kafe bio primamljiv. Uzela je jednu sagu s police i sela u tapaciranu stolicu pored prozora. Misli su joj odlutale ka seoskoj biblioteci i Robin se zapitala zašto su je zatvorili. Julova mama je jednom rekla da decu samo pozajmljujemo i pričala o njima kao da su došla iz neke vrste biblioteke. Možda bi Fej vratila Robin – nije bila ono što je očekivala.

Vrata su zazvonila dok je mušterija izlazila, a druga je ušla i odmah otišla u deo kafića. Jul je nestao. Spustila je knjigu i prišla kasi.

– Jule? Jesi li tu?

Čulo se kako vuče noge pre nego što se pojavio. Danas je nosio tamnosivi sako, s podvrnutim rukavima.

– Kako mogu da ti pomognem? – Zastao je i zurio. – Jel’ to *moja* dukserica?

Oborila je pogled. Prokletstvo.

– Pozajmio sam ti je posle... posle onog puta u kućici na drvetu. – Izbegao je da je pogleda u oči.

Njihovo posebno mesto. Dakle, nije zaboravio.

– Skroz si se smrzla posle.

– Prokišnjavalo je. Zahtevao si da je obučem preko džempera.

– Voleo sam da te vidim u njoj.

A sad? – poželela je da pita. Bože, ovo je smešno. Jul ju je pozvao da ga prati. Ušla je za njim u kafić u zadnjoj prostoriji, a on je nakratko porazgovarao s pomoćnicom. Taj deo zgrade gledao je na malo dvorište, a napolju se nalazila šupa. Možda je tamo držao zalihe. Drveni stolovi su po sredini imali urezane književne citate. U uglu sobe stajala je vaza s crnim ružama – skroz u njegovom stilu – a na dalekom zidu visila je slika stola s hrpom knjiga i lobanjom.

Skrenuli su levo u kuhinjicu, prošli pored uređaja za kafu i ušli u krajnji deo gde se nalazio jednostavan sto od melamina. Pokazao joj je da sedne. Spustila je torbu i kišobran.

– Jel' ti se pije nešto na račun kuće? – upitao je ljubazno.

– To bi bilo... sjajno. – Toliko se iznenadila da je samo rekla da joj donese ono što će i on piti. Brzo se vratio s dva kapučina. Gledali su se.

– Ime radnje, *Briner*, mnogo mi se dopada. Tvoja baka je bila divna osoba. Pretpostavljam...

– Umrla je pre nekoliko godina, ubrzo nakon mamine smrti – rekao je stegnutim glasom. – Nije mogla da je preboli.

– Oh, Jule, žao mi je, zbog obe.

Njegov izraz lica je omekšao. – Tata i ja smo bili skrhani, ali mama je proživela lepu poslednju godinu i ispunila nekoliko želja sa svog spiska. Čak smo uspeli da je odvedemo da vidi polarnu svetlost, a letela je i balonom na vruć vazduh. U to vreme sam bio veren, spreman da odustanem od putovanja. Ta godina mi je pomogla da shvatim da sam se verio samo zato što su svi to radili. A posmatrajući kako mama ostvaruje svoje snove, shvatio sam da nikad neću biti momak koji će se skrasiti. – Pročistio je grlo. – I eto me, slobodan kao ptica, nazad u Stoundejlu i zadužen do guše.

– Ovo mesto je stvarno predivno. Gde nalaziš knjige za prodaju? – Želela je da nastavi razgovor i pokuša malo da mu olakša.

– Imam neke primerke za zbirku s veličanstvenim koricama. Pronalazim ih na internetu, poput potpisanih primeraka i prvih izdanja, ali kućne rasprodaje su najčešće sjajan izvor. Ne držim više od jednog primerka iste knjige, ali za stalne mušterije redovno osvežavam izbor. One koje povučem s polica čuvam sa zabeleškom o tome kad su poslednji put bile izložene. – Oči su mu zasijale.

– Nisam mogla da odolim i pogledala sam tvoju internet stranicu, nadam se da ti ne smeta. Nema bogzna šta o tebi na njoj... a mušterije vole lični pečat. – Obrazi su joj goreli. – Sigurna sam da bi priča o tvojoj baki bila veoma privlačna. Izvini. Ne mogu da se uzdržim, radila sam u marketingu pre nego što sam se vratila.

– Razmisliću o tome – promrmljao je i smešak mu je preleteo preko usana. – Hvala ti što si svratila. Zaista... cenim to.

Spremio se da ustane, ali ona ga je dodirnula po ruci, obraćajući mu se tihim glasom. – Tara mi je rekla da si bio prilično uznemiren kad si se vratio iz Londona.

Protrljao je čelo dlanom. Izgledao je kao da ima šesnaest godina. Htela je da se nagne napred i zagrli ga, da mu kaže da razume, kako je sve otišlo do vraga.

– Zar ne bi i ti? – rekao je.

– Da sam ostala ovde? Sasvim sigurno. Ali ja sam otišla u suprotnom smeru, dole u Londonu. Bacila sam se u kolotečinu, na posao, to mi je delovalo sigurnije, davalo mi je neku vrstu strukture u životu koju sam imala s tatom, s tobom, sa životom koji smo planirali. I...

– Šta?

– Možda je bilo lakše da te ne viđam. To bi me samo podsećalo na... – Grlo joj se steglo, a on je klimnuo glavom.

– Znači osećaš isti šok kao i ja, sad kad si se vratila? – upitao je.

Robin je klimnula glavom, nemajući poverenja u sebe da išta kaže.

Jul je pročistio grlo. – Kako ti ide s mamom?

– Malo nazad, pa u stranu, svuda osim napred. A mislim i da se neću ponovo videti s Tarom. – Ustala je, pokupila stvari i on ju je ispratio do ulaznih vrata prodavnice. Pomakli su se u stranu dok je još jedan kupac ulazio. Napolju se razvedrilo.

Ručak s Tarom ju je naveo da shvati da se odnosi ne mogu nastaviti tamo gde su stali, ne ako je tačka pucanja bila suviše mučna.

– Još je uznemirena zbog mog odlaska i razumem je, bile smo najbolje prijateljice. Sećaš se kako je bilo, Jule, sva ta... drama, London... ali počinjem da shvatam da to nije izgovor.

– Nikad joj nisi pisala.

– Kako znaš?

– Družili smo se kad sam se vratio, ali smo se s vremenom udaljili bez tebe. Bila je ljuta, Robin, i osećala se iznevereno.

– Jesi li joj ispričao o bolnici i svemu što se dogodilo? – upitala je, suvih usta.

– Ne. To nije bila moja odluka. Ali možda bi ti trebalo...

Stajali su u napetoj tišini.

– U svakom slučaju, Tara to ne bi želela da čuje, ne sada. Prekasno je. Bar se moja ćerka, Amber, preselila u Parejd rou, to mi je jedina svetla tačka. – Robin mu je ispričala o tome kako Amber studira ekonomiju i živi u potkrovlju, o potrazi za blagom koju su našli. Shvativši da se raspričala, odlučila je da krene.

Zatim je zastala, okrenula se i rekla: – Pokušala sam tokom godina da potisnem misli o tebi, i uglavnom mi je polazilo za rukom. Ali s vremena na vreme, poneka uspomena bi mi iskrsla u glavi. Nisam mogla potpuno da te zaboravim, ne posle svega. – Krenula je da se udaljava, želeći da kaže još nešto, ali nije bila sigurna kako.

– Isti slučaj. Dobro izgledaš, Robin. Sjajan ukus u izboru duksa.

21.

Još u gornjem delu pidžame s kapuljačom postavljenom krznom i odgovarajućim šortsom, Amber je zevnula i protegnula se na podu, na trenutak podsetivši Robin na devojčicu koja bi se subotom ujutro izvalila na tepih ispred televizora. Robin je popunjavala upitnik o karijeri. Otkako se vratila u Stoundejl bila je potištena na pomisao da će jednostavno završiti na novom radnom mestu gde će raditi isto, iz godine u godinu.

– Kako su juče prošla predavanja? – upitala je Robin.

– Dobro – rekla je Amber i polizala prste nakon što je završila parče hladne pice koju je sinoć naručila za sebe. Okrenula je glavu ka Fej. – Trebalo bi da krenemo s potragom, bako, pogotovo zato što na početku drugog traga ima posebnih uputstava. Dovoljno je reći da danas nećemo jesti za stolom.

Robin je ustala da uzme svitak s trpezarijskog stola i bacila pogled kroz kuhinju i prozor ka dvorištu. Napolju je rosila kiša, ali je prognoza predviđala da će se, nakon jučerašnjeg pljuska, teški oblaci polako povući. Dodala je svitak Amber pre nego što je opet sela u fotelju.

– Je li deda čitao poeziju? – upitala je Amber. – Kako to da je bio tako vešt u zagonetkama?

Fej je pogledala Robin i obe su se osmehnule. Robin nije mogla da se priseti kad su se poslednji put tako široko osmehnule jedna drugoj – osim tokom potraga za blagom.

– Bože sačuvaj, taman posla. Moj Alan nije čitao beletristiku, a jednom smo otišli na Šekspirovu predstavu i tad se zakleo – nikad više. Ali uvek je voleo smešne rime i svake nedelje je učestvovao u kvizu u pivnici niz ulicu. Otišli bismo zajedno, a ponekad bi nam se pridružili moja prijateljica Blanš i njen muž Denis.

– Tek mnogo kasnije sam shvatila koliko je bio nesebičan go-
dinama mi pomažući da učim poeziju, za razne priredbe i vežbe
iz engleskog, a uvek je gledao moje školske predstave. Nije mu to
smetalo, samo da nije reč o *Magbetu* – rekla je Robin.

Amber je podigla svitak u vazduh i odmotala ga, i dalje ležeći
na leđima.

Tragu ovom važni su piknik i odredište,
Sendviči, kolači, šta vam duša ište.
Ručak će vam rešiti smisao tog koda,
Bes puteva Stoundejla da vas unaokolo voda.
Prošetajte po društvenoj igri sa svake strane,
Da se stomak obraduje toj gozbi bez mane.
Jel' odgovor možda neki travnjak naš?
Nja! Nja! Nja! Smejurija baš!
Daleko je veći i s domom veze ima,
Dovoljno je reći – s kućnim poslovima.

– Ah, tata je, naravno, pretpostavio da ćemo ovu potragu završi-
ti za jedan dan – rekla je Robin – i zato je hteo da najpre pročitamo
drugi trag kako bismo bile spremne za izlet napolju.

Fej je coknula. – Izlet je naročito glupa zamisao u ovo doba go-
dine.

– Ali tata je mislio da ćemo to raditi dok je bio odsutan, u junu.

– Tačno. Neću jesti napolju po ovakvom vremenu. Zemlja će
posle jučerašnje kiše biti previše vlažna ako nas trag ipak odvede na
travu. Možda bi trebalo da otkažemo ili da vas dve idete bez mene.

Amber je gurnula Huvera i uspravila se. – Ali samo zahvaljujući
tebi smo rešile prvi trag kad si rekla da odgovor možda nije sunčani sat.

Robin je zastala. – Istina. Jedino treba da obujemo odgovarajuće
cipele.

Amber je slegnula ramenima. – Idem da napunim kadu, ako ne
izlazimo. Zatim ću krenuti da gledam poslove u Londonu, pošto
bih možda ipak mogla da se vratim. Školska drugarica mi je poslala
veb-stranicu agencije koja nudi privremeni kancelarijski posao.

Fej je posmatrala kako Amber ustaje, a usta su joj se micala kao da žvaće. – Ako opet počne da pljušti, vraćamo se nazad.

Amber je oklevala, a onda joj pružila ruku i Fej joj je dozvolila da je povuče za zdravu ruku kako bi ustala.

– Ah, to me podseti. Ne mrdaj – rekla je Amber. Koraci su joj odzvanjali kad se popela uza stepenice i otišla na tavan. Nekoliko trenutaka kasnije, pojavila se s debelim crnim flomasterom. – Pronašla sam ovo u konzervi sa olovkama. Gips nije gips dok ga neko ne potpiše, zar ne?

Robin je čekala da Fej kaže kako je to glupost, ali umesto toga baka je ispružila ruku.

– Bez ružnih reči, molim – rekla je.

Amber je napisala svoje ime sa srcem i nacrtala cvet ispod.

– Briši sad odavde – rekla je Fej promuklo. – Moram da obučem debele pantalone, a i ti treba da se presvučeš.

Amber je ponovo odjurila uza stepenice, ostavljajući Fej da gleda u gips kao da procenjuje Pikasovu sliku.

Robin se zapitala da li je trebalo da se i ona ponudi za potpisivanje.

Pola sata kasnije stajale su na trotoaru, sa sendvičima i kolačem u rancu, dok je Fej posmatrala Huvera u novom pletenom džemperiću. Bio je kraljevskoplave boje sa slikom žute krune.

– Hoće li ti biti dovoljno toplo u tom kaputu? – upitala je Robin ćerku. Kaput je bio dobar protiv kiše, ali lagan, za proleće.

Amber je prevrnula očima i nije odgovorila već je ponovo otvorila svitak i krenule su.

– Znači, spakovale smo ručak i sada treba da krenemo ka *besu puteva Stoundejla*. Pretpostavljam da je najbolje da krenemo iz sela – rekla je. – Misliš li da je hteo da napiše nešto drugo umesto *besa*?

– Ne – rekla je Fej. – Tvoj deka je imao užasan rukopis, ali je uvek bio vrlo precizan kad su ovi svici u pitanju.

Fej ga ranije nije tako zvala. Robin je mogla da zamisli tatu s njima kako brani svoj rukopis i pretvara se da je ogorčen. Huver ju je povukao prema banderi. Stigli su do *Brinerove knjižare*.

– Robin, čekaj! – Jul im je prišao u uskim belim farmerkama koje su mu isticale mišićave noge. Prošao je rukom kroz kosu.

– Dobro jutro, Džejsone.

– Gospođo Vilson... Drago mi je što vas ponovo vidim napolju.

Amber je zurila u njega. Prethodne noći je ispitivala Robin, želela je da zna kako se osećala nakon što je posle toliko godina ponovo videla Jula. Robin nije znala šta da kaže, još nije bila sigurna. Polako se prisećala sitnica pohranjenih u onom delu uma gde je čuvala blago poput Amberinog prvog osmeha i Todovog izraza lica kad je pristala da se uda za njega. Poput nežnog načina na koji bi Jul obavio ruku oko nje i potapšao je po leđima kad ju je Fej grdila i kako bi joj potpuno posvetio pažnju dok razgovaraju. Ostavio bi knjigu ili skinuo slušalice i sedeo kao dete koje sluša priču. Robin je čak zamišljala kako bi izgledalo da ga ponovo poljubi.

– Ovo je Amber.

– Drago mi je što sam te upoznao. Izgledaš baš kao Robinin tata.

– Tako kažu.

Pogledao je ponovo ka Robin. – Mogli bismo...? Da li bi ti smetalo da...? Imaš li slučajno vremena recimo... u subotu, odmah posle zatvaranja?

– Oh... naravno, svratiću – rekla je Robin, dok joj je srce jače lupalo, a raspoloženje se podiglo zbog predloga, u nadi da se njegova hladnoća možda polako otapa.

Amber se osvrnula dok su prolazili pored frizera, dok je Fej odmahivala glavom na božićnu jelku koja je već bila u izlogu. Mladi kasir iz prodavnice ih je zaustavio i pitao Fej kako je. Nije mogao da skine pogled s Huverovog džemperića.

– Nisam mogla da odolim da ga ne kupim – rekla je Robin.

– Ona je iz Londona – rekla je Fej i razmenila s mladićem pogled pun međusobnog razumevanja.

Stigli su do fontane ispred gradske većnice.

– Znači, *bes puteva Stoundejla...* Hajde da pokušamo da smislimo različite reči za bes, šta mislite o srdžbi ili ljutnji...? – rekla je Robin.

– Ili jarost. Raspomamljenost. Gnev – rekla je Amber. – Tako sam se osećala kad je naša studentska kuća poplavljena, nisam mogla da poverujem kako niko od nas nije primetio da je cev pukla.

– Tvoj stanodavac mora da je bio besan – rekla je Fej.

Amber je slegnula ramenima. – Ne znam kako je ostao tako smiren kad smo mu rekli. – Sagnula se da pogleda novčiće u fontani. – Prijatan momak, baš bezveze što je šteta mnogo veća nego što je iko mogao da zamisli. U narednih nedelju dana će odlučiti hoće li morati da nas oslobodi ugovora i vrati nam kaparu. Tad napuštam Mančester. Nema šanse da reskiram i preselim se u još jednu kuću s ljudima koje ne poznajem, a koji bi mogli da budu još manje slični meni.

– *Jarosni* putevi, *raspomamljeni, gnevni...* hm... ništa ne pomaže... – Robin se namrštila. – Ček', šta si rekla? Kad si sve to saznala?

– Poslao nam je imejl sinoć.

Osećaj panike prostrujao je kroz Robin. – Ne možeš dozvoliti da ti napukla cev uništi snove – rekla je, što je opuštenije mogla.

Amber je prekrstila ruke.

– Toliko sam bila besna na Huvera kad me je sinoć probudio da mi je došlo da raskrstim s njim – rekla je Fej žurno. – Prevrnuo se i seo mi zadnjicom posred lica. – Huver je podigao pogled sa izrazom krivnje. – Ma došlo mi je krst da stavim na njega od besa – rekla je, uzvraćajući mu pogled.

– To je to, opet si pogodila, bako. Ova fontana ti izgleda donosi sreću. Trag mora da se odnosi na ovo veliko *raskršće* na kraju glavne ulice. – Amber je pokazala napred i prstima napravila znak krsta.

– Ne, ti si to rešila, Amber! Bravo! – rekla je Fej glasno.

Njih tri su se međusobno pogledale, a Amber je zagrlila Fej.

Robin je otvorila usta od zaprepašćenja, a oči su joj se raširile pri pogledu na toliku naklonost između Fej i njene unuke.

– Ipak, ne zanosimo se – dodala je Fej i namestila naočare. – Još ništa nismo rešile. Šta kaže sledeći stih?

Proučile su rečenicu – *Prošetajte po društvenoj igri sa svake strane* – i razmenile razne predloge uključujući šah, domine i pantomimu.

– Znam: misli na *bridž*. Moramo da pređemo most[2] – rekla je Robin.

Polako su prešle ulicu, prolazeći pored glogovog grmlja nakon što ga je Huver podrobno onjušio. Prešli su na drugu stranu reke, dok je svež povetarac postajao sve jači. Robin je udisala miris algi

---

[2] Igra reči engl.: *bridge* – most. (Prim. prev.)

i vlažnog tla, poznat iz vremena kad su se ona i tata igrali žmurke u šumi. Ležala bi na tepisima od lišća, potpuno mirna, oduševljena kad bi joj se približile veverica ili ptica.

– Ovde smo dolazili na izlete kad si bila mala.

Robin se setila. Tata bi se smeškao dok jede omiljena kuvana jaja, a Robin bi stiskala nos. Kao poslasticu, Fej bi ponekad napravila svežu limunadu, a Robin se zbog toga osećala poput junakinje iz njenih omiljenih priča o Inid Blajton.

– Seli bismo na veliku kariranu prostirku umesto za sto, zar ne? Tata je govorio kako je zabavnije sedeti na travi jer možemo da gledamo mrave i gliste. Igrali smo se i Puove igre s grančicama.

– Srećna vremena – rekla je Fej tiho, kao da je niko drugi ne čuje. – Volela bih da su ti nedužni izleti mogli da potraju zauvek.

Robin je podigla obrve. Zaista?

– Ali trag kaže da trava nije odgovor, kaže *Nja! Nja! Nja!* na to. *Daleko je veći i s domom veze ima... s kućnim poslovima.* – Amber je zurila u svitak. – I reč *poslovima* je naglašena, pa pretpostavljam da taj deo treba da nam da slovo za anagram. Pokazala je na spomenik oko pedeset metara dalje, sa igralištem za kriket u daljini. – Šta je ono?

Uputile su se ka spomeniku ratnog konja s brojevima 1914–1918 urezanim s jedne strane, zajedno s rečima *Sa zahvalnošću.* Bio je visok oko tri metra, sa zelenim mrljama patine, a vojnik koji je sedeo na njemu oslonio je dlan na konjski bok.

– Poslovi... – promrmljala je Amber. – Pranje, brisanje prašine, ribanje...

Fej i Robin su se pogledale.

– Ovo je poznato kao Gvozdeni konj – rekla je Robin.

Amberino lice se razvuklo u osmeh. – Pegla je od gvožđa?[3] Dakle, drugo slovo je *I.*

– Zato je tata napisao *Nja! Nja! Nja!.* To je igra reči sa zvukom koji konj ispušta.

– Bio je tako pametan. Odlučna sam da rešim sledeći trag u nedelju, pošto sad znam kakve naznake i trikove bi deda koristio – ako si raspoložena za to, bako.

---

[3] Engl: *iron, ironing* – gvožđe, peglanje. (Prim. prev.)

Robin je došlo da je zgrabi za ruke i zavrti je ukrug, kao što su to radile kad je Amber bila mala. Znači, spremna je da ostane još nekoliko dana, a onda, daj bože, još nekoliko posle toga.

Amber je zakoračila napred i prstima prešla preko natpisa. – Zašto bi selo bilo zahvalno zbog gubitka ljudi u ratu, nema smisla?

Fej je objasnila Amber kako nijedan muškarac nije poginuo i kako je Stoundejl *zahvalno selo*, što je bilo napisano i na tabli na ulazu. Bilo je pedeset šest zahvalnih sela u Velikoj Britaniji – mestâ u koja su se svi vojnici vratili iz Velikog rata, i četrnaest dvostruko zahvalnih sela, čiji nijedan stanovnik nije poginuo u Drugom svetskom ratu. Ipak, tokom Nedelje sećanja svejedno su stavljali cveće i divili se vencima od maka naslonjenim na postolje.

Robin se nikad nije osećala naročito zahvalno što živi u Stoundejlu i oduvek je želela da živi u gradu, bliže užurbanom noćnom životu i prodavnicama ploča, daleko od Fej, daleko od klika u školi. Delila bi stan s Julom i Tarom, a drugi školski prijatelji dolazili bi na žurke, zadivljeni njihovom nezavisnošću. Oblačili bi se kao njihovi pop idoli, duvali travu, pili italijansko vino *asti spumante* i radili u *Afleksu* dok bi sledili snove – ona bi studirala engleski, Jul nauku o zaštiti životne sredine, a Tara bi naučila sve što se moglo znati o Nju ejdžu. Tata bi dolazio i pomagao im da obave sitnije popravke u stanu. Svi u komšiluku bi ih smatrali sjajnim, a vlasnici klubova znali bi ih po imenu i puštali ih u svoje VIP prostorije.

– Bog zna kako sam ranije umela da jedem na prostirci – rekla je Fej.

– Tata je voleo izlete, i uvek bi se posle jela sa mnom dobacivao frizbijem, zar ne, mama? – rekla je Amber.

– Da, iznenadila sam ga jednim za našu desetogodišnjicu, spakovala sam šampanjac i jagode.

– Kuda ste otišli? – pitala je Fej.

– Nikud. Tod je morao da ide na posao. Navodno, u pitanju je bilo nešto hitno.

Amber je na trenutak gledala u Robin, a zatim se okrenula da još jednom osmotri spomenik. Prišle su prostoru za izletnike, a Fej je naslonila zdravu ruku na najbliži sto.

– Čekaj, klupa izgleda vlažno – rekla je Robin. – Raširiću plastičnu kesu koju sam ponela za đubre, poslednje što ti treba je da se prehladiš. – Brzo je otvorila ranac.

– Požuri onda – promrmljala je Fej i protrljala rebra.

Robin je podigla pogled. – Vidite zeca! – Pokazala je iza njih, pored stolova, blizu ivice šumarka. Međutim, Huver ga je prvi uočio, glasno je zalajao i potrčao. Robin je zapanjeno gledala kako povodac leprša za njim. Mora da ga je na trenutak ispustila.

– Huvere! Vrati se odmah! – viknula je Fej, a donedavna zarumenjenost u obrazima je nestala. – Izgubiće se, taj pas nema nikakav osećaj za pravac. Kako si mogla da budeš tako glupa, Robin? – uzviknula je.

Robin Vilson,
Parejd rou 16,
Stoundejl,
Širi Mančester
decembar 1986.

Draga Debi,
STRAHUJEM OD PRVOG POLJUPCA.
Početkom polugodišta, u našu školu je došao jedan dečko i stvarno mi se sviđa. Ume da me nasmeje, volimo istu muziku, i stvarno je brižan i drugačiji od ostalih. Oboje smo pozvani na božićnu žurku i pitam se da li ćemo se smuvati tamo. Stvar je u tome što nikad nisam nikoga propisno poljubila. Šta ako ispadnem smešna i sve uradim pogrešno? Moja najbolja drugarica nikad nije poljubila dečka, tako da ni nju ne mogu da pitam za savet, a nema svrhe pričati s mamom o zabavljanju, toliko se svađamo.
Spojim palac i kažiprst i tako vežbam noću, i pažljivo gledam ljubavne scene kad je serija Dalas na televiziji. Imaš li neki drugi savet? Baš sam nervozna.
Robin, 14 godina

Devojačka scena,
Ulica Gover 41,
London

Draga Robin,
Bože, uspori malo, još se nisi ni na binu pope-
la! Normalno je što se tako osećaš, svima je slič-
no prvi put s novim dečkom, čak i ako već imaju
iskustva. To je deo uzbuđenja. Kad vam se usne
spoje, opusti se i vidi šta će se dogoditi, veruj
svojim nagonima i nežno se odmakni ako želiš da
prestaneš. Izgleda da se ti i taj dečko već dobro
slažete, a to je odličan početak. Iskreno, i on će
biti podjednako nervozan kao i ti.
Što se tiče tvoje mame, zašto je ne pitaš kako
je bilo kad je ona bila tinejdžerka? Možda ćeš se
iznenaditi i pronaći zajedničku temu za razgovor.
Sve najbolje,
Debi

22.

Amber je pojurila napred, a Robin nije bila daleko iza nje, odmah se setivši koliko joj nikad nisu prijali sati provedeni na traci za trčanje. Okliznula se na mokru travu i skoro spotakla o veliku granu. Od Huvera i zeca nije bilo ni traga, a njih dve su trčale kroz šumarak, dozivajući ga. Na kraju su se srele.

– On je tako mali, kako ćemo ga pronaći ako ne laje, ovde skoro da nema svetla? – Robin je pokušavala da dođe do daha. – Huvere, gde si? – povikala je.

– Ne odgovara na ime, zašto ne probamo da ga dozovemo... znam, po omiljenoj hrani? – rekla je Amber.

– Šta? – Robin se namrštila.

Amber je prekrstila ruke. – Pretpostavljam da misliš kako je to glup predlog.

– Ne... naravno da nije, u pravu si, vredi pokušati... u redu, on obožava slaninu. Spremala sam je za Fej pre neko jutro i čim je čuo reč, načuljio je uši i pre nego što sam uključila ringlu. – Nastavile su dublje u šumarak, dozivajući psa i izbegavajući oborene grane i crne blatnjave bare, zaustavljajući se svakih nekoliko metara da oslušnu šuštanje lišća pod nogama. Ptica je prhnula iz obližnjeg grma, oglašavajući uzbunu.

– Možda se već vratio kod nje – rekla je Amber.

Vraćanje praznih ruku za izletnički sto nije zvučalo primamljivo. Robin se osećala kao da opet ima deset godina, kad je izgubila novčanik. Fej je vikala da je razmažena i kako se olako odnosi prema džeparcu. U tim godinama Robin nije odgovarala, samo je stajala, pognute glave.

– Slanina! – povikala je, a Amber je učinila isto, pa opet. Zatim su ponovo probale da dozovu Huvera po imenu. Uz drhtaj, Robin se konačno okrenula da se vrati i skoro se sudarila s panjem prekrive-nim mahovinom. Bar je tako mislila, dok nije pogledala dole i ugle-dala dva trouglasta uha, rep koji je mahao i vilicu čvrsto stegnutu oko plastičnog prstena sa šest limenki.

– Dođi ovamo, mali vragolane! – Podigla ga je i zaronila lice u krzno pre nego što je počela da vuče plastiku. Nije hteo da pusti i ona se pocepala napola, počeo je da je žvaće, ali je Amber uspela da mu je izvuče iz usta pre nego što ju je progutao. Zatim je uzela povodac i njih dve su istrčale na čistinu, dok je trava škripala pod Robininim stopalima. Dok ih je sustigla, Huver je već bio udobno smešten u Fejinom krilu i mljackao šaku poslastica koje je ona ponela.

– Zamalo da ga izgubim zauvek – žalila se. – Kako si mogla da ispustiš povodac, ti glupa, glupa devojko? Huver voli da donosi stvari, mogao je da pronađe nešto opasno.

Robin je pogledala u Amber.

– Ne znam, bila sam usredsređena na...

– Pa, nije trebalo da budeš. Vlasnici uvek stavljaju svoje pse na prvo mesto.

Robin se naslonila na sto za piknik.

– Bako, sve je u redu – rekla je Amber.

Ako bi se Fej izvikala i na nju, to bi bio kraj, Robin bi je odmah odvela odavde, večeras.

– Tvoja majka je budala – promrmljala je Fej. – A ne ume ni da razlikuje zeca od kunića. To čudo je bilo ogromno. – Pre nego što je Robin stigla da odgovori, Amber ju je preduhitrila.

– Ne, nije, svi ponekad pogrešimo – rekla je tiho. – Mama se trudila da tebi bude udobno, postavljajući ti plastičnu kesu da se ne bi prehladila. Stavljala je *tebe* na prvo mesto.

Opa. Amber je bila tako smirena, tako... razložna.

Robin to ranije nije primetila, ili možda jeste ali je poricala. Nje-no zlato je zaista postalo odrasla osoba.

Fej je stisnula usne. Robin je dobro znala koliko njena majka ne voli da izgubi raspravu. – Sigurno se mnogo puta izvikala na tebe. Majke to rade.

Amber ju je belo pogledala. – Stvarno? Moja nije. Nikad.

Fej je frknula.

– Naravno, naljutila bi se, kaznila me i poslala me u moju sobu, ali nikad nije vikala, ne na taj način. Obratila bi mi se razočaranim glasom, a to je bilo maltene gore.

– Šta, nijednom? – podsmehnula se Fej. – Teško mi je da u to poverujem.

– Istina je. Jedini put kojeg se sećam je kad sam bila mala i...

– Nema veze, Amber, pusti to – promrmljala je Robin.

– Ne, želim da čujem to – rekla je Fej.

– Pustila sam njenu ruku i pretrčala ulicu da vidim drugaricu. Povikala je da ide auto. Ali to je bilo da me zaštiti, ne da me izgrdi – a to je drugačija vrsta vikanja, zar ne?

Fej je smrknuto gledala dok je Robin vadila sendviče sa šunkom iz ranca i delila ih. Pojela je sendvič stojeći. Amber bi povremeno bacila komad hleba pticama koje su cvrkutale, i jedino su one zapravo međusobno ćaskale. Fej je ponovo spakovala sendvič posle jednog zalogaja i duboko se zamislila.

– Ja nisam odrasla u zahvalnom selu – rekla je iznenada. – Većina muškaraca se nije vratila iz rata, uključujući mog oca. Nikad me nije upoznao. – Amber i Robin su prestale da jedu dok je objašnjavala kako su joj roditelji potekli iz velikih porodica s malo novca i kako nisu želeli decu. Sanjali su da prištede, kupe kuću i putuju svetom.

– Ali onda su mog oca pozvali u vojsku, a majka je ubrzo nakon što je on otišao saznala kako je neočekivano zatrudnela. Mučila se da odgaji dete sama, a njen položaj je bio još gori zato što nije imala nimalo majčinskog osećaja. Otac je poginuo u rovovima, zajedno s njenim snovima, kako me je uvek podsećala, i bila sam primorana da pronađem posao što pre, iako sam želela da idem na fakultet.

– Ti nisi ništa posebno, svaka usta imaju dve ruke koje mogu da rade – govorila je majka.

Robin je sela pored nje.

– Možda nije trebalo da vičem, Robin. – Fej je nije gledala. – Ali ovaj pas, on je sve što sad imam. Voli me bezuslovno, baš kao i Alan. Ja... ne smem da ga izgubim jer znam kako je osećati se zaista usamljeno. – Glas joj je zadrhtao. – Kad je Alan otišao, a onda ti...

Zašto joj Fej nije ništa od ovoga ranije ispričala? I maltene joj se izvinila? I nagovestila da... da joj je Robin možda nedostajala?

Robin je pojela što je mogla više kolača s bananom, nadajući se kako će time prigušiti zbunjenost koja ju je obuzela. Zatim je otvorila termos i sipala tri šolje vrelog čaja, osluškujući ponovo ptičji cvrkut. Posle izvesnog vremena, Fej je dovršila sendvič. Komad je slučajno pao na zemlju, a drozd ga je pokupio i odleteo.

– Ta ptica je kao ti ranije – rekla je Fej, gledajući u Huvera. – Čas tu, čas te nema.

23.

– Hvala ti što si me branila danas – rekla je Robin dok je otvarala vrata ormana, birajući još stare odeće.

– Kako god. – Amber nije podigla pogled sa časopisa *Devojačka scena*. Sedela je na pokrivaču prošaranom geometrijskim oblicima.

– Ne bi trebalo da moraš to da radiš.

Podigla je pogled. – Nema potrebe da nastavljamo priču. U redu je.

– Fej mi nikad nije ispričala sve to o mojoj baki.

Amber je polako spustila časopis, a izraz lica joj se smrknuo. – Ti i ona niste toliko različite. Uvek je postojao deo tebe koji je bio nedostupan.

– Šta misliš pod tim? – Robin joj se pridružila na krevetu.

– Nisam znala skoro ništa o baki pre nego što sam došla ovamo – rekla je i stresla se. – Iako sam je upoznala kao beba, mogla si tokom godina da mi ispričaš ponešto za moju dobrobit, ali ne, bila je to jedna velika tajna. Znala sam samo da se vas dve ne slažete i da mi je tata rekao da te ne ispitujem.

– Bilo je... teško... Bolelo me je da se prisećam. Uvek je bilo lakše usredsrediti se na budućnost.

Amber je nakrivila glavu. – Jel' ti tvoj tata rekao da ne ispituješ baku?

– Jeste.

– Onda mora da je njena prošlost bila podjednako bolna kao i tvoja. U glavi si zalupila vrata majci, kao što je ona tebi.

Od pomisli da u suštini veoma liči na majku Robin su podišli žmarci.

Bore između Amberinih obrva su nestale. – Zašto trpiš da ti se tako obraća?

– Suprotstavila sam joj se kad sam ušla u tinejdžerske godine. Jednom me je nazvala kraljicom prkosa.

Amber je podigla noge i zagrlila kolena, klimajući glavom da Robin nastavi.

– Izletela bih iz sobe i zalupila vratima, a kad sam napunila šesnaest, rekla bih joj kako mogu da radim šta hoću. Pokušavala sam da trpim njeno ponašanje zbog tate – mrzeo je da gleda kako se svađamo. Ali sve se nakupilo, znaš, godine sitnih uvreda. Kao kad smo Tara i ja učestvovale u dobrotvornoj šetnji, uprkos žuljevima sam je završila i skupila skoro pedeset funti, ali nikad me nije pohvalila, ama nijednom. I provela sam dane slikajući našu baštu za čas likovnog i bila sam tako ponosna na svoj rad. Ali Fej ga je samo letimično pogledala i rekla da su bele rade na travnjaku prevelike, dok je Tarina mama okačila njenu sliku na frižider. Sitnice poput tih izjedale su me iz dana u dan.

Amber je spustila stopala na pod. – Dok ti, s druge strane, hvališ moje uspehe pred svakim ko hoće da sluša. Sećaš se kako si mi na sportskom danu u osnovnoj školi dala medalju samo zato što sam završila trku?

– Uvek sam bila tako ponosna i želela sam da to znaš. – Robin je osetila kako joj obrazi gore. – Možda sam i preterivala.

– Ne... sviđalo mi se – promrmljala je Amber. – Zar te deda nikada nije branio?

– Ponekad bi se on i Fej gadno posvađali. Čula bih to s tavana, ali ako bih sišla u prizemlje, prestali bi istog časa. – Robin je na trenutak zurila u zid. – Svaki put bi razgovarali posle toga. Nikad nisam znala u čemu se ne slažu, umeli su neupadljivo da rešavaju nesuglasice, ali narednih dana Fej bi se više potrudila oko mene, pitala bi me o školi, predlagala da kuvamo zajedno, mada bi pre ili kasnije njena uzdržana živčanost proključala, i napetost između nas bi postajala gora nego ikad. – Slegnula je ramenima i okrenula se ka Amber. – Sad kad razmislim, tata je verovatno pokušavao da nas pomiri.

– Volela bih da sam ga upoznala. Deka zvuči sjajno.

Robin je samo klimnula glavom. Bilo je teško naći reči koje bi zaista opisale koliko je njen otac bio neverovatan. – Pretpostavljam da sam se navikla na to kakva je Fej, a sad... kad sam se vratila... deluje tako krhko. Nisam to očekivala. Ovde sam samo nekoliko nedelja, i bilo je gotovo lako, kao da padam u dobro poznati obrazac, obe znamo pravila.

– Lako ne znači da je ispravno.

Kada je Amber postala tako mudra? Robin je poželela da je zagrli, ali joj je umesto toga samo stegla ruku. Zahvaljujući Amber, Fej je danas izašla. O da, uveče se vratila uobičajenoj izveštačenoj udaljenosti, sa ukrštenicama, televizorom i ravnodušnim pogledom na hranu, ali današnji dan je pokazao kako rešavanje potrage za blagom može dovesti do nečeg mnogo većeg od pukog rešavanja anagrama.

– Šteta što se ti i Tara više nećete videti. Bile ste baš bliske?

– Držale smo se zajedno kroz osnovnu i srednju školu. – Robin se nasmešila. – Upadale smo u svakakve nestašluke.

– Na primer?

Robin je sela na krevet i ispričala joj o tome kako su se jednom tajno odvezle autobusom do Mančestera. *Depeš moud* su svirali u *Apolu*. Otišle su na koncert u subotu jer im nije bilo dozvoljeno da izlaze kasno tokom nedelje, ali neko u školi joj je kasnije rekao da, ako odeš iza zgrade, izvođači mašu s prozora garderobe. Bio je utorak i one su sedele, kikoćući se na zadnjem sedištu autobusa, a svaka je u ruci imala foto-aparat za jednokratnu upotrebu. Njeni roditelji su već bili u krevetu kad se vratila.

Robin je uzela telefon i na *Spotifaju* pustila listu hitova iz osamdesetih, dok je tražila stare komade nakita koje su ona i Tara nosile kad bi izlazile u klubove.

Amber je podigla fluorescentnu ružičastu ogrlicu s velikim perlama. – Makar je muzika bila pristojna – rekla je podrugljivo kad je počela pesma Samante Foks „Touch Me".

Dok je Robin izvlačila nekoliko majica iz ormana, Amber se vratila časopisu, povremeno odmahujući glavom.

– Čitam članak o tome kako je savršeno nositi veličinu 40, a ova devojka je 38 i mrzi što je tako. Možeš li to da zamisliš danas? – Amber se podsmešljivo nakašljala. – A tu je i vodič o tome kako da zadržiš dečka – pričaj drugim devojkama kako nikad ne pere zube, pa nijedna neće hteti da izlazi s njim. Pitaj ga da ti još jednom objasni pravilo ofsajda jer će se zato osećati važno. Ovo je neprocenjivo.

– I Jul je voleo da čita te časopise. Zajedno smo radili kvizove. Amber je podigla pogled. – Jesi li ga ostavila?

Robin je zamislila Julovo lice, u toj bolnici, kako joj steže ruku toliko čvrsto da ju je bolelo. Isključila je muziku.

– Ne. Ostavio me je u Londonu.

– Pobegli ste zajedno? Mislila sam da si sama napustila Stoundejl. – Spustila je časopis. – Je li tata znao?

Robin je klimnula glavom.

– Zašto te je Jul ostavio?

– Nije ispalo onako kako smo očekivali... Nismo mogli da nađemo posao, uzbuđenje se brzo istopilo. – Robin nije htela da joj ispriča celu priču, barem ne u ovom trenutku.

– Zašto si to čuvala u tajnosti? Da li ga još voliš? – Amber je podigla bradu i namrštila se. – Čula sam tebe i tatu kako pričate, rekao je kako mu se čini da si se udaljila od njega poslednjih godina... je li to razlog? Jul je bio tvoja prva ljubav... da li si čekala priliku da se vratiš na sever?

– Šta? Ne, Amber, naravno da ne. Zašto bi to uopšte pomislila?

– A šta misliš? – upitala je, mrzovoljno.

Robin je duboko uzdahnula. – Koliko puta moram da ti kažem da nisam imala ljubavnu vezu s Gregom? Jedva da sam ga poznavala, radili smo zajedno samo mesec dana. Tvoj tata je to pogrešno shvatio.

– Ali šta je tačno pogrešno shvatio? Nikad mi nisi u potpunosti objasnila. A ni tata.

Robin je pogledala Amber u oči. Možda zaista nije. Možda je došlo vreme.

– Imala sam problem s telefonom, i tvoj tata se ponudio da pogleda. Primetio je poruku od Grega s mnogo smajlića. Zgrabila sam telefon, izgovarajući se da Greg i ja ćaskamo o poslu. – Skrenula je pogled. – Pretpostavljam da je to izgledalo sumnjivo. Razgovarala sam s Gregom tihim glasom kod kuće, nekoliko puta tih nedelja, pa bih izašla iz sobe kad god bi tvoj tata bio prisutan. U svakom slučaju, kasnije tog dana je pogledao telefon i shvatio da sam obrisala poruku i celu istoriju razgovora. – Robin je ponovo susrela Amberin pogled. – To mu je bila potvrda kako ga varam.

– Ali zašto si ih obrisala? I šta se desilo posle?

– Čula si svađe... i toliko mi je žao zbog toga, ljubavi. Tvoj tata je rekao da je to poslednja kap nakon toliko meseci i godina osećaja da sam... da sam se udaljila od braka. Nije hteo da sasluša moje objašnjenje kako mi je Greg pomagao da mu izaberem novi set palica za golf za rođendan. Odlučila sam da se potrudim za njegov pedeseti, a Greg je podjednako veliki zaljubljenik u golf kao i on.

– Hmm. Pa, ne možeš da kriviš tatu... znaš kako kažu... gde ima dima ima i vatre. – Amber je prekrstila ruke.

– Dušo... molim te, reci mi... Zašto mi ne veruješ? Znaš da je tvoj tata na kraju pristao da upozna Grega, koji mu je rekao istinu.

Iako je bilo prekasno. Tod je rekao da mu je svega dosta i kako i dalje želi razvod jer je ta optužba dokazala da poverenja više nema.

– Zato što... – Amber je izdao glas. – Potreban mi je dobar razlog. Veliki. Mora da postoji da bi se brak završio, zar ne? Nešto dramatično? Ne samo to što ste se udaljili jedno od drugog.

Robin je oduvek tako mislila. Dok sve nije krenulo da se polako – mic po mic – menja, pa su se svi ti sitni negativni trenuci nagomilali. Možda zato i nije napravila presudan korak da okonča sve, i onda je Tod bio primoran da to učini.

– Znači, jeste bilo zbog Jula? – Amber je uporno pitala, brada joj je drhtala.

Robin je ponovo sela na krevet. – Sećanja na ono što smo Jul i ja imali uglavnom su se vratila otkako sam se vratila u Stoundejl. Veoma sam se trudila da potisnem Jula kad sam se preselila u London, razumeš? Baš kao što si rekla da sam uradila s Fej. Amber – rekla je blago. – Razlaz s tvojim tatom nije se dogodio zbog Jula i više sam nego iznenađena što su nam se putevi ponovo ukrstili.

Amber se blago nasmešila. – Da li ti je tata ikad pričao o bivšim devojkama?

– Nije kad smo se tek upoznali, ali poslednjih godina se povezao s gomilom školskih prijatelja na *Fejsbuku*, uključujući i bivšu devojku. Otišao je s njom na kafu i neprestano se smeškao kad se vratio kući. Stalno je pričao o tome kako odlično izgleda za svoje godine, koliko je otmena. – Robin se zajedljivo osmehnula. – Znaš kakav je tvoj tata, uopšte nije razmišljao o tome kako sam se ja ose-ćala zbog toga.

Amber je podigla obrvu i klimnula glavom, a zatim se vratila čitanju starog časopisa.

24.

Robin je spustila novine i bacila pogled napolje. Je li to upravo prošla neka žena s plavom kosom? Ustala je i pogledala kroz prozor niz ulicu.

Fej i Amber su udobno sedele, igrale domine i smejale se istovremeno, a Fej je čestitala Amber kad bi opet pobedila. Amber se vratila ranije s predavanja i bila je ushićena. Robin je samu sebe iznenadila što nije digla ruke u vazduh od sreće kad je Amber oprezno spomenula kako su je kolege i koleginice s grupe pitale da li bi želela da ide na žurku u njihovom domu. Nakon nekoliko partija, ona i Fej su se dogovorile da će gledati film *Mamma Mia!* na televiziji jer ga Fej nije gledala. Robin se trudila da se ne oseća odbačenom, ali bila je zahvalna što nijedna od njih nije primetila kako se brzo udaljava iz sobe. Vratila se dole, noseći torbu, i dok je oblačila bajkersku jaknu, čula je Fej kako priča.

– Nikad nismo stigli do Grčke, ali Španija je bila predivna, volela bih da se vratim u restoran sa slike. Alan i ja smo tad prvi put jeli paelju i pili sangriju. Robin bi uvek završila obrok sa onim malim fritulama punjenim kremom. Lice joj je bilo pravo remek-delo.

Fejin nežan ton uhvatio je Robin nespremnu i osetila je leptiriće u stomaku, poželevši da Fej ponovi rečenicu u slučaju da je pogrešno čula. Fej nikada nije pokazivala osećanja kad je Robin bila mlađa, a ravnodušnost je bilo teže podneti nego kritiku. Tod joj je uvek donosio uobičajene poklone poput ruža i čokolade, i to joj je uvek izazivalo leptiriće, ali kad je s vremenom prestala da ih dobija, osećala se kao da je i on postao ravnodušan prema njoj.

Kad je izašla na ulicu, Robin je požurila ka selu, proučavajući svakog prolaznika. Samoposluga je bila na samom kraju glavne ulice, sa ulazom nasuprot reci i šumi, malo levo, i zaustavila se da uđe, razočarana što nije ponovo uočila onu ženu. Robin je podigla pogled ka stanici i taman razmišljala da se vrati ka izlogu prodavnice kad je ugledala blesak plave kose.

– Tara! – povikala je i potrčala, izbegavajući meštane. Stigla ju je i bez daha potapšala po ramenu. Tara se zaustavila, ali se nije okrenula, pa je Robin napravila još nekoliko koraka dok nisu stajale licem u lice. Tarini obrazi bili su mokri od suza.

– Šta se desilo? – Robin ju je uhvatila za ruku i posegnula u džep. – Ne možeš nikud ovakva. Evo, uzmi ovu maramicu, čista je.

– Ne želim da budem nepristojna, Robin, ali moram da uhvatim voz.

Robin se povukla dok je Tara brisala nos. – Učinilo mi se da sam te videla da prolaziš pored Fejine kuće.

Tara je stegla vilice.

– Hajde... da te izvedem na piće. Šta kažeš na *Čajdžinicu 1960*? Ja častim? Hajde, makar na pola sata.

Robin nije postavljala pitanja dok su išle glavnom ulicom, pored kladionice. Nasmejani cvetovi dan i noć koji su krasili viseće korpe poželeli su im dobrodošlicu kad su se zaustavile ispred čajdžinice. Otvorila je vrata boje patlidžana, a Tara je ušla prva. Mejv je podigla pogled s desnog šanka. Unutrašnjost je bila u obliku slova L, s niskim gredama od mahagonija, zavesama boje kajsije i šarenim posudicama za so i biber na svakom stolu. Osećaj već viđenog bio je utešan.

– Ah, vas dve ste melem za umorne oči. Baš divno! – rekla je Mejv i pogladila kecelju.

– Možemo li da sednemo za sto u ćošku? – upitala je Robin i pokazala na najudaljenije mesto s leve strane.

– Smestite se udobno gde vam je volja. Jesi li bila u poseti mami i tati, Tara, ili si samo došla po parče onog voćnog kolača koji tvoja partnerka toliko voli?

Robin je zaboravila koliko su volele Mejv, uprkos smrknutom pogledu. Njena svetla su bila upaljena u noći jednog petka, pre mnogo godina. Nakon večeri provedene u omladinskom klubu, Robin i Tara su prolazile, kikoćući se. Mejv je stajala napolju, pušeći cigaretu, i vetrila glavu od popunjavanja poreskih prijava, kako je rekla. Oštro ih je pogledala i rekla da svrate na kafu pre nego što odu kući. Dala im je po jednu besplatnu skonu s prilozima, tvrdeći da nisu dovoljno sveže za sledeći dan.

– I jedno i drugo – promrmljala je Tara.

– Doneću ti parče u kesici da poneseš – i vaša dva uobičajena pića.

Tara je konačno pogledala Robin u oči.

O čemu to Mejv priča?

– Zar nisi ponela nijedan odevni predmet za odrasle osobe? – upitala je Tara ravnim glasom. – Najpre bajkerska jakna, a sada ta bluza sa volanima.

Robin se nasmejala, setivši se. – Mislim da sam je nosila na proslavu četrdesetog rođendana tvoje mame. Jesi li išla da ih posetiš?

Tara je podigla jelovnik, ali Robin je bilo jasno da ga ne čita. Zavladala je tišina, osim zvuka Mejvine mašine za kafu i razgovora oca s dva mala sina, nekoliko stolova dalje. Robin je gledala kroz prozor, naprosto srećna što je tu sa starom prijateljicom.

– Sledećeg meseca im je zlatna svadba.

– Pedeset godina? To je zaista uspeh. Kako nameravaju da je proslave?

– Planiraju zabavu i zato su želeli da me vide. Mama me je pozvala pre nekoliko dana, pošto su našli mesto i moraju da ga zakažu za vikend da bi dobili dobru cenu. Želela je da zna šta mislim. Uspela sam da pomerim popodnevne termine u petak.

– Je li to neki otmeni hotel?

– Da, nisu bili sigurni da li je dobar izbor jer je pored aerodroma, velik i sterilan, ali unutra je starinski džez-bar, s velikim klavirom i malom binom s retro srebrnim mikrofonom na stalku. Hotel obezbeđuje mali bend koji svira klasike njihovih omiljenih pevača, poput Ele Ficdžerald i Frenka Sinatre. Savršeno je.

– Sećam se da je tvoj tata imao onu uokvirenu fotografiju grupe *Ret Pek*.

– Evo, devojke. – Naslonile su se dok je Mejv stavljala dve koka-kole sa sladoledom na sto i pružila Tari kesicu za poneti. – Menta za tebe, Robin, a vanila za tebe, Tara.

– Ozbiljna si? – Tarina usta su se blago zakrivila nagore.

– Udovoljite mi. Bar nakratko mogu da gledam u vas i pretvaram se da sam opet mlada. – Namignula je i vratila se do pulta.

Robin je zurila u zeleni sladoled koji se topio u koka-koli. – Ti si mnogo bolje prošla.

Tara je podigla visoku, vitku čašu i oklevala pre nego što ju je podigla u vazduh. Robin se kucnula s njom i obe su povukle gutljaj kroz slamke.

– Ovo je odvratno. Ne mogu da verujem da nam se ranije dopadalo.

– Na samu pomisao na sve te *E* oznake s brojevima dođe mi da odem – rekla je Tara, zvučeći više kao prijateljica koje se Robin sećala. – Ali nemam srca da zamolim Mejv da nam donese dve kafe umesto toga.

– Čini mi se da ću morati da iskoristim onu kesu za kolač, mislim da ću povratiti.

Usne su joj se blago nakrivile.

– Slobodno mi reci da se ne mešam, Tara, ali... šta nije u redu? Mogu li da ti pomognem?

Spustila je čašu i odgurnula je. – Tata.

Robin je čekala, pretvarajući se da je opet gucnula malo tog preslatkog pića.

– Rekao je da Priša nije pozvana. Nisu nikome rekli za nju, znaš. Ni prijateljima, a ni brojnim rođacima. Kao što sam ti već rekla, on ne odobrava... udaljili smo se otkako sam odrasla i više ne može sebi da poriče da volim žene, ma koliko se trudio.

– Oh, Tara. – Robin je posegnula i uhvatila je za ruku, delimice očekujući da će je povući. – A mama?

– Ona mu se neće suprotstaviti zbog toga. A i kakve vajde ima? Nikad neće promeniti mišljenje.

– Šta ćeš da uradiš?

Polako je sve izbilo na površinu. Koliko joj je godinama bilo teško, sa onima koji su joj bliski, poput oca, poput majčinog brata, poput komšije bez dece koji je govorio da mu je Tara kao ćerka. Više nije.

– Kad je saznao, tata je isprva govorio kako je to samo prolazna faza. Imala sam dvadeset godina i uhvatio me je kako se u svojoj sobi ljubim s devojkom. Bio je uveren da ću to prerasti, a mama se saglasila. Zatim, kako su godine odmicale, tvrdio je da se bavim LGBT+ pomodarstvom, iako mu je mama govorila da nije tako. Danas skoro uopšte ne pričamo o tome, zaobilazimo temu kao baricu ulja jer bismo se okliznuli ako bismo zagazili u nju. Ne marim za neznance u baru ili prolaznike koji ne mogu da podnesu to što se Priša i ja držimo za ruke. Ne srećem često takve ljude u Mančesteru, ovaj grad mi je uvek bio kao prijatan dom. Živim svoj život, bez tajni. Ali tata... on bi trebalo da se brine, da mi pruži podršku i pokuša da me razume. Nekad smo se tako dobro slagali, dok sam bila mala, sećaš se? – upitala je, kao da se boji da je sećanje vara.

Robin je klimnula glavom. – Sećam se.

– Volela bih da je i dalje tako. Ali ti znaš sve o tome kako je imati roditelja koji te izgleda ne odobrava.

Robin joj je stisnula prste i duboko udahnula. – Trebalo je da budem tu uz tebe sve ove godine. Žao mi je, Tara. Povratak mi je predstavljao šok, pa kad sam videla tebe i Jula... Nakon što sam pobegla u London mislila sam jedino o tome koliko je meni užasno... a onda se London pretvorio u katastrofu. Bila sam toliko zaokupljena sobom da mi ni na kraj pameti nije bilo da bi moj odlazak mogao da ima posledice i ovde, u Stoundejlu. Stvarno mi je žao. Iskreno. Misliš li da bi ikad mogla da mi oprostiš?

Tara je povukla ruku i povukla gutljaj kroz slamku, odmeravajući vreme i proučavajući Robinin izraz lica, zatim je gurnula čašu na njenu stranu stola.

– Ako popiješ i moju, možda razmislim o tome.

– Rado. – Robin je krenula da je uzme.

Tara je pružila ruku i zaustavila je.

– Izvini za ono kad smo otišle na ručak. Mislila sam da se nikad više nećeš javiti. Nedostajala si mi, Robin.

– I ti si meni nedostajala. – Reči su joj skliznule sa usana kao šapat.

– Šta se dogodilo u Londonu? Zašto nije uspelo?

Robin je otpila još malo, srčući dok je pričala, a ukus nalik na medicinsku tečnost podsetio ju je na bolničko odeljenje. Nije mogla da joj ispriča sve. Ne još. Zato je govorila o planovima koje su ona i Jul imali, i kako je tako brzo sve pošlo naopako. Nameravali su da se zaposle, iznajmili su sobu koja bi mogla da im posluži, bili uzbuđeni, osećali su se odraslo... dok novac nije počeo naprasno da nestaje. Ispričala joj je koliko je jednom prilikom bilo zastrašujuće kad su ih dvojica muškaraca zaustavila na ulici, a jedan od njih pokazao dršku noža u unutrašnjem džepu. Predali su im sav novac koji su nosili. I kako nedelju dana nisu imali toplu vodu, a jeli su samo jednom dnevno. Kad im je stanodavac zapretio da će ih izbaciti, suočili su se s mogućnošću da spavaju na ulici.

Tad je Tara njoj ispričala o svom poslu, o tome kako se bavi akupunkturom i reikijem, i koliko je naporno radila da stekne dovoljno pacijenata i dođe do tačke da može da iznajmi poslovni prostor, kao i da plaća hipoteku – kako su joj roditelji u tome bili podrška, pomažući joj sa zakonskim začkoljicama. Pitala je za Amber, a Robin joj je objasnila koliko im je poslednjih nekoliko godina odnos postao težak i kako joj prija što Amber opet živi s njom, čak i ako je zbog toga morala da se odrekne svoje sobe na tavanu i ako se ne slažu baš najbolje.

– A onda je tu i napetost između mene i Fej – rekla je. – Bila sam srećna što sam izašla iz kuće danas. Ali jedna sjajna stvar koja me drži da istrajem jeste poslednji lov na blago, u kome sve tri učestvujemo.

– Tvoj tata je bio toliko stvaralački nastrojen dok je smišljao te zagonetke. Ne znam kako je pronalazio vreme, budući da je toliko radio.

Knedla je zastala u Robininom grlu. Tata je uvek nalazio vremena.

– Dakle... jesi li prošla ranije pored kuće? – upitala je Robin.

Tara je klimnula glavom.

– Ali zašto? Tvoji roditelji ne žive blizu naše ulice.

– Sila navike, pretpostavljam, znala sam da si tamo. Sve mi je bilo zamagljeno kad sam izašla od njih i odjednom sam se zatekla kako prolazim pored kuće tvoje mame.

Kad su se spremale da krenu, Mejv je krišom pružila Robin kesu s kolačem za Fej, odbijajući da joj naplati. Zakopčale su kapute i izašle napolje, gde su se pozdravile i oklevale na trenutak. Tara joj je pružila ruku, a kad ju je Robin stegla, privukla ju je u zagrljaj pre nego što je odjurila. Robin je trepnula da zaustavi suze pre nego što je krenula nazad ka Fej.

Robin Vilson,
Parejd rou 16,
Stoundejl,
Širi Mančester
mart 1987.

Draga Debi,
DRUGARICE ME ZADIRKUJU.
Moja najbolja drugarica i ja smo deo male grupe u školi, ali neke od devojaka su počele da me zadirkuju. Sad kad smo malo starije, nedeljom vole da se druže u parku ili idu jedne kod drugih kući, a subota im je često zauzeta odlascima u plesne ili sportske klubove. Ali nedelja je jedini dan koji provodim s porodicom i čini mi se da je to jedini dan kad se svi zajedno zabavljamo. One me vide napolju s mamom i tatom i kažu da je to detinjasto. Prošle nedelje su se sve našle i pile sajder. Nisu zlobne, dobro se slažemo, pričamo o muzici i modi, ali ne vidim zašto bih radila nešto što ne želim.
Ipak, ne mogu da se otmem osećaju da sam loša drugarica. Jesam li?
Robin, 14 godina

Devojačka scena
Ulica Gover 41,
London

Draga Robin,
Već si dovoljno samouverena da se držiš svojih uverenja, i to je veoma važno u životu. I potpuno si u pravu što u tvojim godinama ne piješ alkohol. Izgleda da tvoje drugarice imaju dobre namere, možda im samo nedostaje tvoje društvo. Zašto im jednog vikenda ne bi predložila veče društvenih igara kod tebe, uz ukusne grickalice? Ili šta misliš o žurki s bezalkoholnim koktelima? Sigurna sam da tvojim roditeljima ne bi smetalo, ako im daš dovoljno vremena da se pripreme.
Odrastanje ume da bude zastrašujuće i možda još nisi spremna za promene kao ove devojke. I u tome nema ničeg lošeg, ali ne bi želela da ih izgubiš, zar ne? Drugarice će ti biti velika podrška u budućnosti kad se budeš suočavala s momcima i ispitima!
Sve najbolje,
Debi

25.

Robin je završila kapučino koji joj je Jul doneo iz aparata za kafu.

– Hvala. Baš mi je prijao. – Čekala je da joj objasni zašto ju je zamolio da svrati. Napolju je već bio mrak.

Razgovarali su o knjižari i Jul joj je objasnio kako je svojevremeno bila deo frizerskog salona pored, a kad se zatvorio video-klub, kojeg se Robin sećala, preuzeli su najam i upustili se u posao. Međutim, salon nije imao dovoljno mušterija. Vlasnik je bio prijatelj s gazdom i dogovorili su se da dovedu radnike kako bi prepolovili prostor. Onda se pojavio Jul pre nego što su ga iznajmili i pitao da li bi razmislili o prodaji.

– Nisi razmišljao o tome da živiš u gradu i putuješ svakog dana? Mislim, Stoundejl... nijedno od nas nije moglo da dočeka da ode.

– Za mene je bilo drugačije, Robin, slažem se sa oba roditelja. U svakom slučaju, jedno sam naučio tokom godina putovanja... Kakva god tuga da te muči, promena mesta boravka neće je ukloniti.

London je u tome uspeo. Bar na izvesno vreme. Površinski.

Pogledao je na sat. – Slušaj... jede li ti se pica, da je naručim?

Robin je podigla obrve.

– Mogli bismo da razgovaramo? Onako ozbiljno – dodao je s nadom u glasu.

Pozvala je Amber dok je Jul prao šolje i zamolila je da podgreje večeru.

– Jel' to neki sastanak subotom uveče? – upitala je Amber napetim glasom.

– Ne. Samo sam svratila u knjižaru da mu učinim uslugu. Lako mogu da se vratim ako imaš previše obaveza. Imaš rok.

– Misliš da ne znam? – uzvratila je oštro. – Sve je pod kontrolom. Uz to, konačno sam dobila priliku da upoznam baku. Nameravam to maksimalno da iskoristim, pa radi šta hoćeš.

Prekinula je vezu pre nego što je Robin stigla da je opomene zbog bezobrazluka. Retko bi je prekorevala zbog toga. Osećaj krivice zbog razvoda ju je sprečavao, a smatrala je kako neprestani sukobi neće pomoći da ponovo izgrade odnos. S Fej je bilo drugačije. Ona je uvek bila hladna, a Robin je već u tinejdžerskim godinama shvatila da tu ništa ne može da promeni. Prolazila je kroz različite faze dok je bila u osnovnoj školi, obavljala je kućne poslove, postavila bi sto za večeru bez pitanja i pitala Fej kako joj je prošao dan, ali ubrzo joj je postalo jasno kako njena zamisao o tome šta znači biti dobra ćerka nije ista kao majčina.

Robin je izvadila ogledalce i zagledala svoj odraz. Bilo je vreme da ponovo izvuče pramenove. Proučila je kovrdže. Možda i nema vajde. Podigla je palac ka Julu, koji je došao da obriše sto u sobi za osoblje, a zatim je krenula za njim na sprat, kroz vrata u zadnjem delu prostorije. Njegov stan je imao otvoreni plan, sa savremenom kuhinjom od mermera potpuno različitom od dnevne sobe sa živopisnim slikama tropskih scena i zidnom tapiserijom sa slonovima. Čim je ušla, na polici s leve strane ugledala je zapanjujuću zbirku obeleživača za knjige, napravljenih od kože, kartona i raznovrsnog tekstila. Proučavala ih je dok je Jul otvarao vino. Svaki je bio iz različite prestonice, poput San Hozea, Lime, Bangkoka, Kita...

– Ova drvena kočija je predivna – rekla je i pokazala na ukras ispod njih.

– To su zaprežna kola – odgovorio je iz kuhinje. – U Kostariki postoji duga tradicija uzgajanja volova.

Sela je u kožnu fotelju boje mahagonija, naspram njega na dvosedu, a on je stavio činiju s maslinama i čaše na drveni stočić između njih, pored gomile časopisa. Proučili su jelovnik za dostavu i naručili, što nije uradila otkako se vratila u Stoundejl. Fej je volela ribu i pomfrit iz obližnje radnje čije je vlasnike poznavala godinama, ali bi pre pojela Huverove granule nego naručila brzu hranu.

– Zaista si putovao i video svet. Osećam se potpuno nedoraslo.

– Imala si obaveze, a ja sam uglavnom morao da brinem samo o sebi. Mogao sam da putujem s rancem na leđima ili da negde radim kao dobrovoljac, ali to je sve. Nisam spasao svet. – Pričao joj je o akcijama čišćenja plaža koje je organizovao na Tajlandu i nadgledanju životinja u Ekvadoru, a tokom godina je stekao zvanje ronioca u dubokim morima i iz prve ruke posmatrao izbeljivanje koralnih grebena.

– Mora da ti Stoundejl deluje vrlo pitomo.

– Radije bih plivao prema beloj ajkuli nego se suočio s ljubiteljem knjiga po čijem je omiljenom klasiku snimljen film.

Gledala ga je u čudu. – Jule... zašto si me zamolio da svratim?

Uto mu je zasvetleo telefon, a poruka je saopštavala da je dostavljač napolju. Vratio se noseći naramak ravnih kartonskih kutija i stavio ih na časopise, od kojih je primerak na vrhu imao naslov *Spasimo naše prašume*. Jeli su u tišini, a ona je pijuckala vino koje je sipao. Pošto su završili s hranom, spustio je svoju čašu.

– Hteo sam da te pitam... – Prošao je rukom po dvosedu. – Kako si uspela da nastaviš dalje posle onog što se desilo? Vidi gde si sad...

– Razvedena sam, Jule – rekla je i odmahnula rukama. – Dalje, upravo sam dobila otkaz. A na sve to, Todovo preduzeće je propalo i oboje smo ostali bez novca. A ti... – Pogledala je oko sebe. – Ovo mesto odiše zaista proživljenim životom. I ti si pratio strast prema očuvanju životne sredine, otvorio radnju s polovnim knjigama. – Popila je veliki gutljaj vina. – Mislio si da sam nastavila dalje, tek tako, da sam zaboravila?

– Ne, naravno. Nisam to mislio... Izvini. Ne snalazim se baš najbolje otkako si se vratila.

Robin je prestala da se mršti dok joj je sipao još jednu čašu, a opuštenost koju je vino izazvalo činila se prijatnom. Ispričala mu je kako je juče s Tarom bila u *Čajdžinici 1960*, kako su pile koka-kolu sa sladoledom, iako nije podelila šta se dešava s njenim roditeljima.

– Dakle, kad je Tara rekla da si bio prilično uznemiren kad si se vratio... na šta je tačno mislila?

Jul je spustio pogled. – Nisam ponosan na to. Povredio sam nekoliko osoba. Pravio gluposti. Međutim, na kraju sam pronašao način da se snađem kroz preostale tinejdžerske godine, navikao sam se na mehanizam za preživljavanje.

– Potisnuo si celu priču... nas?

Podigao je pogled. – Otkud znaš?

– A šta misliš?

– I ti si uradila isto. – Klimnuo je glavom. – Kad sam svih ovih godina razmišljao o tome, ako bi nešto podstaklo sećanje na to vreme, usredsredio bih se na to razdoblje svog života uopšteno, recimo na to kako su osamdesete bile nešto posebno, sve te boje, buntovništvo, umetnici koji su divlje eksperimentisali sa izgledom i muzikom, život je bio eklektičan, život je bio uzbudljiv, činilo se revolucionarnim u pozadini *Grinpisa* i Hladnog rata... Nisam dovoljno cenio ništa od toga u ono vreme.

– Ni ja. – Otpila je još jedan gutljaj vina.

– Ako pokušam da pričam o tome s nekim ko to nije proživeo zvučim kao dosadni starac – rekao je.

Robin se blago osmehnula.

Jul ju je pažljivo gledao. – Jel' tvoj stric Ralf još živ?

– Da. U staračkom domu je, posećujem ga svake nedelje.

– Oh. Žao mi je što to čujem, Robin. Demencija?

– Daleko od toga. Naučio je da koristi novi pametni telefon mnogo brže nego što sam ja shvatila kako moj radi. Često razgovaramo telefonom... Ne znam šta bih radila bez njega. Uvek je bio tu, uvek me je podržavao. Iznenađena sam što ga se sećaš.

– Ne bih mogao da zaboravim ništa u vezi s tom bolnicom. – Ustao je i odneo prazne kutije u kuhinju, vraćajući se s činijom grožđa. – Šta je s tvojim bivšim mužem, s njim si sigurno mogla da pričaš o starim dobrim danima?

– Mislim da Todu više odgovara predvidljivost odraslog života, a kolotečina i pouzdanost našeg zajedničkog života bila mi je spas, ali poslednjih nekoliko godina je sve to počelo da me... guši. – Pročistila je grlo i posegnula za grožđem.

– Razumem taj osećaj. To je jedan od razloga što sam pokrenuo posao. Potreban mi je taj plamen u stomaku koji... pa, koji smo oboje imali. Putovao sam. Trebala mi je neka nova zamisao, novi san.

Dugo sam taj plamen tražio u drugoj zemlji ili novoj vezi, ali sam shvatio da sam ja zapravo jedini koji ga može zapaliti.

– Zato si me ostavio? – upitala je Robin tihim glasom i spustila čašu. – Je li nestalo iskre kad smo došli u London?

Prišao je i kleknuo pored njene stolice, naslonivši prste na njene. Nije bila spremna za to – za ponovno viđenje, dodir i blizinu. Prisetila se kućice na drvetu i hotela, kako ju je Jul stalno pitao je li dobro, da li uživa, kako je naslonio glavu na njene grudi posle odnosa i rekao joj kako je prelepa, iako se nije uvek tako osećala.

– Ne, Robin, nemoj nikad to da misliš. Jednostavno sam morao. Nisam imao izbora. Žao mi je. Zaista jeste. Nisam želeo da te povredim. To je jedan od razloga što sam te pozvao večeras... da ti se izvinim.

– Ali zašto me zoveš ovamo ako i dalje ne možeš da mi kažeš pravi razlog?

– Želim da ti kažem, Robin, iskreno, ali...

Telefon mu je zazvonio i on je uzdahnuo. Robin je tiho izašla pre nego što je završio razgovor.

26.

Čim je mogla da se uz pristojno izvinjenje izvuče iz dnevne sobe, Robin je skinula bajkersku jaknu i srušila se na krevet. Za njom su se čuli sitni koraci i Huver je skočio gore kako bi mu počešala mesto iza desnog uha, što je otkrila da mu se najviše dopada. Zazvonio joj je telefon. Tara? Pa jutros su razgovarale.

– Jesi li slobodna u sredu uveče? – Tara je nastavila da priča, ali što je više govorila, Robin je sve odlučnije odmahivala glavom.

– Ne možemo – rekla je odlučno.

– Zašto da ne? To je u dobrotvorne svrhe. Sofi mi je jedna od najvernijih klijentkinja, a to humanitarno udruženje za mentalno zdravlje joj je veoma važno. Došla je danas popodne na terapiju u prilično lošem stanju, u panici jer nije prodala dovoljno karata, pa me je pitala znam li nekog ko bi bio zainteresovan da ide. Povela bih Prišu, ali ne može da promeni smenu ovako kasno.

– Ali mi smo previše...

– Da se nisi usudila.

– Ali jesmo. Ti i ja, na žurki s kostimima iz osamdesetih, u klubu u Mančesteru kao pre trideset godina?

– Zašto ne povedeš Amber?

– Šališ se? Nikad ne bi pristala da izađe s mamom.

– Otkud znaš? Volela bih da je upoznam, Robin. Znaš kakvi su mladi, besplatna pića su uvek mamac.

Bilo bi potrebno mnogo više od toga.

– I ne moramo da plešemo. Bila bih srećna da sedimo i pričamo, i možemo otići posle sat-dva. Samo sam mislila da bi bilo zabavno... Vratićeš se u London za nekoliko nedelja, pa bih volela da iskoristim to što si ovde.

Osećaj potištenosti koji je Robin obuzeo nakon što je videla Jula smanjio se dok se nasla đivala osećanjem dobrodošlice u Tarinim rečima.

– Razumem ako ne želiš, iskreno. Nema pritiska jer ću ionako kupiti karte. Uvek mogu da smislim neki izgovor zašto se nisam pojavila.

– Pitaću Amber, ali ne obećavam ništa.

Robin je spustila telefon i ušla na *Fejsbuk*. Tara je prihvatila zahtev za prijateljstvo i Robin je prelistala njene objave i albume s fotografijama i sve one godine života koje je propustila – užurbane, neonski osvetljene noći njenih dvadesetih, šetnje po selu i večere kad je bila starija, objave o reikiju, akupunkturi i lečenju kristalima. Obuzeo ju je onaj osećaj sete za domom, zbog toga što nije bila tamo. Gde god da je Tara bila, šta god da je radila, njena šarena frizura i smeli osmeh iz tinejdžerskih godina ostali su isti.

Zatim je Robin prešla na svoju stranicu, pitajući se šta bi Tara videla. U poređenju s njenim neusiljenim fotografijama, Robinine su delovale namešteno, s pažljivo odabranom garderobom i simetričnim fotografijama hrane. Uvek bi se potrudila da Amber sa osmehom pozira za kameru i da joj kosa ne pada preko lica. Tod bi stajao s rukom oko Robin, a poslednjih godina su se više smeškali objektivu nego jedno drugom. Talas vreline prostrujao joj je telom, kao da je nekako izneverila samu sebe. Prikazivala je prečišćenu sliku svog života, odražavajući sigurnu zonu u koju je pobegla nakon čitave drame oko bega. Za Toda, ta sigurna zona bila je život u najboljem izdanju, dok je za nju sve više delovala lažno. Meškoljila se na dušeku, shvatajući da joj je sve teže da se namesti što je više razmišljala o tome kako to nikad nije objasnila Todu.

Zatim je otvorila njegovu stranicu, ispravila se i zapanjeno uzdahnula. Huver joj je gurnuo glavicu pod ruku, ne želeći da prestane da ga češka. Pre dva dana, Tod je postavio fotografiju na kojoj je s rukom oko neke žene. Nosila je jednostavnu vetrovku, a riđa kosa bila joj je raščupana od vetra i izgledala je otprilike sličnih godina kao Robin.

Osetila je ubod neprijatnosti. Da li joj kupuje sitne poklone? Odlazi ranije s posla kako bi izašli?

Mesecima pre razvoda, znala je sa sigurnošću da Tod oseća njenu udaljenost. Dok je Amber bila mala, toliko se trudila da održi čaroliju, pekla mu omiljene poslastice, predlagala raniji odlazak u krevet, ali kako su godine prolazile, ništa od toga nije bilo uzvraćeno – cveće, čokolada i ljubavne poruke su nestali. Došlo je do tačke kad bi rekao *volim te* samo ako bi ona to rekla prva, a njegova ambicija da razvija poslovanje u proizvodnji softvera često je značila otkazivanje večeri koje je ona planirala. Na kraju, Robin je odustala. On je nastavio kao i uvek, radio je po čitav dan, obavljao posliće po kući, odsutno gledao njenu omiljenu plesnu emisiju, ubeđen da je *American Smooth*[4] vrsta kafe. Ali ponekad je znala da oseća jaz između njih. Uhvatila bi ga kako je posmatra kao da je računarski program koji više ne razume.

Ponovo je proučila fotografiju. Da li je Amber znala? Jeste, označila je da joj se fotografija dopada. Proučavala je Toda. Taj prsluk je nov, izgledao je mršavije, mlađe. Senke ispod očiju su nestale, a on je blistao.

Robin je pogledala na sat – bilo je skoro devet. Stric Ralf nije voleo da gasi svetla pre jedanaest jer je imao poteškoća sa spavanjem. Naslonila se na jastuke i okrenula njegov broj.

– Robin?

– Kako si, striče Ralfe?

– Ovo je baš lepo iznenađenje, malena. Pa, reci mi, je li te moj mlađi brat porazio drugim tragom u četvrtak? Pričaj mi sve.

Ispričala mu je veselu verziju, ali iako je tata bio dobar s rečima, stric Ralf je imao poseban dar za čitanje između redova.

– I dalje je teško s Fej?

– Moglo bi biti bolje – rekla je, a glas joj je zvučao napeto.

– Kako ide s Julom?

– Gore-dole. Njegov odlazak iz Londona pre toliko godina, bez objašnjenja... teže je zaboraviti nego što sam mislila.

– Imao je samo šesnaest godina. Vas dvoje ste upali u pravu zbrku. Delovao je kao dobar momak, bar meni.

---

[4] *American Smooth* – balski plesni stil koji se sastoji od četiri igre: valcera, tanga, fokstrota i bečkog valcera. (Prim. prev.)

Stvarno? Oduvek je imala utisak da stric nikad nije odobravao Jula.

Huver se protegnuo, ustao i skočio s kreveta. Nakon što su se pozdravili, Robin je otišla do zavese i pogledala napolje. Stric Ralf je postajao bolećiviji s godinama, ali je oduvek bio čovek koji je pokazivao osećanja. Tata je bio isti, naslanjao bi glavu na njeno krilo dok bi subotom ujutru gledala crtane filmove, iscrpljen još jednom nedeljom zidanja i malterisanja, ali delovao je kao da ne može biti srećniji. Njihova privrženost mora da je potekla od njene bake. U poslednjim godinama života baka bi svake večeri telefonirala tati i stricu Ralfu samo da im kaže *volim te, lepo spavaj* pre nego što bi spustila slušalicu. Fej bi se uvek mrštila na to, i Robin je sad bolje razumela njeno ponašanje otkako joj je ispričala više o svojoj majci.

Robin je osećala koliko je potraga zapravo hitna. Morale su da reše tragove, u nadi da će svaki otkriti nešto više o Fejinoj prošlosti. Kao da su, sve ove godine, ona i Fej igrale šah, svaka pokušavajući da shvati poteze one druge, ali im to nikad nije pošlo za rukom i nijedna nije postigla mat. Robin je sad odjednom prokljuvila strategiju majčine igre – odakle potiče njeno razmišljanje, zašto se branila ili kretala u napad.

I zašto bi, tako često, na kraju završile u nekom bolnom, ogorčenom zatišju. Zatišju koje je trebalo prekinuti. Robin je želela da odmah krene sa sledećim tragom jer kad je došla u Stoundejl nije ni zamišljala kako bi taj put mogao da dovede do drugačijeg, boljeg odnosa s Fej. Ali sad...?

Sišla je dole da napravi šolju čaja, a Fej je sedela sa olovkom u ruci, kuckajući poruku na telefonu. Naslonila se na časopis.

– Našla si još jednu grešku? – upitala je Robin.

– Da. Očiglednu. Iznenađena sam da je Džulijan nije uočio. U ukrštenici piše: kako se zove osoba koja ostaje u bolnici dok se leči... Jedina reč koja odgovara je *bolna*.

27.

Robin i Fej su istovremeno izašle iz svojih soba. Fej je nosila izvezene rukavice koje joj je Robin kupila i novi karirani šal. Robin je htela da pomogne majci da siđe niza stepenice, ali je Fej odmahivala glavom. Posmatrala je Amber dok su stajale u hodniku, pokušavajući da ne bulji u njene crvene, natečene oči. To je postala redovna pojava svakog jutra te nedelje. Robin je pozvala Toda posle doručka da ga obavesti o Amberinom stanju. Rekao je kako će kasnije pozvati ćerku. Robin je uzela povodac za psa dok su izlazile napolje i zaustavile su se kod prednje kapije, gde je zakopčala jaknu do grla. Amber je otvorila svitak, i sâm pogled na njega naterao je Robin da zaboravi zabrinutost zbog sve turobnijeg neba.

Amber je pročistila grlo pre nego što je pročitala:

Radi kupovine niko da stane
Tu se ne može kupovati,
Ni pivo više popiti,
Kao što moglo je nekada
Pre te reizgradnje posvuda.
Tajne poda mnom čuva taj dom,
Baš one dodaju šarmu mom:
Obasjaš li svetlom moj oblik taj,
Visok, taman, lep – ma zinućeš, znaj!
Odgovor daj mi, sada baš,
U tebi se krije, ti to znaš.

– Dakle, prvi deo se odnosi na neku trgovačku oblast koja više ne postoji, zar ne? – Amber je skupila obrve. – Centar sela bi svakako mogao da bude veći, ako ništa drugo. Zašto bi išta bilo zatvoreno?

Fej je ispravila šešir, koristeći zdravu ruku, najpre s jedne, pa s druge strane. Nije se nijednom požalila na gips otkako je Robin stigla pre dve nedelje, nijedna pritužba o tome koliko joj je to neugodno kad jede ili spava. Robin je skrenula pogled, razmišljajući kako je Fej dobra u prikrivanju. Prvi put je pomislila da možda, ma kako izgledala, majka zapravo nije srećna zbog njihovog raskola.

Fej je objasnila kako je selo nekad bilo rasprostranjenije, s radnjama i pivnicama raspoređenim širom sadašnjeg stambenog naselja desno, ako se skrene pre crkve. Pogođeno je tokom vazdušnog napada u Drugom svetskom ratu, i to je bio još jedan razlog što je Stoundejl bio *zahvalno selo*, jer niko nije poginuo. Bombe su pale noću na niz radnji i fabriku. Bračni par od kojeg su ona i tata kupili kuću ispričao im je kako je pedesetih godina ceo kraj bio obnovljen, i tad je glavna ulica postala središte sela.

Zaputile su se prema crkvi, a Fej se osmehnula starijem paru. Muškarac je potapšao Huvera, koji je pokušao da mu skine rukavicu u znak zahvalnosti. Zatim su tri žene skrenule desno i na kraju stigle do skromne livade sa zapuštenim žbunjem pored ograde i mirisom koji je podsećao na seosko imanje. Vrane su letele iznad i sletele na drvo blizu mesta gde je paslo nekoliko krava.

Dalje se pružalo stambeno naselje, gde su živeli Julovi roditelji. Robin je često skakutala ovim putem, skačući uvis da dotakne lišće na previsokim granama. Konji su nekad lutali livadom i ona bi im krišom donosila šargarepe, hraneći ih ispruženim dlanom, baš kako ju je Jul naučio.

– Hoćeš li da se odmoriš malo? – upitala je Robin Fej kad su stigle do prve ulice, a Huver njuškao oko dna kante za smeće.

– Zašto, jesi li ti umorna?

– Odgovor na ovaj trag je *visok, taman i lep* – rekla je Amber hitro. – Postoji li još neki spomenik u Stoundejlu, možda neka skulptura?

Fej se stresla kad je zatutnjalo u daljini. – Ne. Ratni spomenik je jedini, koliko god bi bilo lepo da imamo kip nekog zgodnog kao što je Din Martin. Uvek sam mislila kako on otmeno izgleda u odelu i s cigaretom. Nažalost, nema ničeg u Stoundejlu što odgovara opisu iz zagonetke.

Huver ju je tužno pogledao, sedeći na trotoaru u novom lepom džemperiću, sa štapićem od lizalice u ustima.

– A šta je s *tajnama poda mnom*, ima li to smisla? – upitala je Amber, brzo sklanjajući Huverov plen. – Odgovor na to trebalo bi da nas vodi do tog lepog objekta.

Fej se zaustavila, pa opet nastavila da hoda, a zatim još jednom zastala.

– Pre mnogo godina, nekoliko godina nakon što je tvoj deda umro, sveštenik me je pitao da li bih razmislila o posetama jednoj od njegovih parohijanki, Džoun. Nedugo pre toga je izgubila muža i radila je kao cvećarka. Znao je da sam svojevremeno pravila cvetne ukrase u katedrali i smatrao je da ćemo imati nešto zajedničko. Rekao mi je da nije tako jaka kao ja. Prozrela sam njegovo laskanje, ali sam ipak odlučila da pomognem.

Zaista?

– Postale ste prijateljice? – upitala je Robin i povukla Huvera sa strane da bi neka žena protrčala pored njih.

– Da, jednom nedeljno smo odlazile u *Čajdžinicu 1960* na pogačice i čaj. To prijateljstvo je i meni prijalo. Mislim da je sveštenik to znao, lukavi starac. Ali onda je dobila rak. – Naslonila se na Amberinu ruku. – Džoun je živela nekoliko ulica odavde. Jednom su napravili proširenje na kući i zidar je pronašao gomilu starih apotekarskih bočica ispod njihove zadnje terase. Drugi susedi su godinama nalazili poneku bočicu u baštama i mislili su da je nekoliko kuća u toj ulici izgrađeno na mestu stare apoteke. Kad mi je Džoun to objasnila, setila sam se da je Alan znao za to – jedan od njegovih prijatelja, zidara, radio je na njenom proširenju. Pitam se da li je to ono na šta je Alan mislio u ovom tragu.

– Bravo, bako, pogodila si! – Amber i Fej su razmenile osmehe.

– Kako se zvala njena ulica? – nastavila je Amber.

– Avenija Hajfild – odgovorila je Fej.

Sledeća ulica bila je Grin lejn, gde su živeli Julovi roditelji, a ponekad bi on i Robin skratili put niz Aveniju Hajfild, samo da bi proveli još malo vremena zajedno. Imali su malu baštu, ali njegovi roditelji su je pretvorili u mali raj, kako su ga zvali, s mestom za roštilj i visećom mrežom. Robin i Jul su se jednom zajedno popeli u tu mrežu i užad je pukla. Pripremila se za bes njegove majke, ali ona se nasmejala i ponudila da joj opere bluzu kako bi skinula mrlju od trave.

Skrenuli su niz Aveniju Hajfild. Kuće u toj ulici nisu bile jednolične kao ostale kuće u Stoundejlu, neke su imale tremove, druge malu baštu ispred, poneka je imala isturene prozore, a jedna je čak bila u džordžijanskom stilu. Stigle su do kraja ulice, a kapljica kiše pala je na Robinin obraz. Pogledala je kuću na uglu. Bašta je bila velika i zaobljena, ali ništa posebno. Nije znala zašto, ali prizor velikog drveta na travnjaku naterao ju je da zastane i zagleda se.

– Visoka, tamna i lepa – uzdahnula je Amber. – Deda me je nadmudrio – osim ako opet nije bio lukav. Hajde da pažljivo proučimo reči iz traga i vidimo da li neka od njih ima dvostruko značenje.

Robin joj je bacila pogled preko ramena na Alanovo pismo. – *Obasjaš li svetlom... ma zinućeš...* Šta li je to *zinuti* u drugom značenju... Fej, da li se ikad pojavila neka rupa u zemlji u ovom području ili... da li je neka kuća srušena... da li je to možda imalo veze sa onim vazdušnim napadom, možda ostavilo neki krater na putu? – Kiša je sad lagano padala. Trebalo je da završe ovaj trag.

– Ne, ali *obasjaš svetlom...* Alan je koristio to ranije, kao deo traga o uličnoj rasveti. Pogledala je nazad niz ulicu. – Ulične svetiljke su visoke, ali ovde su sve uobičajeno sive, tako da nisu ni tamne, niti imalo lepe. Ne bih rekla da misli na njihov oblik.

Odjednom je Robin presekao prizor iz prošlosti i odgovor na trag pojavio joj se u glavi. Koraknula je unazad, a ruka joj je poletela ka grudima dok je grmljavina još jače odjeknula nebom.

– Šta nije u redu, mama? – upitala je Amber.

– Ništa.

– Nešto očigledno nije u redu. – Fej je podigla naočare na nos.

Robin je protrljala grudi. – Mislim da imam gorušicu. To će me naučiti da ne jedem doručak tako brzo.

– Nisam mislila da si ga pojela naročito brzo – rekla je Fej oštro.

– Sigurno je zbog oluje koja dolazi – Amber je bacila pogled na obe. – Hajde idemo u *Čajdžinicu 1960*, toliko sam čula o njoj. Nadam se da će ovo biti samo kratkotrajni pljusak.

– Nešto nam prećutkuješ, Robin – rekla je Fej ukočeno kad se grmljavina opet oglasila.

– Ma ko mi kaže! – odbrusila je Robin pre nego što je uspela da se zaustavi. – Pusti me. – Krenula je nazad uz ulicu.

Fej je zapanjeno otvorila usta. – Misliš da je meni bilo lako da podelim priče o svojoj majci, o tome koliko je bilo teško? Nisam ja ta koja se povlači, ja sam se otvorila.

Robin je stala.

Fej je mlatarala rukom po vazduhu. – Možda je ova potraga glupa zamisao.

Robin se okrenula ka njoj. – Nemoj to da govoriš. Tata je to želeo.

– Ali Alan je dva metra pod zemljom. Ova potraga je trebalo da ostane sahranjena s njim. Nema blaga na kraju, neće ga vratiti, jedino što tražimo jeste blesavi anagram, a čak ni to možda nećemo uspeti da rešimo. Bog sveti zna šta radimo napolju usred oluje. – Prošla je pored Robin. Huver je vukao povodac, želeći da prati vlasnicu.

– Čekaj, ja...

Fej se okrenula i zadrhtala, a mokre mrlje su se ocrtavale na njenom kaputu. – Nikad ti nisam tražila da se vratiš u Stoundejl.

– Znam da ti je teško posle svih ovih godina...

– Nemaš predstavu.

Robin su klecnula kolena. – Nije ni meni bilo lako.

– Šta, podsećanje na prošlost s Džejsonom i sad s Tarom? Možda si samo zbog toga i došla. – Fej je stisnula usne. – Pa, mogu ti reći da je prava sramota gledati sredovečnu ženu kako se oblači kao pre nekoliko decenija, u onoj smešnoj kožnoj jakni koja je videla bolje dane, s naramenicama i jarkim bojama koje pripadaju prošlom milenijumu.

Robin se trgla kao da ju je ošinula munja.

– Hajde, idemo unutra – rekla je Amber, ali Fej kao da je nije čula.

– Vreme je da prestaneš tako razmaženo da se ponašaš, Robin; utekla si iz svog braka, a šta je s poslom? A da, Amber je spomenula da si ga izgubila – opet se povlačiš. Pobegla si, kao što si to uradila kad si imala šesnaest. Pretpostavljam da si me videla kao lak plen, besplatan smeštaj dok ne pokažeš malo odlučnosti i ne središ se, je li to razlog što mi nisi sama to rekla?

– Bako. To nije fer – rekla je Amber i stala između njih, delujući nesigurno čiju stranu da zauzme.

– Ne znaš celu priču, ni ondašnju ni sadašnju – uzvratila je Robin, pokušavajući da zadrži postojan glas, uprkos tome što joj je srce lupalo u ritmu s naletima kiše. Da li Fej zaista ima tako loše mišljenje o njoj?

– Znam dovoljno, da veruješ kako ti život nešto duguje. Pa, pogodi šta? To nije istina, i ako ništa drugo, zahvalna sam svojoj majci što mi je to usadila u glavu.

Uprkos ledenom vetru, osećaj poniženja zapekao je Robin.

Fej je odmahivala glavom. – Samo idi, Robin, opet idi, pronađi posao, pronađi svoj život! – Zagrmeo je jak udar groma preko naselja, i ona se uhvatila za rebra.

Amber je zapanjeno gledala i oklevala na trenutak.

– Bolje da krenem za bakom, oluja se pogoršava... – Podigla je obrve i pogledala Robin.

Robin je klimnula glavom, a zatim ih posmatrala kako nestaju iz vidokruga.

Robin Vilson,
Parejd rou 16,
Stoundejl,
Širi Mančester
jun 1987.

Draga Debi,
NASTAVNICA MI SE SMEJALA.
Osećam se kao prava budala. Prošle nedelje je
nastavnica išla po razredu i pitala nas šta želimo
da radimo kad završimo školu. Kad je došao red na
mene, rekla sam kako želim da budem pop zvezda jer
moja najbolja drugarica i ja uvek pevamo omiljene
pesme u mojoj sobi, i mislim da bismo mogle da bu-
demo kao Pepsi i Širli, prateći vokali za Vem! Ali
ona se nasmejala i rekla da to nije pravi posao.
Svi su joj se pridružili. Druge devojke sanjaju o
tome da budu stjuardese, kozmetičarke ili veteri-
narke, ali ja samo želim da stignem na top-listu
Top ov d Pops. Jesam li glupa?
Robin, 14 godina

Devojačka scena
Ulica Gover 41,
London

Draga Robin,
Tvoja nastavnica nije trebalo da ti se smeje i mislim da su se tvoji drugovi i drugarice iz razreda pridružili samo zato što su mislili da tako treba. Ali donekle jeste u pravu. Na svaku pevačicu na televiziji dođu stotine onih koje nikada ne uspeju. Ne možeš očekivati da će te mama i tata izdržavati dok okušavaš sreću. Umesto toga, zašto ne bi razmislila o poslu koji ima veze s tvojim omiljenim školskim predmetom? Mogla bi da odeš i na fakultet. Nastavi da pevaš s drugaricom, lepo je imati hobije i ko zna — možda jednog dana počneš to ozbiljnije da shvataš i uzmeš časove. Ali drži noge čvrsto na zemlji dok se to ne desi!
Sve najbolje,
Debi

28.

Robin je uletela u *Brinerovu knjižaru*, a jedna mušterija je prestala da razgleda. Zbog ustajalog mirisa polovnih knjiga koji se osećao u prostoriji, nekako se osećala sigurnije. Vlažni pramenove kose lepili su joj se za obraze dok je prolazila pored reda krimi-romana u sledećem odeljku i zastala, prevrnuvši nizak sto sa izloženim knjigama. Knjige su pale uz tresak. Smrt, Laži, Skrivanje, Tajne – vid joj je bio toliko zamućen da je jedva mogla da pročita naslove. Koraci su se čuli iz prostorije za osoblje.

– Robin? Nisam te očekivao ovde.

Jul joj je snažnom rukom obgrlio ramena i poveo je u prostoriju za osoblje, a zatim naviše, do svog stana. Posadio ju je da sedne na dvosed pre nego što je uključio čajnik. Sedela je, zureći u prazno u njegovu zbirku DVD-ja.

– Robin?

Seo je pored nje. Dva šolje s toplim napitkom i otvoren paket keksa stajali su na stočiću za kafu. Jul je pokazao ka njima. – Posluži se. Malo šećera će ti dobro doći.

Robin je pojela jedan keks. Zatim još jedan. Kod četvrtog, blago je položio ruku preko njene. – Nisam rekao da se predoziraš.

Šmrcnula je.

– Šta se desilo? Hoćeš li da pričamo o tome?

Odlučno je odmahnula glavom. Kiša je dobovala po površini stola. Doneo je čist peškir, a Robin je bezvoljno istrljala kosu.

– Izvini. Nisam znala kuda da odem. – Odložila je peškir i srknula kafu. Spustila je pogled na svoju bajkersku jaknu. Fej je smatrala da izgleda smešno. Robin ju je pritisnula rukom, odlučna da je nosi sutra, i prekosutra. – Počela sam da mislim kako je Fej možda sve vreme mislila na mene, ali sad znam da nije, čak ni na trenutak. – I zašto bi? Robin nije mislila na nju. One misli koje je tokom godina imala usred noći o tome da poseti Stoundejl bile su najobičniji snovi, i nisu se računale. Međutim, *jeste* joj nedostajala pomisao da ima pristupačniju majku. Onu koju bi mogla da pozove kad Amber ima grčeve ili kad joj je s Todom postalo teško.

– Uopšte nisam shvatio koliko si mi nedostajala dok se nisi vratila – rekao je Jul tiho.

– Zaista? – promrmljala je. – Fej jedva čeka da odem.

– Siguran sam da nije tako.

– Smatra me budalastom, a ja sam mislila da ćemo se zbližiti.

– Kako?

– Razmenile smo nekoliko pogleda, uglavnom zbog Amber, male lične razmene kojih ranije nije bilo. I saznala sam više o njenoj prošlosti. Čak je pojela moj kiš.

Robin ga je pogledala i nije mogla da se suzdrži a da se ne nasmeje dok je brisala suze.

Primakao se bliže i podigao joj bradu. – Seti se onih budističkih mudrosti koje nam je Tara govorila, o svesnosti, prihvatanju, nevezivanju ni za dobro ni za loše? To što je rekla s godinama je dobilo mnogo više smisla. Jednom je pričala o uvredama i kako je uspevala da ne obraća pažnju na školske nasilnike umesto da se uznemirava. Rekla je da uvrede pripadaju onome od koga dolaze, osobi koja je obično povređena.

– Fej bi trebalo da bude na mojoj strani, ona mi je mama.

– Ali to nije čitav njen identitet. Razgovaraj s njom, Robin.

– Ali sad kad sam i sama majka još mi je teže da shvatim način na koji me je odbacila. – Glas joj je zadrhtao. – Toliko toga ne razumem o prošlosti, zašto moje mišljenje, ocene ili ono što sam radila da je zadivim nikad nije bilo dovoljno dobro, zašto si me ti ostavio u Londonu nakon... svega.

– U srcu te nisam napustio.

Robin je osetila kako joj se stomak prevrće kad ju je uzeo za ruku i poveo ka... vratima. Zagrlio ju je. Oluja je prošla.

– Razgovaraj s mamom. Tu sam, Robin, i ne idem nikud.

Gledala je u njegovo lice, u te usne i našla se na prstima, nesposobna da se odupre želji da utisne svoje usne na njegove. Na trenutak je zadrhtao dok joj se telo topilo uz njegovo. Šta je to radila? Ljubljenje bivšeg dečka neće ništa popraviti. Otrgla se i požurila niza stepenice, prošla pored aparata za kafu i izašla na zimsku hladnoću, žureći glavnom ulicom kako ne bi uspeo da je sustigne.

Robin je otišla pravo u gostinsku sobu, legla na krevet i zagledala se u telefon.

Signal između nje i Fej bio je toliko slab, da ni izlazak napolje nije popravio kvalitet razgovora.

Neko joj je pokucao na vrata sobe. Robin se uspravila i naslonila na jastuke. Amber je ušla s tanjirom, i Robin je shvatila koliko je gladna. Već je bilo popodne. Amber je spustila tanjir na noćni stočić. Sela je na krevet.

– Javio mi se gazda. Oslobađa nas ugovorne obaveze. Popravke će trajati mnogo duže nego što su mislili.

Robin se nelagodno promeškoljila.

– I pre nego što se mašiš za telefon, zvala me je služba za studentski smeštaj. Opet su mi ponudili hotelsku sobu kao privremeno rešenje. Rekla sam im da sam se snašla. U petak idem da pogledam jednu kuću, pošto stanar odlazi u četvrtak... Ako mi se ne dopadne, idem kući. Ako nećemo raditi potragu za blagom, ima još manje smisla da ostajem u Mančesteru. – Slegnula je ramenima. – Posle onog kako se baka ponela prema tebi... mogle bismo zajedno da se vratimo u London.

– Ali ne možeš... tvoja predavanja... dopadaju ti se.

– Predavanja su sjajna... dok ne shvatiš da si sama, bez ikoga s kim bi otišla na kafu posle – odbrusila je.

Robin je grizla unutrašnjost obraza. *Samo je slušaj.*

– Bukvalno sam na ivici da odem odmah. – Amber je napravila krug palcem i kažiprstom i ostavila mali razmak između njih. – Tata je zvao popodne, rekao je da ste vas dvoje pričali i misli kako je pametno da ostanem dokle god mogu. Ali ne mogu ništa da obećam ako mi se ne dopadne ova nova kuća. – Prekrstila je ruke. – To sam mu i rekla.

– Šta je odgovorio?

– Da se ponekad sve samo od sebe reši.

Zgledale su se. Robin se pitala da li Amber misli isto što i ona... da Todov odgovor nije bio primenjiv na spasavanje njihovog braka.

– Dobro – rekla je Robin. – Pa, imaš žurku kod prijatelja sledeće nedelje. Možda će se dotad nešto rešiti, kao što tvoj tata kaže.

– To su samo neki ljudi s mog smera – promrmljala je Amber. Prstima je pratila oblik cveta na pokrivaču. – Znaš... ne bi trebalo da trpiš način na koji baka priča s tobom – rekla je naposletku. – To što je danas rekla je zaista bilo užasno. Mislim da ti stara garderoba baš pristaje.

Robin je osetila toplinu u grudima.

– Razmisli, mama. Obe moramo da nađemo posao. Obe moramo da se posvetimo svojoj budućnosti. Sigurna sam da možeš pronaći nekog ko bi dolazio da se brine o njoj. Stvarno mi prija da upoznajem baku, ona... nekako je zabavna, i lako je pričati s njom, ali kad se radi o vama dvema... Možda nešto zaista nije suđeno. – Ustala je. – Ako ti je za utehu, i ona sad ćuti. Grize je savest, pretpostavljam.

Robin je jela sedeći na krevetu. Noć pre, čula je plakanje koje je dolazilo iz potkrovlja kad je ustala da ode u kupatilo. Morala je da skupi svu snagu da ne ode gore da zagrli Amber. Ipak, uprkos osećaju da joj se život raspada, u ovom trenutku zvučala je tako... pribrano. I postarala se da baka stigne kući, pripremila je hranu, a Robin je primetila sitne načine na koje je pokušavala da spreči svađe između nje i njene majke.

Amber je bila prelepa, snažna, sposobna mlada žena – a ona je njena majka. Uspravila se ponosno.

Nakon obroka, razmrsila je kosu i sedela gledajući se u ovalno ogledalo na toaletnom stočiću. Dugovala je ocu da završi ovu potragu za blagom, a i Amber, koja bi možda ostala duže ako treba da se posveti otkrivanju dedinih tragova. Uz to, Robin nije mogla da podnese da se sutra probudi loše raspoložena, to ne bi bilo pošteno ni prema kome. Uzdahnula je. Fej je bila u pravu – počela je da se otvara, a Robin je majci dugovala isto.

Ušla je u dnevnu sobu, a Amber je odnela svoj tanjir u kuhinju. Sela je na sofu. Fej je izgledala kao da ima svih svojih sedamdeset osam godina, a njena sitna prilika utonula je u fotelju. – U pravu si – rekla je Robin. – Žao mi je zbog naše svađe. Zaista želim da stvari budu bolje, lakše, između nas.

Fej je nije ni pogledala.

– Možemo zajedno rešiti ovu zagonetku. Vidiš, setila sam se nečega, nisam o tome mislila godinama, ali...

– Mislim da je najbolje da sve ostavimo kako jeste – odvratila je Fej, ne gledajući Robin. – Ali... žao mi je zbog toga što sam povisila glas. Što sam otišla. Nisam smela tako da se ponašam.

Zatim je pojačala televizor.

29.

– Sigurno želiš da pođeš? – Robin je pogledala na sat, bilo je sedam. Dogovorile su se da se nađu s Tarom u devet, na stanici *Pikadili*.

– Da, nadam se da ću imati sreće, nema ništa bolje od momka s fluorescentnom trakom za glavu i s grejačima za noge. – Amber je stajala ispred garderobera. Na krevet je već bacila srebrnu jaknu sa šljokicama. – I nemam predavanja sutra. Pošto je potraga otkazana, imaću ceo dan za odmor i učenje. – Glas joj je postao oštar. – Ako te to zapravo brine, možda bi trebalo da ostanem kod kuće.

– Nije mi ni palo na pamet – rekla je Robin, obraćajući se ćerkinom potiljku. – Dušo, ja sam skroz oduševljena koliko si se posvetila učenju. Nisam sigurna da bih na tvom mestu uspela da postignem pravu ravnotežu između rada i odmora. Rekla sam to i tati jutros.

– Opet si ga zvala?

Robin nije mogla da se suzdrži, radoznala hoće li spomenuti novu devojku. Nije.

Amber je nastavila da izvlači razne komade odeće i slaže ih na krevet: zelenu bluzu s resama, crni lakovani kaput i dugačku usku suknju, kao i belu mini-haljinu s naramenicama, providnim rukavima s tačkicama i blistavim šarama. Pretražile su stare modne dodatke i pronašle duge bele rukavice i pojas od veštačke kože. Osamdesetih je sve bilo preveliko, od jakni do frizura i ogrlica, potpuna suprotnost minimalističkom stilu koji je Robin usvojila otkako je napustila Mančester i jednostavnim, praktičnim odevanjem svojstvenim Amber.

– Ne mogu da nosim crni lakovani kaput preko ove odeće. Tara bi me optužila da sam se prepala.

Amber nije mogla da zadrži osmeh, izazivajući Robin da obuče mrežaste čarape.

– Mogle bismo taksijem do Pikadilija ako želiš da izbegneš voz. Tara nikad ne bi saznala.

– Ali ja bih – rekla je Robin, svukla se i obukla mini-haljinu, pa stavila široki pojas, ne očekujući da će joj odgovarati. Amber joj je pomogla da ga zakopča. Prednje kopče su se još zakopčavale, zahvaljujući godinama napornog vežbanja u teretani. Amber joj je okačila debeli zlatni lanac oko vrata i uporno tvrdila da bi joj velika mašna u kosi savršeno stajala. Posmatrala ju je širom otvorenih usta dok je Robin tapirala kosu.

– To će ti uništiti kosu, mama.

– Čekaj da je isprskam. Moj tata je umeo da svrati i pozajmi moj sprej kad bi on i Fej išli nekud, jer je želeo da izgleda najbolje što može.

– Stvarno je voleo baku, zar ne?

– Da.

– Onda je nemoguće da je tako loša – rekla je Amber i obukla zelenu bluzu s resama.

Robin je pogrešno usmerila sprej i protrljala oči.

Amber je obukla srebrnu jaknu sa šljokicama, a onda su ona i Robin našminkale jedna drugu bisernim karminom i svetlucavim senkama za oči. Toliko različito od Amberinog uobičajenog izgleda kad bi se udesila, s nežnim prelivima smeđe i bež boje i rumenilom za obraze koje Robin ne bi umela da koristi u njenim godinama. Amber je pronašla torbicu preko ramena, a Robin je zgrabila mali ruksak. Ušle su u dnevnu sobu da se pozdrave.

– Imaš sve što ti treba? – upitala je Robin.

Fej ih je pažljivo odmerila. – Biću dobro. Ne zaboravi ključ, već dovoljno loše spavam, nema potrebe da ustajem da vas pustim unutra.

Tokom poslednja dva dana, Fej je ponovo počela da razgovara s Robin. Čak se još jednom izvinila, rekavši da je njena opaska da je Robin bruka izgovorena u trenutku ljutnje, i da je lepo videti je u svetlim bojama.

Tokom vožnje vozom ljudi su ih zagledali zbog odeće i visokih frizura. Robin je mislila kako Amber možda neće želeti da bude viđena kako izlazi s majkom, ali je shvatila da je potcenila svoju ćerku, koja je samouvereno prišla vratima vagona dok su se približavale stanici *Pikadili*. Taru je bilo lako primetiti, prilazila im je u zlatnom korsetu sa šiljcima i u uskim crnim, pocepanim farmerkama. Na trenutak su bile opet u 1989. godini, naježene zbog zime, ne želeći da debele jakne sakriju njihove pomodne odevne kombinacije, a Robin je bila uzbuđena zbog večeri bez priče o ispitima i poslovima, bez razmišljanja o odrastanju i odgovornostima. Trenutak nelagode lebdeo je u vazduhu pre nego što su se zagrlile.

– Ovo je Amber – rekla je Robin.

– Već sam čula mnogo o tebi – rekla je Tara.

Amber je bacila pogled ka Robin. – Jel' to dobro?

– Ako si stvarno briljantna u matematici kao što tvoja mama kaže, trebalo bi da mi vodiš knjige.

Uprkos novembarskoj hladnoći, krenule su peške prema Dinsgejtu. Trebalo im je samo dvadeset minuta, što je značilo da su Robin i Tara imale dovoljno vremena da se prisećaju omiljenih mesta na putu, poput kičastih modnih prodavnica koje su prodavale sve za pet funti i bara s burgerima koji je koristio ukusne kisele krastavce. Nekoliko barova već je postavilo božićne jelke i svetlucave lampice u izlozima. Pre mnogo godina bile bi presrećne, radujući se prazničnim muzičkim spotovima. Amber je takođe pokazala mesta koja je posećivala s prijateljima, i nije mogla da poveruje kako odlazak na *kafe late* nije bio uobičajen u njihovo vreme. Prošle su pored sobe za beg u kojoj je bila s cimerima na početku semestra, nadajući se da će postati najbolji prijatelji.

Konačno su stigle do kluba, a ritam disko muzike ih je doveo do reda za ulazak. Stajale su ispod zastave humanitarnog udruženja za mentalno zdravlje koje je Tarina klijentkinja podržavala. Robin se opustila dok su se stapale s gomilom koja je nosila vojničke jakne u stilu Majkla Džeksona, fluorescentne helanke i majice, znojnice ili šešire iz filma *Krokodil Dandi*. Spazila je brkove u stilu Fredija Merkjurija i naočare Eltona Džona. U redu su stajali ljudi svih uzrasta. Prodaja karata je očigledno išla bolje nego što je Tara očekivala.

Zahvalno su ušle u topli klub. Svuda su stajala ogledala koja su dopunjavala srebrni metalni dekor, a reflektori u stilu starih filmskih setova visili su s tavanice izbacujući ljubičaste prelive svetlosti. Robin se sudarila s muškarcem koji je nosio periku popularne čirokane, frizure kakvu su nosili pankeri, i zateturala se. Tara je mahnula Sofi, klijentkinji od koje je kupila karte, i otišla da nakratko popriča s njom.

Tara se vratila i predložila da uzmu piće. Čekale su dugo iza nekoliko redova ljudi, svuda se osećao miris kolonjske vode i laka za kosu, dok Amber nije prišla napred i mahnula šankeru. Robin je htela da naruči tri pinja kolade kad je na obližnjem tematskom meniju s pićima uočila starog ljubimca – koktel od breskvinog šnapsa i soka od narandže po imenu *fazi nejvel*. Pronašle su visok okrugli sto uza zid ispod umetničkog dela, naslikanih ljubičastih usana. Spustile su pića i popele se na barske stolice. Robin je jednom pala s takve stolice, pa je Jul morao na leđima da je iznese iz kluba.

– Jel' mi to prolazimo kroz krizu srednjih godina? – upitala je Robin i podigla čašu.

– To se zove zabava – odvratila je Amber.

– Baš tako – dodala je Tara – a to je važno.

Robin je zurila u narandžasti napitak. – Dobro, šta mislite da ga ispijemo nadušak?

Amber je bacila pogled na nju, kao da je nikad u životu nije videla.

Uklonile su slamke. Robin je ispila piće u cugu, a potom su posisale krišku narandže sa ivice čaše, baš kao što su to nekad radile. Začula se pesma *Kalčer klaba*. Tara ju je zgrabila za ruku, a Robin je uhvatila Amberinu. Njih dve su povele Robin na plesni podijum dok je di-džej uzvikivao nešto o seksi zvucima, osećala se smešno i jednostavno je pomerala noge u stranu, jedan-dva, jedan-dva, diveći se načinu na koji se Amber okretala i uvijala. Ali na kraju, uz prigušena svetla, gomilu ljudi i psihodelične boje poda, dok joj je ritam muzike pulsirao u grudima, tokom druge strofe, obuzeo ju je neočekivani nalet energije. Prestala je da misli na sve oko sebe, uvijajući kukove, preplićući rukama, i dok je stigla do drugog refrena, ona i Tara su oponašale jedna drugu, kao što su to oduvek radile. Počela je pesma *Djuran Djurana*, i Robin i Tara su zapevale zajedno, a Robinino telo i glas su se prisetili reči i pokreta za koje je mislila da ih je pre mnogo godina zaboravila.

Otišle su do bara i naručile još jednu rundu *fazi nejvela*.

Tara je napravila grimasu nakon gutljaja. – Da budem iskrena, ovo je užasno, kao oni koka-kola šejkovi. Zašto smo ovo naručivale?

– Zato što je šnaps zvučao egzotično i mislile smo da nam ovo piće daje prefinjen izgled.

– Smešno, zar ne, danas mi nije stalo ni do čijeg mišljenja. To je velika prednost starenja, zar ne?

Robin je jače posisala slamku.

– Zar ne?

– Nisam sigurna. Otkako sam otišla, provela sam toliko vremena pokušavajući da... mislićeš da sam jadna. – Glas joj je polako zamirao, a ostale dve su prestale da piju.

Tara je spustila čašu. – Obećavam da se neću smejati.

– I ja – dodala je Amber.

– Pokušavala sam da se ponašam ispravno, da se uklopim. Mislila sam da će mi to život učiniti lakšim, srećnijim jer ono što sam bila... naposletku... nije me baš nekud odvelo, zar ne?

– Oh, mila... nema to veze s tobom, to je život – rekla je Tara. – Takve stvari se dešavaju svima, i to te ne čini lošom osobom. Bila si neverovatna, sjajna, svetionik u dosadnim školskim danima. Mislim da me je zato toliko zabolelo kad si otišla, nije bilo nikoga ko bi te zamenio. Klike su bile pune klonova, a ti nikad nisi bila kao one, nikad nisi želela da budeš popularna devojka, i to mi je dalo snagu da sledim svoj put.

Robin je primetila kako Amber pažljivo posmatra Taru, upijajući svaku reč.

– Ali to sam isto ja osećala za tebe, s tvojim verovanjima, tamjanom i kristalima za lečenje, tvojim stavovima o duhovnosti... nagnala si me da poželim da budem bolja osoba.

Osim s Fej. Tara je govorila kako ljubaznost prema drugima ponekad može da te povredi, a s njenom majkom to je uvek bilo tako.

Jednom je u selu kupila Fej buket narcisa. Videla je majku i ćerku kako sede u *Čajdžinici 1960*, dele sladoled, i obuzela ju je ogromna čežnja. Ali kad ih je dala Fej, ona je samo upitala šta je to Robin sad zgrešila.

– Živim s bakom samo nekoliko dana – rekla je Amber. – Videla sam kakva je prema tebi. Mislim da je Tara u pravu. – Uzela je krišku narandže sa ivice čaše i posisala je. – Ne znam kako bih se snašla da sam imala takvu mamu.

Robin joj je blago klimnula glavom, a Amber je uzvratila. Započela je pesma grupe *Hjuman lig* i Tara je povukla Robin sa stolice, dovikivale su reči pesme jedna drugoj dok su se vraćale na plesni podijum sa Amber. Usledila je romantična balada, a Robin je sklopila oči i njišući se, živela samo za taj trenutak. *To je ono pravo, osećam se kao... ja.* Kad ih je otvorila, tri mladića su plesala pored njih. Robin je bila dvostruko starija od njih i odmah je pomislila da to nije prikladno.

Ali prikladno za šta? Za njen stari život, eto za šta, gde su najvažnije reči bile *treba* i *mora*. Njeno samopouzdanje je poraslo kad je krenula još jedna zabavna pesma. Ko je ona da se žali ako zgodni momci žele da plešu? Počeli su da pljeskaju u ritmu pesme grupe *Vem!*, a jedan od mladića, s crnim šeširom, uhvatio je Robin za ruku i zavrteo je oko sebe. Nije to očekivala.

– Mama, da vam uzmem neki moderniji koktel koji se stvarno može piti? – doviknula je Amber, trudeći se nadjača buku.

– Majka i ćerka u tandemu? Daaame, zadovoljstvo je upoznati vas – rekao je mladić s kojim je Robin plesala i stavio im ruke oko ramena. Pre nego što je stigla da odgovori, Amber mu je rekla da se skloni i povela Robin dalje od plesnog podijuma.

– Jel' to razlog zašto si pristala na ovaj izlazak? – prosiktala je. – Da nađeš mladog dečka?

30.

– Ja ću nam uzeti pića – rekla je Tara i odšetala u ritmu muzike, i dalje tapšući rukama, u upadljivoj odeći. Robin i Amber su sele u mirniji deo, blizu toaleta. Zašto je sebe lišila toliko slobode otkako je pobegla iz Stoundejla?

– Ako te je toliko sramota, Amber, možemo se pretvarati da se ne poznajemo, iako ne razumem u čemu je problem. Samo sam plesala.

– Sigurna si da ga ne bi kresnula? – upitala je Amber, zaplićući jezikom.

Robin je zapanjeno uzdahnula. – Nemoj tako da razgovaraš sa mnom.

Amber je prevrnula očima, a ramena su joj se obesila.

– Je li toliko teško poverovati da tvoja stara majka želi da se malo opusti? Imala sam teških nekoliko godina, a ni poslednjih nedelju-dve nije bilo lako.

– Ali dobila si ono što si želela. Osećala si da je vaš brak gotov, ali nisi imala hrabrosti da ga okončaš nego je tata morao to da uradi. – Amberin glas je zadrhtao. – Pokvarila si sve.

Robin je pogledala u ćerku, a veselje večeri je isparilo. Amber je delovala manje samopouzdano, a više kao zbunjena tinejdžerka. Majčin ton je postao blaži. – Da, možda ću jednog dana sresti nekog drugog. Žao mi je, ali tvoj otac i ja se nećemo pomiriti. I bio je u pravu što je sve okončao.

– I dalje ne možeš da mi pružiš pravo objašnjenje? I dalje ćeš pričati da ste se samo udaljili?

Robin je trznuo bolni osećaj kad je shvatila da se Amber verovatno osećala kao ona kad je Jul otišao iz Londona bez objašnjenja. Zato je pažljivo razmislila, birajući reči.

– Mislim... kad se brak pretvorio u... kolotečinu, tokom godina, kad su početna romantika i strast izbledeli, ja... to me je nagnalo da osetim... nedostatak pažnje... Zvuči glupo, ali...

Amber se uspravila. – Podsetilo te je na to kako se tvoja majka ponašala prema tebi? – Robin je stisnula usne i klimnula glavom. Amber je zurila u nju i prestala da se mršti.

Tara je stigla, prekinuvši napetu atmosferu, s tri *kosmopolitena* i turom dodatnih votka-šotova. Amberina ruka je lebdela iznad stola na trenutak, a onda je gurnula čašicu prema Robin, koja ju je odmah iskapila. Razgovarale su o slovima iz potrage za blagom koje su dosad rešile i o tome kako Fej odbija da nastavi.

– Hajde da pogodimo koja bi reč od pet slova bila – rekla je Amber i štucnula, ne znajući da Robin potajno zna koje je sledeće slovo. – Kako bi bilo... *guilty*, znači *kriva*. Možda potraga otkriva neku mračnu tajnu.

Robin je otpila veliki gutljaj *kosmopolitena*. Nije razmišljala o tome da potraga može otkriti nešto zbog čega bi zažalila, nešto o njenoj majci ili čak ocu.

Začula se pesma „Birdie Song", i pijana Amber je pratila pokrete drugih pre nego što je spazila jednu od devojaka koja ju je pozvala na žurku u domu. Nakon kratkog oklevanja, otišla je da joj se javi, dok je Robin sela s Tarom. Ona se široko protegnula. Bilo je skoro jedan. Da li je Fej uspela da se sama presvuče u spavaćicu?

– Drago ti je što si došla? – upitala je Tara.

– Načisto sam ogluvela, ušinula se i ta votka mi je umrtvila čulo ukusa. – Pokazala je palčevima nagore. – Sjajno sam se provela.

– Nikad ne zaboravi, Robin, tvoje potrebe su važne – rekla je Tara mrtva ozbiljna, dok su joj se reči prelivale jedna u drugu kako se njihala na stolici. – Koliko puta si tokom godina stavila sebe na prvo mesto?

– Dovoljno, mislim... Terala sam Toda da čuva bebu da bih otišla u teretanu ili na neku poslovnu zabavu.

Tara se nagnula napred. – Da čuva bebu? Pa on joj je otac.

– Udarila sam temelje našem razvodu.

– Jedino ti to pada na pamet? – Tara je na trenutak delovala budnije.

– Dovoljno sam se osećala krivom zbog toga.

– Takve stvari se dešavaju. Učiš iz njih i nastavljaš dalje.

Robin je mislila da će joj selidba u sopstveni stan pomoći da to postigne.

– Hvala ti što ti je još stalo – rekla je, sad već blago omamljena. – Volela bih da mogu da mahnem čarobnim štapićem i popravim odnos između tebe i tvog oca.

– Za to bi ti stvarno bila potrebna čarolija. Dolazi sutra u Mančester zbog posla, predložio je da se nađemo na kafi. – Tara se trgla, gotovo se okliznuvši sa stolice. – Ponekad, kad je u gradu, pošalje poruku da se nađemo. Ne ulazimo u duboke razgovore. Mislim da to radi isključivo zbog mame. Bila sam uzrujana kad je rekao da Priša ne može da im dođe na proslavu, ali sam i to prebolela. – Polako je podigla pesnicu u vazduh. – To je njegov problem, ne moj, i nema veze s tim ko sam ja.

Robin ju je pažljivo slušala.

– Dakle, svratiću na zabavu samo na sat vremena, da dam mami i tati poklon. Ali posle toga, posadiću ih oboje i reći im da više neću dolaziti na porodične događaje ako Priša ne bude pozvana.

– Jul je baš pre neki dan rekao kako si oduvek bila mudra.

– Molim te, nemoj to, to me čini tako dosadnom. Kao naš stari profesor matematike, kako se ono zvao?

– Gospodin Plemeniti – rekla je Robin. Uhvatila je Tarin pogled i obe su se zakikotale.

– Ah da, dobri stari Nobles. – Tara se igrala podmetačem za piće. – Budisti ne veruju u dobro ili loše ponašanje, znaš? Oni kažu da smo ili vešti ili nevešti. Dakle, kad me tata uvredi... pa... to... – Odmahnula je glavom. – Ima li smisla to što govorim?

– Molim te, nemoj da prestaneš. – Robin je bilo potrebno da ovo čuje.

– Mnogo mi pomaže kad razmišljam o tati kao o neveštoj, a ne kao o lošoj osobi.

Šta ako bi Robin počela da misli o Fej kao o neveštoj? Odjednom one ružne opaske na kiši nisu toliko bolele.

Tara je odgurnula podmetač prejako, pa je odleteo sa ivice stola na pod. Muškarac u iscepanim farmerkama koji je bio u prolazu podigao ga je, dao Tari i namignuo joj. Obe su se ponovo nasmejale dok se udaljavao.

– Gde sam ono stala...? Da... razmišljala sam dosta o tvom tati kako sam bivala starija – rekla je Tara. – On se tako dobro nosio sa svime. Bio je... – Podrignula je. – Supervešt.

Supertata.

– Žao mi je što nismo više razgovarale, poslednjih nekoliko sati je proletelo – rekla je Robin, osećajući se pomalo omamljeno dok se soba lagano vrtela. – Samo, Amber i ja...

– Razumem. Nadam se da ti je večeras pomoglo.

Robin ju je pažljivo pogledala. – Odziv je bio odličan. Tvoja klijentkinja je nekako uspela da u poslednjem trenutku proda mnogo karata.

Tara je pogledala u telefon. – Jel' već toliko sati?

– Ti si ovo isplanirala, zar ne, priliku da me nateraš da razgovaram sa Amber?

– Popila si previše, draga, a sad je vreme za taksi. – Spustila se sa stolice da potraži Amber, ali Robin ju je uhvatila za ruku i stegla je.

Razbudivši se malo na hladnom vazduhu, Robin je šetkala gore-dole pored taksi stanice. Zahvalno se uteturala u prvi taksi koji je stigao. Probudila se u njihovoj ulici, nakon što je zadremala naslonjena na Amber, koja je već bila platila vožnju. Robin je zalupila vrata dok je izlazila, izgubila ravnotežu i saplela se dok je taksi odlazio. Amber ju je pridigla, a što su se više pokušavale da budu tihe, sve su se glasnije smejale. Svetlo se upalilo u sobi na spratu prekoputa ulice. Neko je gledao kroz prozor, a Robin se poklonila.

Amber se borila s ključem u bravi i napokon otvorila vrata. Začuo se lavež i topot šapa niza stepenice.

– Pssst! – rekla je Robin Huveru i pažljivo ga odvela gore, upalila svetlo na odmorištu i usmerila ga nazad na Fejin krevet. Nije se probudila, a čipkasti okovratnik spavaćice nazirao joj se oko vrata. Robin se vratila dole, gde ju je dočekala para iz čajnika i miris gulaša koji je Fej podgrejala.

Amber se skljokala na stolicu, zatvorenih očiju, obraza naslonjenog na ruke.

– Izvini što sam bila kučka – promrmljala je.

Robin se nagnula i poljubila je u glavu.

Robin Vilson,
Parejt Rou 16,
Stoundejl,
Širi Mančester
septembar 1987.

Draga Debi,
MOJ DEČKO NE VOLI SPORT.
    Znam da je vaš časopis namenjen devojkama, ali nadam se da vam ne smeta što pišem o problemu mog dečka. On ne voli sport, a ostali dečaci su zlobni prema njemu jer bi za vreme ručka radije sa mnom čitao u biblioteci, nego igrao fudbal. Tvrdi da ga nije briga šta oni misle, ali sigurno ga boli. Moj tata kaže da smo svi različiti i da bi trebalo da radi ono što ga čini srećnim, ali kapiten fudbalskog tima ide u naš razred i pre neki dan ga je nazvao pederčićem. Toliko sam se naljutila da sam opsovala kapitena, ali moj dečko je samo prevrnuo očima i nazvao ga budalom. Kako mogu da zaustavim ove zlobne komentare?
    Robin, 15 godina

Devojačka scena
Ulica Gover 41,
London

Draga Robin,
Savet tvog tate je odličan! Ponekad svi osećamo potrebu da se uklopimo, ali najvažnije je da budemo svoji, baš kao što je tvoj dečko. A verovatno bi neki od tih momaka koji napolju igraju fudbal zimi radije bio unutra s vas dvoje!
Divno je što ti je stalo, ali izgleda da tvoj dečko prilično dobro podnosi zlobne opaske, dok ovo možda predstavlja veći problem tebi. Zašto ne biste popričali s vašim nastavnikom ili bibliotekarom o osnivanju čitalačkog kluba tokom pauze za ručak? Tako će upoznati mnogo prijatelja sa sličnim zanimanjima, a možda bi ti fudbalerčići poželeli da znaju više o knjigama!
Sve najbolje,
Debi

31.

Sedele su u kuhinji ispred dve crne kafe, Amber leđima okre-nuta šporetu, a Robin pored vrata. Robin se uspavala i požurila do Fej da joj pomogne oko oblačenja, ali ona je već bila dole, u panta-lonama i džemperu, pa se ona vratila u krevet. Bilo je skoro deset sati, a obe su se tek probudile, nakon što je Huver zalajao kad je Fej otvorila vrata poštaru. Ušla je i izvadila tiganj. Zvecnuo je kad ga je stavila na šporet, a Amber i Robin su se trgnule.

– Napraviću nam svima tost za minut ako želiš, Fej – rekla je Robin.

– Pfff, jela sam pre dva sata i zaboravi tost – obema vam treba pržena haringa.

Amber je napravila grimasu i otpila veliki gutljaj kafe. – Bez uvrede, bako, stvarno si sjajna, ali od same pomisli na to mi je muka.

Fej je oborila glavu i okrenula se ka šporetu. Možda je nije čula. Uhvatila se za ručku rerne na trenutak, i Robin se zapitala da li se još oseća nestabilno nakon što je pala.

– Bez rasprave – odgovorila je. – Ako je bila dovoljno dobra za tvog dedu posle noći u gradu, biće dovoljno dobra i za vas dve. Kla-dim se da ih nikad nisi ni probala.

– Ne sećam se da se tata ikad napio – rekla je Robin.

– U pravu si. Obično bi popio jedno ili dva piva, i to mu je bilo dovoljno. Ali jednom su mu kolege u piće dosule votku. Nikad mu nije bilo tako loše. Dakle, pržim vam haringe – rekla je.

Robin je razmenila užasnuti pogled sa Amber. Kupila je ribu za Fej i Blanš.

– Ali možeš li to? – upitala je Robin. – Tost bi bio dovoljan, stvarno.

Ipak, posle one oluje, nakon svega što je Fej rekla, to što je želela da im spremi doručak bio je napredak.

– Naravno da mogu, hvala na pitanju – odvratila je oštro. – Vreme je da počnem da radim više stvari sama.

– U redu, dakle... jesi li sigurna da ne želiš da radimo na sledećem tragu... danas je četvrtak? – Jesu li ribe predstavljale primirje ili je to bila samo zabluda?

Fej se narogušila i tiganj je opet zazvečao.

Robin je uzdahnula i zagledala se kroz prozor, dok joj je u glavi tutnjalo. Teški oblaci nadvijali su se nebom. Miris topljenog putera širio se vazduhom i steglo ju je u grlu. Prošlo je toliko vremena otkako je pojela prženi doručak, nije se tako hranila u Londonu. Odmahnula je glavom.

– Šta je? – upitala je Amber, a pramenovi kose su joj štrčali na sve strane, baš kao kad je bila devojčica i jurila niza stepenice na doručak, zahtevajući da jede žitarice suve, uz čašu mleka sa strane.

– Samo razmišljam o onim koktelima *fazi nejvel*. Drago mi je što si upoznala Taru.

– Svidela mi se.

– Kako se sad osećaš?

– Kao da mi se u glavi vrti „Birdie Dance".

– I meni – rekla je Robin i uzela još jedan gutljaj kafe.

Fej je iznela dva tanjira, uz nekoliko komada belog hleba i kajganu sa strane. Zatim je otišla do fioke u kuhinji, načas preturala po njoj i izvukla malu plavu kartonsku kutiju. Dok se borila da je otvori jednom rukom, Robin se suzdržala da ne ponudi pomoć. Naposletku, izvukla je srebrnu tablu i istisnula četiri tablete. Zastala je pre nego što je spustila po dve ispred svake od njih.

Robin je zurila u bele tablete. Paracetamol? Kad je bila tinejdžerka Fej joj nikad nije pomagala da se oporavi posle noćnog izlaska. Zvala bi je odozdo da je doručak spreman u uobičajenih osam sati i korila je što sedi pogrbljeno. Robin je popila tablete uz kafu i, sledeći Amberin primer, probala zalogaj ribe. Imala je mnogo bolji ukus nego što je mirisala. Fej je skuvala sebi šolju čaja i sela između njih, čak se i osmehnula kad joj je Amber rekla za koktele koje su probale.

Robin je posegnula za novčanikom, koji je sinoć ostavila u svom malom ruksaku u kuhinji.

– Evo. – Pružila je Amber dvadeset funti. – Za turu pića koju si platila.

– Ne moraš...

– Seti se, ti si siromašna studentkinja.

Amber je ustala i protegnula se. – Trebalo je da vidiš kako je mama pala kad smo izašle iz taksija, nismo mogle da prestanemo da se smejemo. Dobro, idem da se istuširam. – Stavila je prazan tanjir u sudoperu i nestala.

Koža oko Fejinih očiju bila je prekrivena crvenim mrljama.

– Jesi li dobro? – Fej je odgurnula stolicu nazad kad je Robin progovorila, ali ona joj je stavila ruku na rame. – Šta je bilo?

Progutala je knedlu i lice joj se zgrčilo. – Ti i ja... nikad nismo imale nijedan takav trenutak, zar ne? Nikad se nismo smejale zajedno. A trebalo je, zar ne? – Ustala je i izašla iz kuhinje.

Robin je gledala za njom. Da, trebalo je.

Pospremila je i ušla u dnevnu sobu. Fej je pregledala najnoviji primerak *Vord viklija* i slala poruke, opet delujući pribrano.

– Ponovo se kuckaš s Džulijanom?

– Da, radim prvu ukrštenicu, ali postoji greška – ispred reči *sitničavost* greškom je napisano slovo *K*.

Dok je Robin prolazila pored nje, Fej je ispružila zdravu ruku. Dvadeset funti? – Za šta je to?

– Doprinos za sinoćni izlazak.

Robin je stajala ukočeno, a Fej je protresla ruku. – Hoćeš li uzeti ili ne?

– Ali ne mogu...

– Trenutno ne zarađuješ.

– Hm, u redu, hvala. – Robin je ispružila ruku. Uvek je plaćala za sebe, zahvaljujući raznošenju novina i tome što je tata dopunjavao njen džeparac kako bi mogla da pojede burger u baru i ode na koncert.

Fejin glas je zadrhtao, iako nije gledala Robin u oči. – Žao mi je što... što nije bilo bolje između nas, što... nisam bila više poput tebe kao majka. – Stisnula je usne i nastavila da šalje poruke Džulijanu.

* * *

Robin je još bila zaprepašćena zbog Fejinog izvinjenja i zbog komplimenta kad je kasnije tog popodneva odnela Blanš večeru. Ostavila je Amber i Fej da ponovo igraju domine. Ušla je u kuću, dočekana mirisom potpurija iz osveživača vazduha. Upalila je svetla i navukla zavese u dnevnoj sobi. Blanš je nosila svetloplavu jaknu koja joj je bila prevelika. – Hoćeš li da napravim čaj pre nego što odem?

– Svašta, pa da moram u toalet celu noć? – rekla je Blanš. – Ne, samo sedi na minut. – Pokazala je na dvosed. – Pa, šta ima novo s tobom i Fej? Otkazala je kafu juče, rekla je da nije raspoložena. Je li sve u redu? Zar nije bilo bolje?

– Oh, ništa, sigurna sam da će proći.

– Proći će malo sutra, sad mi reci istinu. – Ponovo je uprla prst u dvosed i nasmešila se.

Robin je sela i uzdahnula. – Posvađale smo se. Nisam htela nešto da joj kažem. Bilo je trenutaka kad sam osećala da smo istinski napredovale, ali zbog sukoba je proglasila kraj potrage za blagom i ne dozvoljava mi da joj objasnim, nije joj stalo.

– Naravno da joj je stalo, inače se ovo ne bi desilo. – Blanš je ponovo uperila prst u Robin. – Moraš da budeš odlučnija, dušo. Ako samo plutaš kroz život, nikad nećeš dobiti ono što želiš. To je lekcija koju sam više puta učila iz početka. Moraš upravljati volanom.

Plutanje. To je to, tačno tako bi Robin opisala poslednjih trideset godina – plovidba bez konačnog odredišta, držanje uz sigurnu obalu; stapajući se, umesto da se otisne u velike pustolovine. Trebalo joj je da oseti vetar u kosi, so pod zubima, talas koji bi je mogao baciti na potpuno neočekivano mesto...

Blanš je ispružila natečene zglobove. – Moj muž i ja smo se skoro razišli jednom. Bila sam bliska s jednim pacijentom, Edom, donosila mu njegove omiljene kolače i ostajala nakon smene da mu čitam knjige. Znaš, podsećao me je na mog oca, a nikad nisam imala priliku da se oprostim s njim. Znala sam da nešto nije u redu kad je Denis počeo da se isključuje svaki put kad bih spomenula Eda.

Pošto je posao zahtevao da ide u London jednom mesečno, postao je sumnjičav kako provodim te vikende. Smešno, stvarno, objasnila sam mu da Ed ima demenciju, ali kad se osvrnem unazad, shvatam da je Denis bio povređen. Ipak, trebalo je da mi veruje. – Nagnula se napred. – Zato sam preuzela stvar u svoje ruke.

– Šta si uradila?

Blanš je predložila da odu na ručak u pivnicu jednog vikenda i da ona vozi, kako bi on mogao da pije. Zatim se pravila da je zaboravila novčanik na poslu i kako moraju da svrate tamo. Nagovorila ga je da uđe pod izgovorom da postoji problem sa sudoperom u sobi za osoblje. Navodno, Denis je bio vrlo vešt sa odvodima. Dok ga je vodila kroz zgradu, odvela ga je da vidi Eda, koji se nije ni setio ko je Blanš. Pošto je Denis uvideo grešku, postarala se da se izvini što je sumnjao u nju.

– Na poslu sam morala da budem odlučna, da se brinem o zbunjenim štićenicima, donosim odluke za njih, da budem odgovorna za njihovu sreću. Najbolje sam ih poznavala i ponekad sam morala da se borim za njih kod lekara ili upravnika doma, kao kad bih ukazivala da trenutna terapija ne deluje ili tvrdila da im soba pored puta smeta jer su doživeli saobraćajnu nesreću. To je poput programa *Usvoji baku*, nedostajali su mi ljudi u životu, pa sam preduzela nešto.

Plutanje. Robin je razmišljala o poslednjih nekoliko godina i kako je svakog dana ustajala u isto vreme i strogo vodila računa o tome šta kojeg dana doručkuje, kako je uvek išla istim putem na posao, vraćala se kući, gledala uobičajene programe na televiziji i odlazila u krevet u jedanaest. Njene jednolične navike bile su poput ogromnog sidra.

A sidra su neophodna kad stigneš na odredište, ali ne pre nego što uopšte započneš putovanje.

– Dođi ovamo. – Blanš joj je pokazala da priđe. Robin je ustala i Blanš joj je stavila ruku između dlanova. Blanšine ruke bile su grube i zborane, ali podjednako utešne kao i uvek. – I dalje se sećam one odvažne devojke koja bi maznula topli *brauni* kad bi mislila da je ne gledam. – Kriva po svim tačkama – rekla je Robin, i osmehnule su se jedna drugoj.

– Ali danas popuštaš Fejinim hirovima, i to te nikud neće odvesti, draga. I nisam zlobna prema tvojoj mami. Ona mi je dobra prijateljica. Ja... mislim sve najbolje o njoj. Zato želim da se ovo reši, za njeno dobro koliko i za tvoje. – Potapšala je Robin po prstima. – Niko od nas ne postaje mlađi. Nama ženama je ponekad teško da izvučemo iz života ono što stvarno želimo, čak i danas. Vidim to kod parova koje poznajem, čitam u novinama. Preuzimanje kontrole, neprihvatanje da ti neko zvoca... – Pogledala je Robin pravo u oči.

– To se ne smatra ženstvenim osobinama. Pa, nek ide dovraga. Sad si odrasla, nateraćeš je da te sluša, bez obzira na sve, ne moraš da prihvatiš kako se ponaša. Lepa je ta potraga za blagom i sve to, ali najvažnije je da poboljšate svoj odnos kako biste mogle da ga gradite u budućnosti, kad više ne budete živele zajedno. Ovo ti je jedina prilika, Robin, da konačno popraviš odnos s majkom. Moraš biti usredsređena, bez ometanja. Imaš još samo nekoliko nedelja. Potrudi se, devojko, *možeš* uspeti u tome.

Robin se vratila u kuću broj šesnaest i začula muziku kako dopire iz potkrovlja, Amberin omiljeni K-pop. Pitala se kako će sutra proći s novom kućom. Robin je primetila svitak, odbačen na ležaljci. Podigla ga je i setila se šta je Blanš rekla. Ma koliko bilo teško, morala je da postavi prioritete, a to znači da mora biti mudra... Ne da prevari Fej, ne da je obmane, nego da preuzme volan. Da povede napred. Misli su joj letele dok je smišljala kako to da učini. Okrenula se ka Fej.

– Nema smisla da čuvamo ovo. Tata ne bi želeo da se svađamo oko glupe potrage za blagom. – Zgužvala je papir, mrzeći što vidi njegov rukopis, njegove poslednje reči upućene njima, kako se zgušnjavaju u čvrstu loptu, čak i ako je to bio deo njenog plana.

32.

Ohrabrena Blanšinim rečima, Robin nije zaspala do ranih jutarnjih sati ni u četvrtak, ni u petak uveče. U subotu ujutru je konačno izašla iz kreveta i otkrila da je Amber otišla u šetnju. Nije htela da razgovara o jučerašnjem razgledanju kuće, samo je rekla da je soba odgovarajuće veličine. Nije se vratila ni do ručka. Robin je odolela da ne pošalje poruku i odlučila da pričeka još nekoliko sati. Nakon što su ona i Fej pojele sendviče, Robin je svratila do potkrovlja i osmehnula se kad je ugledala Amberinu odeću razbacanu po podu. Sobom se širio miris dezodoransa i ustajale tople čokolade. Pogledala je poster Boja Džordža i njegov prkosni pogled. On i druge zvezde osamdesetih nadahnuli su je da shvati kako se sreća može pronaći na rubu gomile, a ne nužno u njenom središtu. Tinejdžerka Robin, koja nije ni trepnula pre nego što bi izašla s razmazanim karminom u stilu pevača grupe *Kjur*, nikad ne bi igrala na sigurno kao odrasla Robin. Poletno je izvadila telefon iz džepa pantalona.

Ćao, Jule, znam da je kasno, ali želiš li da izađemo na večeru? Ja častim.
Robin X.

Stavila je par starih velikih minđuša alki, poslala poljubac Boju Džordžu i sišla dole. Amber se vratila, ležala je na trosedu, još u čizmama, a Huver pored njenih nogu, mašući repom. Jela je kikiriki puter iz tegle, kašikom. Svako malo bi umočila prst unutra i pružila ga Huveru, koji bi sve polizao.

Fej se nije čak ni mrštila.

– Sve u redu? – upitala je Robin i sela u fotelju naspram Fej.

Amber i Huver su nastavili da jedu. Na kraju, Amber je spustila teglu u krilo. – Upravo sam pričala baki... prešla sam preko mosta i prošetala kroz šumu da provetrim misli. – Udahnula je duboko. – Trudila sam se da budem pozitivna, ali nema načina da to sakrijem: ta kuća od juče je još dalje od kampusa i studentskog saveza, a ostale tri osobe nisu brucoši, već su treća godina, spremaju završne ispite. Na zidovima su rasporedi za sve, od pražnjenja kanti do punjenja mašine za sudove. – Uzdahnula je. – Izgledali su prijatno, ali verovatno neće želeti da izlaze... – Glas joj je zadrhtao. – A mi nećemo raditi ni potragu za blagom, zar ne?

– Tvoja mama ju je bacila – rekla je Fej.

– Da li bi nešto promenilo da nisam? – rekla je Robin mirno.

Amber je opustila ramena. – Dobro, u svakom slučaju, odlučila sam da u ponedeljak razgovaram s tutorom. Odustajem.

Robin je spustila pogled na ručni sat i pratila kazaljku kako kruži.

– Zar služba za studentski smeštaj nema ništa drugo da ti ponudi?

– Ne. Rekli su mi da sam imala sreće što sam dobila tu priliku. Nema smisla odlagati neizbežno. Gubim vreme, gomilam dugove, a mogla bih da se zaposlim i počnem da gradim karijeru. Osećam se kao da mi je život u zastoju. Univerzitet jednostavno nije ono što sam očekivala, došla sam ovamo koliko zbog ljudi koje bih upoznala toliko i zbog studija. Svi kažu da univerzitet treba da ti oblikuje karakter kroz društveni život, a ne samo kroz predavanja. Zato nemoj pokušavati da me odgovoriš.

Čvrsto stisnuvši vilicu, Amber je skinula kaput. – U stvari, danas popodne ću početi da radim na svojoj biografiji za posao.

Robin je ustala i premestila se na trosed pored Amber.

– Sigurna si? Kad se osvrnem, želela bih da sam se više borila za svoje snove, da nisam prihvatila rad u kancelariji i posao koji nisam baš volela. Sad mi je jasno kako sam mogla to da rešim i odem na univerzitet da studiram engleski, što sam oduvek želela. – Zastala je, pripremajući se za Fejinu podrugljivu opasku, ali i Fej i Amber su jednostavno bile usredsređene na ono što je govorila. – Nisam mogla da poželim bolju ćerku... ni muža, tokom većeg dela našeg braka, i dobrog oca za tebe, Amber. Ali u poslednje vreme, otkako sam videla svoju staru sobu, često pomislim kako bi tinejdžerka Robin bila razočarana u mene. Ne bih volela da se ti ikad tako osećaš.

– Mama, stvarno sam dobro promislila o svemu.

Amber je podsećala Robin na njenu šesnaestogodišnju verziju, koja nikad ne bi dozvolila da je neko odvrati od bega iz Stoundejla.

– U redu. Ali ako ikad promeniš mišljenje, rešićemo to. Možeš da prekineš na godinu dana, radiš, a zatim možda ponovo razmisliš. Život nikad nije ravna staza i nije strašno skrenuti s puta. Uvek možeš otići na univerzitet kasnije, ako to budeš želela.

Amber je prestala da otkopčava kaput. – Nisam o tome razmišljala.

– Ne mogu reći da sam srećna, ali to je tvoja odluka. Potpuno ću te podržati, Amber. Samo mi javi ako ikako mogu da ti pomognem.

– Oh. U redu. – Nakrivila je glavu. – Mislim... nije da se nisam trudila.

– Videla sam koliko ti je bilo teško. I videla sam koliko si jaka. Jako sam ponosna.

Amber je izgledala zatečeno.

– I dalje ideš na tu žurku večeras? – upitala je Robin. Fej nije okrenula stranicu časopisa.

– Da, mislim... mogla bih, zar ne?

– Zaslužuješ malo zabave, draga, ali ako tvoja biografija može još malo da priče, volela bih da posetimo mesto gde su prosuli tatin pepeo. Rozarijum je otprilike na trideset minuta udaljenosti, zar ne, Fej? Neću ostati još dugo u Stoundejlu, ako lekar bude zadovoljan i skinu ti gips za nekoliko nedelja. Šta kažeš da odemo popodne?

Amber je žustro klimnula glavom. – Bilo bi sjajno. Barem bih se osećala kao da sam se malo više približila dedi.

– A šta ako opet počne da pada kiša? – upitala je Fej.

– Na nebu nema ni oblačka – rekla je Robin veselo i pokazala kroz prozor.

– Ne posećujem ga zimi onoliko često koliko bih želela, autobus nije baš najtopliji, a prevoz do tamo je loš i kad je najbolji mogući.

Čekaj, redovno ga posećuje?

* * *

Nakon što su smestile Huvera u dnevnu sobu, Robin i Fej su stajale u hodniku. Amber je sišla i pružila Robin crvenu beretku.

– Našla sam ovo u jednoj od fioka. Ide uz onaj moj karmin koji nosiš. – Oprezno ju je ispružila. Robin ju je stavila na glavu i prilagodila ugao pred ogledalom, povukavši je na jednu stranu.

– Iznenađena sam što je još u jednom komadu – rekla je Fej. – Nosila si je svakog vikenda neko vreme, govorila da se zbog nje osećaš kao Francuskinja. Šteta što ti nije pomogla sa ocenama.

– Dobila sam četvorku na maturi. – Kad su stigli rezultati, već je živela kod strica Ralfa. Fej je nikad nije pitala kako je prošla.

Stale su usput da natoče gorivo i kupe cveće. Robin je sve više volela to što u Stoundejlu svuda pešači i nisu joj nedostajali ni auto, ni autobusi, a ni metro iz njenog prethodnog života. Rozarijum je bio na vrhu brda, na obodu susednog gradića, sa sjajnim crnim kapijama i odgovarajućom metalnom ogradom. Vozila je širokim šljunkovitim putem koji je više pristajao nekoj vili. Zaboravila je kako se ta veličanstvena zgrada, s rimskim stubovima, ne uklapa u jednostavan izgled *Pik distrikta*. Veliki rododendroni su se nizali duž puta i mora da su izgledali veličanstveno u proleće. Robin je parkirala auto, a Amber pomogla Fej da izađe. Nisu ponele rukavice, bilo je toplije danas, a Fej je izvukla odštampanu mapu iz džepa i pružila je Amber.

– Ne znam zašto uvek nosim ovo. Znam gde je Alan. Ali možeš ti da vodiš, ako hoćeš.

Robin je pružila cveće Fej, karanfile kakve joj je tata donosio svake nedelje.

– Ovuda – rekla je Amber dok su prolazile pored kancelarije. Robin se trudila da ne gleda u veliki dimnjak. Mala grupa ožalošćenih bila je okupljena ispred kapele. Unutra su orgulje svirale crkvenu himnu koju nije prepoznala.

Robin je za tatinu sahranu obukla svoju majica-haljinu s krupnim brojevima, onu što je tata zamolio Mejv da joj je sašije za četrnaesti rođendan. Fej je bila besna, rekla je da je to nepoštovanje

198

i kako bi trebalo ozbiljnije da se obuče. Robin joj je rekla da se ne oblači za sveštenika niti za prijatelje, već za tatu, i da svi ostali mogu da misle šta hoće. Poledala je postrance dok su prolazili pokraj sjajnih crnih pogrebnih kola. Nikad joj nije palo na pamet da promeni odeću zbog majke. Zašto bi? I dalje bi osetila žaoku gneva zbog Fejinog ponašanja, zbog onog što je uradila – ili pre, zbog onog što nije.

Stvar je u tome da... Fej nije plakala.

Nije pustila ni suzu.

Ni kad su ga ostavili hladnog u bolnici, ni kad je došao sveštenik, ni na opelu, ni posle. Obrazi su joj ostali suvi. Nakon službe, nije se osvrnula na kovčeg, nije pomislila da ostavi crvenu ružu ili ga poljubi, i ustala je čim su se zavese zatvorile, kao da je tatin život bio loša predstava i ne želi da sačeka bis. Nije maramicu ni dotakla kad je razgovarala sa zabrinutim susedima ili tatinim saradnicima preko telefona. Stric Ralf je plakao glasno i silovito dok ju je čvrsto držao, iako tad nisu bili tako bliski.

Umesto toga, Fej se brinula šta će ljudi misliti o Robininoj odeći. Nešto očiglednije bilo bi veća tema razgovora. Njene neisplakane suze su na neki način bacile senku na tatu. Zasluživao je da joj kosa pobeli preko noći, da joj oči budu natečene, da postoji vidljiv dokaz da je izgubila ljubav svog života, ali njeni dani su se nastavili kao da se ništa nije dogodilo – tuširanje, jelo, spavanje, posao. Ako bi Robin u danima koji su usledili sedela za stolom plačući, Fej bi joj rekla da obriše nos i sabere se.

Fej nije ni pričala o njemu. Robin bi spomenula potrage za blagom ili sajmove polovnih stvari koje su ona i tata posećivali, a Fej ne bi odgovarala. Nikad nije pričala njihove dogodovštine, niti je pitala Robin kako se oseća. Umesto toga, Robin bi plakala u Julovom naručju i prejedala se kolačima s Tarom, pričala bi o tati s njima i njihovim majkama.

– Ovde skrećemo levo i ulazimo u Vrtove sećanja – rekla je Amber.

Robin ih je pratila prema ogromnoj, travnatoj površini, podeljenoj drvećem i klupama na manje površine. Hodale su uskom stazom koja je prolazila kroz deo nazvan Vrt šumarka, čije su granice bile ispunjene grmljem, svako s pratećom pločicom.

Doris, voljena majka i supruga, počivaj u miru, draga, 1924–2009.
Džordž, prijatelj svima, voljen od svih, 1933–1998.
Sali, supruga koja mi nedostaje svake sekunde, svakog minuta,
svakog dana, 1963–2011.

Nastavile su dalje, a Amber je zastala kod mesta zvanog Javorov odeljak. Tamo je bila klupa pored japanskog javora. Robin je pružila Fej cveće, a ona se sagnula i spustila buket pored pločice. Robin je bacila pogled preko nje.

Alan Vilson, 1939–1989.

Bilo šta kraće zahtevalo bi usluge Alana Tjuringa.

Suze su joj navrle na oči i sagnula se, brišući sloj zemlje s metala. Udahnula je drvenasti miris.

– Volim te, tata, toliko mi nedostaješ. – Ostavila je Amber i Fej da razgovaraju i sela na klupu. Izvukla je termos iz malog ruksaka, a njih dve su joj se pridružile, Fej u sredini. Robin se složila sa Amber da je to predivno mesto za počinak, i nasmešila se starijem čoveku koji je šepajući prošao pored njih.

– Da li je deda voleo baštovanstvo koliko ti, bako? – upitala je Amber.

– Ne. Ali naša različita zanimanja dobro su nam poslužila u kvizovima u pivnici. Ja sam znala sve o tekstilu zbog posla, o biljkama, naravno, o romanima i kuvanju, dok je on bio stručnjak za antikvitete, zgrade i neobične činjenice o svakakvim sitnicama. – Obrazi su joj se zaoblili u osmeh. – Nikad nam nije ponestajalo tema za razgovor, znaš, kao nekim parovima.

– I bio je u toku s pop muzikom – rekla je Robin.

Fej je klimnula glavom. – Moj ukus je ostao u četrdesetim i pedesetim, dok se Alan prilagođavao vremenu. Nikad nisam razumela zašto je gledao *Top ov d Pops* s tobom.

Sedele su, pijuckajući, uživajući u zimskom suncu. Robin je prva završila svoje i ustala ispred njih.

– Dobro… – pročistila je grlo. – Uspomena koju sam htela da vam ispričam, na dnu Avenije Hajfild… – Ukrstila je prste, nadajući se da će njen plan uspeti.

33.

Fej je odmahnula glavom. – Ovo je trebalo da bude putovanje u čast tvom ocu. Neću da čujem ni reč.

– Nažalost, nemaš mnogo izbora. – Robin je zavukla ruku u džep i izvukla zgužvani svitak, pa ga razvila. Amber je zapanjeno uzdahnula. – Nisi stvarno mislila da ću izneveriti tatu i baciti ovo, zar ne? Kao što si rekla, Fej, ovde nema prevoza. Idi sedi u kancelariji ako želiš, ali ja ću ostati ovde. Ne idem nikud, niti ću voziti dok ne rešimo ovo i ne dogovorimo se da nastavimo potragu sutra, u nedelju, kako je i planirano.

– Ne može škoditi da je saslušamo, zar ne? – rekla je Amber nestrpljivo.

– Da nisi i ti umešana u ovo, mlada damo? – Fej ju je pogledala, žmirkajući.

Amber je odmahnula glavom. – Molim te, bako, ne želim da zakasnim na spremanje za ovu žurku i odlazak u Mančester. Mama me je iznenadila isto kao i tebe.

Nekoliko minuta čule su se samo ptice koje su cvrkutale. Fej je uzdahnula. – U redu, uradiću to, ako vam je toliko važno... obema.

– Dakle, Jul i ja smo često išli prečicom niz Aveniju Hajfild na putu do njegove kuće. Nekoliko nedelja pre nego što je tata umro, stali smo kod one kuće na uglu. Ono veliko drvo je trešnja, prelepa leti, sa zrelim trešnjama koje vise sa grana. Podsećale su me na kuglice na novogodišnjoj jelki. – Amber je sela na ivicu klupe. – Bilo je to početkom juna i Jul je ubrao jednu s dugom peteljkom i vezao je tako da izgleda kao prsten, a trešnja je bila crveni rubin.

Fejin gornji ugao usana se trznuo. – Još ćeš mi reći da te je taj blesavi momak zaprosio.

Hajde, Robin, možeš ti to.

– Nije bilo ničeg blesavog u tome. Iz mnogo razloga me je zaprosio, ali pre svega zato što me je voleo. Oduvek je bio pomalo romantičan. Kad mi je stavio prsten na prst, nisam oklevala da kažem da.

– Šta? Verila si se? – upitala je Amber, razrogačenih očiju, zaprepašćenija od Fej, čije su zenice bile uvećane naočarima.

Fej je ostala bez reči i zapanjeno otvorila usta. – Ne misliš valjda ozbiljno?

Robin je podigla bradu.

– Romantičan? – frknula je Fej. – Kakve ste vi budale bili. Bežanje je bilo samo po sebi glupo, ali stvarno misliti da bi to bio dobar početak braka...

– Da li je neko znao? – upitala je Amber.

Robin je osećala kako joj se stomak steže. – Nameravala sam da kažem tati.

– Barem si imala dovoljno pameti da ne kažeš meni. Ko je još čuo da se neko prosi trešnjom? – Fej se osmehnula. – Moram priznati, ipak je to neprocenjivo. Barem je Jul imao dovoljno pameti da prekine tu besmislicu, pod pretpostavkom da jeste. Nikad mi nisi rekla zašto se vratio u Stoundejl.

– A ti si upravo pokazala zašto nikad nisam mogla da razgovaram s tobom ni o sitnicama, a kamoli o nečem bitnom – otelo se Robin i skljokala se na klupu pored Amber. – Toliko puta mi je bio potreban tvoj savet o izazovima kroz koje prolaze tinejdžeri. – Odmahnula je glavom. – Savet sam morala da tražim iz rubrike s problemima u časopisu. – Robin se setila onoga što je Tara rekla o veštini. Udahni, izdahni. Fej se uhvatila za naslon klupe, a prezira je nestalo.

– Ja... trudila sam se – rekla je tihim glasom. – Mislila sam da si... povučena i da ne voliš da razgovaraš o tome licem u lice.

– Bila sam dete, Fej – rekla je Robin, a držanje joj se ukrutilo.

– Pomogla bih ti da si razgovarala sa mnom. – Fej je nervozno vrtela maramicu koju je izvukla iz torbe.

– Ne, ne bi – odvratila je Robin i odmahnula rukama. – Naterala bi me da se osećam glupo, kao što si to upravo uradila, kao što si uvek radila, večito imajući primedbe i vređajući.

– Možda bi trebalo da krenemo – promrmljala je Amber.

– Ja... žao mi je – rekla je Fej.

Robin se opustila.

Fej je zurila u krilo, u maramicu. – Žao mi je. Zaista, nikad nisam znala kako da budem majka.

Nije znala ni Robin.

– Moja majka je bila samo... samo žena s kojom sam živela i koja je očekivala da se sama brinem o sebi – prošaptala je Fej. – Mislila sam da je to normalno. Sama sam se snašla kad sam dobila prvu menstruaciju.

– Kako? – upitala je Amber.

Fej je na trenutak ćutala.

– Ne moraš da nam kažeš, bako, ako ne želiš – rekla je Amber i uhvatila je za ruku.

Fej je uvukla obraze. – Uvila bih flanelsku krpu i stavila je u donji veš, ali ponekad bi se pomerila i jednom mi je krv procurila kroz školsku suknju. Cela učionica je primetila. Školska medicinska sestra morala je da mi pokaže šta treba da radim i dala mi je potrebne proizvode.

– Oh, bako.

– Kad si se ti rodila, Robin, moja majka je rekla kako je to baš šteta, da bi dečak bio nešto čime bih se mogla ponositi.

Robinina baka je to rekla?

– Oduvek sam znala da me je smatrala smetnjom i očekivala da se sama brinem o sebi, da obavljam kućne poslove i da joj ne budem teret. Nikad me nisu pozivali u kuće drugih devojčica, pa nisam imala priliku da vidim da nisu sve majke takve. Ali, tokom godina sam posmatrala druge roditelje, gledala porodice dok sam pomagala u crkvi... – Fej je gurnula maramicu u džep pantalona i prišla pločici. – Tvoj otac je govorio kako su crvendaći dobri roditelji. Uvek sam mislila da je moja majka bila više poput kukavice, koja bi, kad može, ostavila jaja u gnezdu drugih ptica. I da budem iskrena, mislim da sam je koristila kao izgovor, ali... ne mogu sve da svalim na svoju majku. Videla sam kakav je Alan bio prema tebi, Robin, videla sam kakva je Tara bila sa svojom majkom. Imala sam uzore. Trebalo je više da se potrudim. Iznevverila sam te.

Amber je ustala i zagrlila Fej. Robin je ostala pored javora, ne mogavši da se pomeri, nesigurna šta da uradi. Čvorak je izronio iz grmlja, s crvom koji mu se migoljio u kljunu. Kad se Fej konačno okrenula, ptica je bila odletela, a sunčevi zraci su obasjavali njeno perje ljubičasto-zelenog preliva.

– Dobro – rekla je Fej, šmrcnuvši. – Kakve ta trešnja ima veze s rečima visoka, tamna i lepa?

– Žao mi je što si prošla kroz to, ali drago mi je što si mi rekla više o tome kakva je bila situacija kad si bila mlađa – rekla je Robin nežno dok je ustajala.

– Ne želim više da govorim o tome. – Fej je zadrhtala.

– Izgledaš kao da ti je hladno – rekla je Robin. – Meni jeste. Hajde da pričamo u kolima.

Petnaest minuta kasnije, sedele su zbijene na zadnjem sedištu. Robin je objasnila kako ju je Jul zaprosio zbog ulične svetiljke. Svojevremeno je ispred trešnje stajala gotička lampa. Mora da je uklonjena otkad je Robin otišla iz Stoundejla. Bila je crna, starinska – to bi odgovaralo delu zagonetke da je visoka i tamna. Stajati tamo noću bilo je kao biti u Parizu. Jul je mislio da je to savršeno.

– Sad se sećam – rekla je Fej. – Džoun mi je rekla da je kuća pripadala trgovcu antikvitetima. Gde god su se on i njegova supruga selili, uvek bi nosili tu svetiljku sa sobom. – Nagnula se bliže Robin kako bi mogla da pročita svitak. – *Odgovor daj mi, sada baš.* Pametni Alan, to je skoro istovetan stih iz pesme „Daisy, Daisy". Lampa je bila ukrašena i imala je krugove sa urezanim belim radama koje su se protezale celom dužinom.

– Zaboravila sam na njih.

– Zato je deda rekao da je bila lepa. Dakle, odgovor mora biti lampa. To je slovo L. Sada imamo G, I i L.

– Znači... nastavljamo, rešavamo zagonetke? – upitala je Robin. – Sutra je nedelja.

Fej je pogledala Robin pravo u oči. – Da.

– Amber? Jesi li za? Znam da si nameravala da se vratiš bez obzira na sve. Podržaću te ako i dalje želiš da razgovaraš s tutorom u ponedeljak, ali pošto je potraga za blagom ponovo na stolu... Zašto ne nastaviš s prvobitnim planom, produžiš s potragom i vidiš da li će ti služba za studentski smeštaj pronaći nešto drugo? Samo još malo? – Robin joj je pružila zgužvani svitak.

– Hoćeš da ponovo razmislim o celom svom životnom planu? – Amber je sedela i razmišljala nekoliko minuta. Zatim je poravnala smeđi papir. – Dobro. Samo još malo. Ali samo ako mene i Huvera budeš snabdevala kikiriki puterom.

Robin Vilson,
Parejd rou 16,
Stoundejl,
Širi Mančester
februar 1988.

Draga Debi,
PAKAO S TAMPONIMA.
Stvarno se mučim da koristim tampone, iako pratim uputstva. Pokušavam već dugo i kupila sam različite vrste. Kako ću, zaboga, ikad moći da imam seks ako ne mogu ni tampon da stavim kako treba? I nikad neću moći da idem na plivanje na odmoru ako dobijem menstruaciju. Molim te, nemoj reći da pričam s mamom ili da idem kod lekara, umrla bih od sramote.
Robin, 15 godina

Devojačka scena
Ulica Gover 41,
London

Draga Robin,
Udahni duboko! Većina devojaka u početku nai-
lazi na poteškoće, a ako se uznemiriš, mišići se
zgrče i to otežava postupak.
Možda bi zasad mogla koristiti uloške i po-
kušati ponovo za nekoliko meseci. Sledeći put se
pobrini da koristiš tanji tampon i da pokušaš kad
ti je menstruacija umerenija, što će pomoći da
lakše klizne unutra.
A ako dođe trenutak kad želiš da razgovaraš
s nekim o tome, zašto ne bi umesto toga napisala
pisamce mami?
Sve najbolje,
Debi

34.

Jul je predložio da odu na večeru u pivnicu s druge strane parka, blizu osnovne škole u Stoundejlu, ali Robin nije želela da ostavi Fej samu nakon današnjeg dana. Osećala je kao da su se nekako zbližile. Obrisala je ruke o karirani kuhinjsku krpu i krenula u dnevnu sobu gde je sedela Fej.

– Šta misliš o tome da ostanem kod kuće umesto da izađem? – Robin je pustila Fej da pretpostavi da se sastaje s Tarom, jer je sve s Julom i dalje bilo pomalo neugodno, pogotovo posle onog poljupca. – Mogle bismo da naručimo ribu i pomfrit da se častimo ili...

– Prijalo bi mi da legnem ranije. – Pomazila je Huvera iza ušiju. – Još imam onaj somotski sako. Obuci ga večeras ako želiš. – Fej je sklopila oči i naslonila glavu na stranu fotelje. Robin je zastala pre nego što je otišla u majčinu sobu i pretražila otmene pantalone i bluze – njena odeća po meri odavno je zamenjena odevnim predmetima s lastišem u struku. Levo su visili različiti sakoi, a ona je izvukla najdalji, smeđi somotski sako s resama niz rukave i preko leđa. Izvadila ga je i podigla uvis. Kad ga je prvi put ugledala, Robin je znala da to nije Fejin stil, iako se ona usrdno zahvalila njenom ocu – upravo se bio vratio nakon posla u Ročdejlu i rekao joj kako je to vrhunac mode, a tako ga je posavetovala i prodavačica u radnji. Približavala se žurka za petnaesti rođendan prijateljice, i Robin je progutala ponos i pitala Fej može li da ga obuče. Na njeno iznenađenje, Fej joj je ne samo dopustila da ga pozajmi već joj je ponudila da stavi i njen parfem.

Amber je već otišla na svoju zabavu. I tako se Robin popela na tavan s laptopom i legla na krevet, nasmešivši se posteru Endrjua Ridžlija, iako je nikad nije zaprosio. Nije želela ponovo da se zaglavi na još jednom besmislenom poslu s radnim vremenom od devet do pet i prelistavala je različite sajtove za traženje posla dok...

Odjednom se zaustavila. Kako bi bilo da radi kao nezavisna savetnica za marketing? Da li bi mogla da bira sopstvene klijente i proizvode u koje zaista veruje, i bude sama sebi šefica... Stajala je pred ekranom nekoliko minuta pre nego što je uzela da zapisuje beleške, sa sve češćim greškama u kucanju dok su joj prsti sve brže leteli po tastaturi. Da li bi to mogla da bude ozbiljna mogućnost? Morala bi da postavi svoju veb-stranicu i istraži cene, kao i gde da se reklamira. Trebalo bi joj vremena da počne da zarađuje onoliko koliko je priželjkivala, pa bi na početku morala da nađe još jedan posao koji bi uporedo radila.

Prvi put otkako se razišla s Todom mogla je da zamisli uzbudljiv život. Posao koji je radila svih tih godina dobio bi potpuno novu dimenziju ako bi bila sama sebi nadređena i radila isključivo na projektima u koje strastveno veruje. Pojačala je muziku, a *Kul end d Geng* su je pozvali na slavlje dok je žmirkala i trljala oči. Popela se na krevet i plesala ispod prozora, pod mesečinom, najpre polako, a zatim sve brže, kao da joj život zavisi od toga.

Život koji je, konačno, možda pronašao novi pravac.

Spustila se niz merdevine. Fej je pojela polovinu prazne pogačice. Huver joj je dremao u krilu. Nije ni podigla pogled kad je Robin ušla, pa je Robin poslala poruku Julu, složivši se da ga pokupi u sedam. Prekopala je staru garderobu na tavanu i pronašla bluzu s naramenicama i mašnom oko vrata. Bila je u stilu serije *Dinastija*, napravljena od sjajnog ljubičastog materijala. Poprskala ju je parfemom da ukloni ustajali miris. Farmerke i Fejina jakna upotpunili su odevnu kombinaciju.

– Idem sad. Imaš moj broj ako ti nešto zatreba. Ne verujem da ću ostati dugo.

– Uvek sam se divila tome kako si nosila ono što želiš. Večeras izgledaš lepo, Robin.

U glavu su joj navrle slike kako je Fej nekad prala i pažljivo peglala njenu odeću. Možda je to bio razlog.

– Bolje požuri. On te neće doveka čekati.

– Šta? – prenula se. – Oh. Kako si znala?

– Uvek si želela da pozajmiš moj omiljeni parfem pre nego što se nađeš sa Džejsonom.

Kad je prošla pored prednjeg prozora spolja, Robin je pogledala kroz prorez između zavesa, iz nekog razloga razočarana što je nije videla kako maše. Možda će zvati Fej kad se vrati u London, možda će je zvati jednom nedeljno. Hoće li Fej komunicirati s Robin sa istim žarom s kojim je pisala uredniku časopisa *Vord vikli*?

Jul je stajao ispred knjižare u crnom večernjem sakou i bojenim farmerkama, sa otkopčanim gornjim dugmićima košulje i samouverenim stavom koji je oduvek imao. Kad mu se približila pružio joj je ruku, i zajedno su krenuli prema reci, preko mosta i pored Gvozdenog konja, skrenuvši s puta ka šumi i preko parka. Nastavili su putem koji vodi na drugu stranu, do glavnog puta gde se nalazila osnovna škola. Robin mu je ispričala o poseti rozarijumu, ne ulazeći u pojedinosti o tome šta je Fej rekla. Pre mnogo godina ne bi osećala takvu odanost. Dok su stigli do ivice travnjaka, držala ga je za ruku, a prsti su im bili isprepletani, baš kao nekad.

Zastala je, osetivši kako rumeni. – Izvini zbog onog poljupca.

Prešao joj je palcem preko dlana, a toplina joj je prostrujala niz ruku. – Zažalila si?

I ona je prešla palcem preko njegovog.

Odabrali su da večeraju u *Raginoj glavi*, gde se za razliku od *Belog jelena* nisu otarasili stola za bilijar i pikada, a mirisalo je na ustajalo pivo. Skromno okićena božićna jelka stajala je u uglu. Odabrali su separe podalje od buke i dok su delili bocu vina, Jul joj je pričao o svojim putovanjima. Nikad nije uplatio paket aranžman, niti rezervisao smeštaj pre nego što bi sleteo.

– Ovaj izlazak mi je baš bio potreban pre sledeće nedelje – rekao je i protegao se. – Odlučio sam da više ne odugovlačim i da osvežim farbu u kafeu, što već neko vreme odlažem. Dakle, krećem u ponedeljak uveče.

– Kako bi bilo da ti pomognem i pitam Taru da nam se pridruži? Zar ne bi bilo sjajno da se opet sretnemo sve troje? – Bio je dvadeset prvi novembar; sredina decembra i bližio se Robinin povratak kući.

– Mnogo tražiš, Robin, možda samo nas dvoje – ako si sigurna da ti ne smeta da pomogneš.

– Tara se neće ljutiti. Iskreno, ne brini, sigurna sam da će biti oduševljena predlogom.

Dok su pili, nije mu ispričala ništa o nameri da radi samostalno. Želela je da to zasad zadrži za sebe, uživa u uzbuđenju i razradi pojedinosti, kako bi bila sigurna kako je to zaista izvodljivo.

U ponudi jelâ pivnice bili su i škampi, pomfrit i voćni desert, sve u izrazito retro stilu. Na povratku je predložila da prođu kroz šumu, obasjanu mesečinom. Razgovor je jenjavao dok su stabla škripala i dočekivala ih mirisom vlažnih borova. Jež im je prešao put – Robin nije videla nijednog u Londonu.

Oboje su se zaustavili kao po komandi kad se obris kućice na drvetu ukazao u vidokrugu.

– Naše posebno mesto – promrmljala je i naslonila se na jasen. – Da li ikad... razmišljaš o njemu? – Napokon je uspela da to izgovori.

Julovo lice se smrklo pod mesečinom. – Naravno – odvratio je, a u glasu mu se osećala napetost. – A ti?

Nije mogla da progovori.

Jul je nastavio: – S vremena na vreme odlazim u London zbog posla, i uvek prvo pomislim na njega. Iznenadio sam se što si ostala nakon što se to desilo.

– Nisam imala izbora – rekla je Robin ravnim glasom, a Julova ruka posegnula je za njenom. – Misliš li da su i drugi parovi koristili to mesto? – upitala je, gledajući kućicu na drvetu.

Slegnuo je ramenima i povukao je dalje, koračali su, isprepletenih prstiju, dok je Robin mislila o Londonu.

– Hoćeš li unutra na kafu? – upitao je kad su stigli do knjižare i kad mu je stidljiv izraz prešao licem nešto se rasplamsalo u njoj.

U bluzi s volanima iz osamdesetih i s Fejinim parfemom, osećala se ponovo kao šesnaestogodišnjakinja. Prošlo je tako mnogo vremena, njemu još više, i jedva je mogla da stoji mirno dok je pored njih prolazio nasmejani mladi par. Popeli su se u njegov stan, nije upalio svetlo i nisu progovorili ni reč kad je njegov kožni sako pao na pod. Obgrlio joj je struk.

– Jesi li sigurna u ovo? – promrmljao je.

– Ti?

Njegove usne su joj dodirnule obraz. – Tako si lepa, Robin.

I u tom trenutku, u staroj odeći, u njegovom naručju, osetila je to. Čežnju da oseti njegovu kožu na svojoj bila je jača od sile teže dok ju je vodio ka krevetu i kad je skinuo košulju. Otkopčao je dugme na njenoj bluzi i nežno je povukao preko glave. Stajali su jedno naspram drugog kao dvoje tinejdžera, nesigurni u to šta sledi.

Spustio je pokrivače i skliznuli su među njih, gledajući se kroz topli sjaj uličnih svetiljki koji je dopirao kroz prozor. Približili su se jedno drugom i dok su se ljubili, plamen između njih podrhtavao je sve snažnije, a zatim rastao, postajao jači, ona je posegnula rukom naniže, a njegovi prsti su joj obujmili grudi.

Usne su im se ponovo srele, a pokreti kukova postali usklađeni. Kako se prošlost pretvarala u sadašnjost, njena želja se rasplamsavala i ona se izgubila u plamenu.

35.

– U koliko si se sinoć vratila kući? – upitala je Amber kad je Robin ušla i sela za kuhinjski sto.

– Zar ne bi trebalo ja tebe to da pitam? – odvratila je Robin opušteno. – Kako si se provela? – Fej je dodala Robin šolju čaja.

– Stigla sam kući pre tebe. Vrata su ti bila otvorena i videla sam da je krevet prazan – rekla je oštrim glasom.

– Čula sam je ubrzo nakon tebe, Amber – reče Fej koja je sedela između njih. Uzela je još jedno parče tosta i namazala ga debelim slojem džema od trešanja.

Robin je opekla grlo velikim gutljajem čaja. Fej je spavala kad je Robin stigla, a hrkanje je odzvanjalo hodnikom. Amber ih je obe pogledala, zatim obrisala ruke i uzela svitak za potragu za blagom koji je ležao pored tanjira.

– I? Jesi li razgovarala s mnogo ljudi sa svog smera? Promenila planove?

Amber ju je samo ovlaš pogledala.

– Izvini – rekla je Robin brzo. – Ne tiče me se. U redu, zašto nam ne pročitaš trag broj četiri?

Trljaj, trljaj, hopa-cupa,
Ovca treba da se kupa.
Dalje, nemoj ići desno, mila,
Skreni gde je ponoć prenoćila.
Ti sagni se i gvirni pre padine te,
Videćeš ko gleda, stvarno nadam se.
Prizor je to kojem niko ne bi odoleo,
Pravi mali dragulj, kol'ko god star stvarno bio.

– Kao i uvek zagonetno. Pa, osim prvog dela, čak i ja mogu da provalim to, a nisam ovde dugo – reče Amber.

– Ovca – reče Robin.

– *Trljaj, trljaj* znači pranje – dodade Fej.

– Reka Šipvoš! Idemo – reče Amber.

Huver je nestrpljivo čekao pored ulaznih vrata dok su se spremale. Često je čekao tamo, posebno ako bi, kao danas, slabi sunčevi zraci uspeli da se probiju kroz zimske oblake. Amber mu je zakačila povodac i njih tri se suočiše sa oštrim vazduhom. Dok su prolazili pored crkve, iznutra su dopirali glasovi vernika.

– Zar više ne ideš na jutarnju nedeljnu službu? – upita Robin majku.

– Naravno da idem. I pomažem u posluživanju kafe i keksa u sali posle toga. Kad odeš, opet ću se uhodati u staru kolotečinu.

Bez sumnje je još bila preumorna da bi prisustvovala, a ruka u gipsu nije bila od koristi u postavljanju desetina šolja i tanjira. Sigurno ne bi propustila službu samo da bi provela više vremena s Robin, zar ne?

Mogućnost da je tako zagrejala joj je srce.

Fej je danas hodala malo brže i Robin je već nekoliko dana nije videla kako trlja rebra. Modrice su skoro nestale. Uspevala je da se oblači sama, osim kad je trebalo obući užu garderobu ili zakopčati sitne dugmiće, a danas je ravnomernije nanela puder, prvi put otkad je Robin stigla na sever. Sve manje joj je bila potrebna pomoć, i Robin je trebalo da oseti olakšanje što se njeno vreme u Stoundejlu bliži kraju. Ali, umesto toga, težina joj je pritisnula grudi.

Stigle su do reke.

– Zašto se smeškaš? – upita Amber.

– Razmišljam o stihu *trljaj, trljaj*. Tata mi je to pevao kad sam bila mala za vreme kupanja.

Amber je dodala Robin Huverov povodac i ponovo pročitala svitak.

– Ne smemo da skrenemo desno, već moramo tamo gde je ponoć prenoćila. – Amber je želela da zna šta su Fej i Robin imale na umu kad su rekle da je ovaj trag zabrinjavajuće lak.

– Zato što je poslednji voz iz Mančestera bio u ponoć, to su svi znali. Dakle, idemo levo i krećemo ka stanici. – Fej je klimnula glavom prema šalteru za karte u obliku kućice u daljini. – Ovaj trag nije dovoljno izazovan da bude broj četiri.

– Možda pokušava da nas prevari i navede na pogrešno slovo za anagram. – Oh. Robin je govorila o tati u sadašnjem vremenu. To joj je podiglo raspoloženje, ali ju je i rastužilo.

Amber je ubrzala korak dok su mama i baka zaostajale. Biciklista je projurio stazom, a Robin je uhvatila Fej za lakat, provukavši ruku kroz njenu, zbunjena mešavinom nelagode i nečim drugim... Prijatnim osećanjem.

– Ona je divna devojka. Odlično si je vaspitala.

Robin se ozarila.

Stigli su do padine, nekoliko metara dalje od stanice i železničkog mosta iznad. Amber je klekla, zurila u vodu, sagnula se i gledala, baš kao što je trag nalagao. Huver je pokušavao da skoči unutra, a Robin je dodala njegov povodac Fej, koja mu se zapovednički obratila. Travnata obala bila je suva, a ona je sela pored Amber i zagledala se u veliki peščani kamen ispod vode, gladak na vrhu, iskrzanih ivica. Amber je pogledala Robin dok je voz ulazio u stanicu. – To je veliki kamen u obliku kosti? – Obe su ustale.

– Ogroman je, zar ne? Zar ti i Tara niste imale neki nadimak za njega, Robin? – upitala je Fej.

Robin je slegnula ramenima. – Ne mogu da se setim.

– Jedan član gradskog veća bio je po struci geolog – rekla je Fej. – Mislio je da izgleda vrlo neobično, ali na kraju se ispostavilo da nije ništa posebno.

– Pa, reč *dragulj* u zagonetki sigurno se uklapa u geološku temu, tako da smo pronašle pravi predmet. Odgovor na ovaj trag mogao bi biti *k* kao kamen... – Amber je slegnula ramenima. – Mada, to deluje pomalo očigledno.

Fej je razmišljala na trenutak. – Mislim da bi odgovor mogao da bude nadimak koji ste ti i Tara dale kamenu, Robin. Alan je voleo da tragovi budu lične prirode kad god je to moguće. Tako da je bolje da uradiš ono što si nekad radila kad zapnemo.

– Pomoć prijatelja?

Fej se nasmešila.

Robin je izvadila telefon. Tara se odmah javila. Njihov razgovor je bio isprekidan tišinom, a onda je Robin prsnula u smeh i klimala glavom pre nego što je završila razgovor.

– Naravno, zvale smo ga Dino, po Fredovom i Vilminom kućnom ljubimcu iz *Porodice Kremenko*. Mislile smo da ti tamni delovi na vrhu izgledaju kao par očiju dinosaura i smatrale da je to praistorijska kost.

– Dakle, odgovor je *D* kao *Dino* – rekla je Amber i osmehnula se. – Pogotovo jer rečenica *Pravi mali dragulj, kol'ko god star stvarno bio* odgovara nečemu za šta ste mislile da je veoma staro.

– Sve smo ovo rešile previše brzo, i dalje mislim da tata možda igra neku igru s nama. – Robin se ponovo sagnula i pogledala preko, kad ju je udarac otpozadi naterao da poskoči napred, za dlaku promašivši kamen kad je posrnula u stranu i upala u vodu. Prskajući unaokolo, Robin se iskobeljala iz vode i ispljunula je, podigla se, dok su joj se bajkerska jakna i kosa cedile. Zgrabila je beretku s površine reke, tik pre nego što bi je struja odnela ispod železničkog mosta. Malo dete se kikotalo dok se penjala na obalu.

– Huver se previše uzbudio kad si pomenula igru – rekla je Fej i pružila Robin svoju maramicu. Huver je promolio nedužno lišce iza njenih nogu.

Dok su njih tri išle nazad, držeći se podruku, Robinina ćerka i majka su mrko pogledale prolaznika koji im je uputio radoznao pogled. Jedan tinejdžer je slučajno naleteo na njih, i tri žene se još više zbiše jedna uz drugu. Raspričale su se i Amber se otvorila o žurki.

– Bio mi je to najbolji provod od početka studiranja. – Opisala je nekoliko devojaka koje su je pozvale da se pridruži njihovoj grupi za učenje.

S nadom na licu, Robin je uhvatila Fejin pogled, a ona joj se osmehnula.

– Mada, nisam mogla da podnesem ni pomisao na alkohol posle izlaska s tobom i Tarom, mama. Ali uživala sam gledajući igre s pićem. Svi su bili baš takmičarski raspoloženi dok su igrali jednu koja se zove *Pivo pong*, bilo je mnogo smešno.

Utonule su u prijatnu tišinu dok nisu stigle do Parejd roua, gde je Fej osmotrila Robin od glave do pete. – Iskreno, shvatila si tatin stih *trljaj, trljaj* previše ozbiljno jer si se stvarno okupala u reci – našalila se.

Blatnjava voda je možda bila hladna, i Robin je drhtala na povetarcu, ali duboko u sebi, gde je zbilja važno, nikad se nije osećala toplije.

36.

Iz hodnika se začulo pevušenje, što je značilo da se Amber vratila posle predavanja, sa slušalicama u ušima. Huver je izjurio iz dnevne sobe, lajući. Zbacila je cipele, a zatim se pojavila na vratima, držeći ga u naručju, dok se on otimao kao malo dete. Spustila ga je na pod i isključila muziku.

– Napravila sam večeru za tebe i Fej – rekla je Robin. – Pita s pečurkama i šunkom.

Huver je pojurio u kuhinju.

Fej je spustila krpu za brisanje prašine. U poslednje vreme je više radila po kući. – Htela sam da ti kažem, Robin, Amber mi je poslala poruku na putu kući, i došlo je do promene plana. Ta pita će nam dobro doći sutra, hvala ti, ali večeras tvoja ćerka i ja opet večeramo u *Belom jelenu*.

– Razumem. Dok sam ja zauzeta farbanjem? – reče Robin sa superiornim izrazom.

– I naručivanjem hrane – odgovorila je Fej. – Verovatno uz vino. Ne možeš nas prevariti.

Robin je požurila u kuhinju i oslonila se na sudoperu. Šaljiva razmena s njenom majkom? Bilo je neugodno, uznemirujuće, đavolski dobro.

– Ideš na neko lepo mesto? – upitala je Amber ukočenim tonom.

– Idem kod Jula da mu pomognem u krečenju radnje. Dolazi i Tara – doviknula je Robin iz kuhinje.

Začulo se trupkanje koraka uza stepenice.

– U koliko sati ćeš se vratiti večeras? – pitala je Fej, ulazeći u kuhinju.

– Nisam sigurna. Povelika je prostorija. – Mada, uz Tarinu pomoć, to neće dugo potrajati. Nije delovala zainteresovano, ali Robin je obećala da će naručiti njeno omiljeno jelo, piletinu *tika masala* s prženim krompirićima. Neke stvari se nisu promenile.

– Amber bi opet mogla da zapitkuje – rekla je Fej, ne gledajući je.

– Još je rano da kažem bilo šta. Jul i ja živimo daleko jedno od drugog i tek smo počeli ponovo da se upoznajemo. Ali u pravu si, trebalo bi nešto da kažem ako bude krenulo u tom pravcu.

Fej se okrenula, pogledala je i klimnula glavom. – Tako je, odoh ja da se doteram za izlazak.

Šta se to upravo desilo?

Nije bilo jednostavno reći Amber za razvod. Robin jednostavno nije mogla da pronađe prave reči. Za to je krivila prirodu svog posla. Najveći broj dana provodila je tražeći savršeni slogan za reklamiranje proizvoda. Provodila je sate u pokušaju da smisli savršenu rečenicu kako bi joj objasnila šta se dešava. *Ovo je potpuno nov početak za nas troje. Srećniji roditelji imaju srećniju decu.* Radila je na rečima koje bi upotrebila – *sigurno, bezbedno, rast.* Ali naposletku, Amber je shvatila da se nešto dešava kad je čula oca kako okrivljuje Robin za razlaz. Nije razgovarala ni s jednim od njih dvoje dva duga dana posle toga.

Robin se popela uz merdevine i zastala pored spavaće sobe. – Smem li da uđem?

Amber je otvorila vrata, ostavljajući ih poluodškrinutim. Robin ih je malo više otvorila i sela na krevet. – Možda bismo ti i ja mogle sutra uveče da radimo nešto zajedno, dušo?

Amber je prestala da zakopčava bluzu i prekrstila ruke.

– Stvarno ti se sviđa Jul, zar ne?

Robin je slegnula ramenima. – Složeno je.

– Tata ima devojku.

– Oh... Pitala sam se da li je tako... videla sam sliku na *Fejsbuku*.

– Mislila sam da će ti reći kad bude spreman, mada to izgleda ne ide baš tako u našoj porodici, zar ne? – Amber je spustila ruke pored tela.

– Volela bih da sam to drugačije rešila, dušo – da sam ti ranije objasnila zašto nam u braku nije išlo. Ali ponekad ni sama nisam bila sigurna. Tek su mi povratak u Stoundejl i život s mamom pomogli da jasnije sagledam situaciju, i da mogu da pričam o tome.

– Glas joj je zadrhtao. – Ne mogu ni da zamislim koliko su ti poslednje dve godine bile teške.

Amber je uzdahnula. – Ali možeš. Otkako sam se doselila ovamo... kakva je baka ponekad bila prema tebi, priče iz prošlosti... i osećaj da je deda ovde, kroz to kako obe pričate o njemu, njegove stvari, rešavanje tragova u potrazi za blagom... sad razumem koliko je bilo loše. Gubitak njega je za tebe bio mnogo teži, to je promenilo sve u tvojoj porodici. Moj tata je bar još tu i... iako tada nisam mogla da vidim, sad znam da nijedno od vas nije imalo nameru da me povredi.

– Zaista nismo, ti si nam najdragocenija.

Amber je uzela telefon. – Baka i ja krećemo za deset minuta. Moram da završim sa spremanjem.

Robin je sišla u gostinsku sobu i brzo se presvukla, obukavši Fejin sako od antilopa. Izašla je napolje i na trenutak zastala pored kapije, udišući hladnu noć. Još je mislila na Toda, kako je srkao čaj sa uživanjem i nikad nije psovao – osim fudbalske sudije. Da li mu ta devojka pravi omiljeni kolač? Da li joj radi ono što je voleo kad su se njih dvoje ljubili? Njegova nova veza imala je trajniji učinak od bilo kakvih zvaničnih dokumenata. Ona i Tod su zauvek završili. Hoće li ga ta žena povrediti kao što je Robin uradila? Da li će povrediti njenu ćerku? Ili će svi zajedno napraviti novu skladnu porodicu koja će isključiti Robin?

Hodala je niz glavnu ulicu i disanje joj se usporilo. I dalje je volela bivšeg muža. Volela ga je, ali ne onako kako bi supruga trebalo da voli. Robin je shvatila da je deo razloga zbog kojeg se osećala zaglavljeno bio taj osećaj krivice i činjenica da nije imala dozvolu da nastavi dalje i bude srećna dok on to ne učini. Ova nova ljubavna veza bila je veliki korak napred za njega, ali i za nju.

Pokucala je na staklo, nestrpljiva da uđe unutra. Jul je zatvorio vrata iza nje, i stajali su jedno naspram drugog. Nije znala šta da uradi, nije znala šta je ono veče značilo, samo da se posle toga osećala mnogo srećnije nego što je to zadugo bila.

On je pripremio sve za krečenje, pamučni čaršavi prekrivali su stolice i stolove. Sipali su boju u plastične posude, a Robin je vezala kovrdže. Nosila je londonsku odeću – bež pantalone i odgovarajuću majicu – jer nije bilo bitno ako se unište. Jul je rekao da će njegov prijatelj kasnije tokom nedelje doći da nacrta cvetne motive u uglovima, blizu prozora. Želeo je da soba dobije svetliji, prozračniji izgled poput staklene bašte. Zameniće vazu s crnim ružama osušenim divljim cvećem koje je kupio u Mančesteru i skloniti sliku s lobanjom. Pocrveneo je priznavši da je prvobitno ukrasio prostoriju prema ličnom ukusu, ne misleći na mušterije. Počeli su sa suprotnih strana sobe i izazvali jedno drugo ko će brže završiti, a osmesi su probijali nelagodu. Začulo se zvonce na vratima i Robin je spustila valjak. Mahnula je Tari, koja je ušla i stresla se.

– Kako smo nekad mogle da izlazimo usred zime bez kaputa?

– Čincano.

Otišle su pozadi, a Tara je išla iza nje. Jul je stajao, držeći kanticu farbe ispred sebe kao štit.

– Ne mogu da verujem da se niste sreli otkad je knjižara otvorena – rekla je Robin.

– Ne posećujem često roditelje – rekla je Tara, stavljajući ranac na jedan od stolova prekrivenih čaršavom i zavrnuvši rukave. Jul je spustio kanticu i stisnuo šake.

Nešto nije bilo u redu.

– Robin mi je ispričala koliko vam je bilo loše, dole u Londonu – rekla je Tara Julu.

– Pretilo nam je beskućništvo i da nas opljačkaju – dodala je Robin brzo i značajno ga pogledala.

– Bio sam siguran da će ti pisati čim se smesti kod strica Ralfa – rekao je. – Zato nisam objasnio.

Robin se osećala kao da prisluškuje.

– Žao mi je – promumlao je. – Što sam...

– Što si bio takav kreten tad – rekla je Tara tiho i ispružila ruke, a on se gotovo srušio u njih. – U redu je. Sad razumem.

Robin se steglo grlo kad su zatvorili oči i čvrsto se zagrlili.

Na kraju, Tara se povukla. – Dobro. Šta je to sa ovom bledunjavom magnolijom? Ja sam imala na umu svetloružičastu.

Robin je htela da pita šta se to dogodilo pre svih tih godina, ali njih dvoje su već počeli da se šale. Verovatno nije bilo ništa toliko važno.

Robin Vilson,
Parejd rou 16,
Stoundejl,
Širi Mančester
maj 1988.

Draga Debi,
TREBA MI VIŠE NOVCA.
Posle škole želim da idem na Univerzitet u Man-
česteru da studiram engleski jezik. Jedva čekam da
odem od kuće i preseliću se čim dobijem rezultate
maturskih ispita. Deliću stan s dečkom i najboljom
drugaricom, sve smo isplanirali. Uštedela sam no-
vac od rođendana i raznošenja novina, a ponekad
mi tata plati ako operem auto, ali očajnički želim
da zaradim još para. Mogla bih da nađem posao koji
bih radila subotom kad budem u srednjoj školi, ali
moram da počnem da štedim sad kako bismo stvarno
mogli da uživamo, priređujemo žurke i izlazimo
u noćne klubove. Biće tako zabavno! Imaš li neki
predlog?
Robin, 15 godina

Devojačka scena
Ulica Gover 41,
London

Draga Robin,
Pričekaj malo, još nisi ni počela s polaganjem mature niti si se prijavila na univerzitet! Iako cenim tvoju želju da budeš nezavisna, i iako ćeš dobiti stipendiju ili novčanu pomoć od roditelja, odlazak na univerzitet je skup, s nepredviđenim troškovima za knjige ili putovanja... a to je sve mimo odgovornosti s kojima ćeš se suočiti ako odlučiš da živiš u stanu koji ti ne plaća fakultet. Prvi stan nema veze samo sa žurkama već i s tim da imaš redovan prihod koji je dovoljan da pokrije troškove za struju, popravke i mnogo više.
Ne želim da ti uništim snove, ali treba veoma pažljivo da razmisliš o svemu.
U međuvremenu, svaka čast za radnu etiku! Šta misliš o tome da postaviš oglas u lokalnim prodavnicama i ponudiš usluge čuvanja dece ili šetanja pasa? Takođe, možeš prati kola komšijama ili kositi travnjake. Obrati pažnju na novine, časopise i poleđine kutija sa žitaricama jer pobede na takmičenjima mogu da ti povećaju ušteđevinu.
Srećno!
Sve najbolje,
Debi

37.

– Sasvim *sigurno* nije očijukao sa mnom, mlada damo – rekla je Fej, prolazeći pored Huvera u dnevnoj sobi, dok je on njuškao Amberinu torbu, jednu od starih koje je izvukla iz potkrovlja, i krenula ka kuhinji. Fej i Amber su sedele za stolom, pijući sok od narandže, obe već obučene. Robin je zavolela njihove zajedničke doručke i osećaj sklada koji se razvijao između njih tri. Kao tinejdžerka je mrzela doručak, jela je što brže može kako bi izbegla razgovor s Fej. Tata bi se obično skrivao iza nekog časopisa o antikvitetima, uživajući u trenutku samoće pre nego što bi dan proveo radeći s betonom i ciglom na ostvarivanju tuđih snova.

– Bako, nemam pojma šta to znači, ali ponoviću: muškarac za šankom sinoć, onaj s tačkastom kravatom, neprestano je gledao naš sto.

– Možda ga je privukao onaj neobični kolač od smese za keks koji si me naterala da probam.

Robin je sela između njih i istresla činiju pahuljica.

– Jesi li uopšte izlazila s nekim posle tate? – upitala je Robin. – Ne bih ti zamerila, trideset dve godine je dug period.

– Niko nije mogao da se meri sa Alanom. On... bio mi je sve – promrmljala je Fej.

Robin je zapanjeno posmatrala Fej. On joj je bio sve? Zašto onda nije pokazala više osećanja kad ih je tata zauvek napustio?

– Pa, ja ne nameravam da izlazim ni sa kim dok ne napunim bar dvadeset pet – izjavila je Amber. – Moram da se usredsredim na izgradnju karijere, ja sam nezavisna žena. Imam pametnija posla nego da razmišljam o tome kako da privučem muškarca. Ne treba mi.

Uto se začulo tapkanje šapica po podu.

– Osim Huvera – rekla je, oborivši pogled, a uši su joj se zacrvenele. Fej je izvukla letak iz Huverovih usta na kojem je pisalo *Studentsko veče brzog upoznavanja.*

Amberin telefon je zazvonio i ona je napustila prostoriju. Fej je dopunila Robininu šolju čaja, a ona joj je pružila puter. Sitne razmene koje se između njih dve nikad nisu dešavale dok je Robin živela kod kuće. Tad su u pitanju obično bile dramatične scene poput lupanja vratima ili dugih ćutanja.

Nije uvek bilo tako, ne dok je bila u osnovnoj školi. U to vreme je, dok su šetale, držala Fej za ruku, ponosna na mamu koja uvek izgleda tako otmeno s bisernim ogrlicama i u ispeglanim pantalonama. Robin je zaboravila kako je nekad videla majku. Prisetila se tek kad se vratila u Parejd rou. Možda su ti trenuci ranije bili previše bolni da bi ih se prisećala jer bi je naterali da još više poželi da je sve bilo drugačije između njih dok je odrastala. Najveći deo vremena tad je provodila u izmišljenom svetu zmajeva i stolica koje ispunjavaju želje, ili u prirodi, sa živim sećanjima na dlakave gusenice i sjajne bubamare. Ali kako je učenje preuzelo prvo mesto, a dani bili ispunjeni matematikom i engleskim, kako se pridružila raznim klubovima i morala sve bolje da raspoređuje obaveze, njen pogled na porodični život se izoštrio i shvatila je kako sitnice koje su joj nedostajale zapravo uopšte nisu tako male – poput toga kako je Fej nikad nije poljubila za laku noć i kako joj je retko upućivala pohvale.

Amber je utrčala u kuhinju.

– Možda ću danas otići ranije na predavanja da posetim službu za studentski smeštaj – rekla je. – Nisam htela da pominjem ništa u slučaju da ne uspe, ali jedna od devojaka koja me je pozvala na žurku, Lusi, stvarno je fina i spomenula je kako studentkinja iz sobe pored nje odlazi zbog nekih zdravstvenih tegoba. U svakom slučaju, Lusi je predložila da pozovem studentsku službu i pitam mogu li da dobijem njenu sobu. Rekli su da to ne ide baš tako, ali su razmislili i upravo mi javili da, s obzirom na to da mi je potrebno hitno rešenje... mogu da se preselim ove subote, ako želim, ali moram danas da potpišem ugovor. Rekli su da dođem i imaće odgovore na sva pitanja.

– Oh, Amber. Tako sam srećna zbog tebe – rekla je Robin.

Amber je ponovo sela. Gledala je u telefon.

– Ako je to ono što želiš, dušo – dodala je. – Šta misliš?

– Svi su bili stvarno prijatni na žurki, već su me pozvali da opet izađemo. Videla sam Lusinu sobu, raspored je sjajan.

– Ta Lusi se zaista pokazala kao prijateljica, zar ne? – rekla je Fej.

Amber je podigla pogled s telefona i protrljala razbarušenu kosu. – U pravu si. Misliš da bi trebalo da joj kupim nešto u znak zahvalnosti?

– Sigurna sam da bi joj se dopala kutija čokoladica, šta god da odlučiš.

Robin je shvatila šta je Fej upravo uradila. Nikad to nije uradila za nju. Ili ona jednostavno nije dovoljno obraćala pažnju?

– Grupa njih koji nemaju predavanja u četvrtak, kao ni ja, idu u kupovinu božićnih ukrasa. Mislim, sledeće nedelje je *već* decembar. – Oči su joj zasijale onako kako je Robin primetila jedino tokom potrage za blagom.

– Mislim da si donela odluku – rekla je Robin.

Amber se vraća u Mančester. To je bio najbolji ishod, kakav je Robin mogla samo da poželi. Dok je Amber pričala, Robin je klimala glavom i potvrđivala, ne uzimajući ništa zdravo za gotovo. Razvod ju je naučio koliko je dragoceno što njena ćerka priča o svom životu.

Nešto što Robin svojoj majci nije pružila. Fej je priznala kako je trebalo više da se potrudi – možda je i Robin morala da uradi isto.

Uzela je poslednji zalogaj žitarica, razmišljajući o slovima iz potrage za blagom koje su dosad rešile: G, I, L i D. Srce joj je ubrzano kucalo dok je razmišljala o mogućnosti da nikad ne otkrije tatinu posebnu reč koja je mogla sve da promeni. I mnogo će joj nedostajati Amber, svi ti razgovori o odeći i modi, smeh dok su čitale njene stare časopise... površni razgovori koji su imali skrivene dubine i koji su ih, ispod površine, ponovo zbližili.

– Ne brini – rekla je Amber.

Kako je uspevala da istovremeno priča i šalje poruke preko telefona?

– Nisam zaboravila na potragu. Znam da ne mogu ovog četvrt-ka, a svi zajedno prave pečenje u nedelju...

– Naravno, moraš ići na to – rekla je Fej.

– ... ali ti ostaješ ovde do sredine decembra, zar ne, mama?

– Moj pregled kod lekara za skidanje gipsa je u utorak, četrnae-stog – to je tačno za tri nedelje – rekla je Fej.

– Znači, imamo dosta vremena. Šta mislite da rešimo peti trag sledećeg četvrtka, drugog decembra? To nam ostavlja skoro dve ne-delje da završimo poslednji.

Robin nije morala da paniči, to bi bilo sjajno.

– Ali nemoj da osećaš obavezu, dušo – rekla je Robin. – Ako ne možeš više da uklopiš potragu, razumećemo, zar ne, mama?

Oborila je glavu. Otkud sad to – *mama*? Srećom, niko nije pri-metio.

– I da vas dve završite i pokupite svu slavu posle svega što sam uradila? – Amber se nasmejala. – U svakom slučaju, peti trag ima veoma zanimljiv početak.

38.

Amber je stigla tačno u podne i jedva čekala da pročita svitak. Robin je sela u dnevnu sobu i zevnula. Nije dobro spavala, bila je kod Jula na večeri. Vratio se u njen život i ponovo zauzeo središnje mesto, kao glavni junak u ljubavnoj vezi koja je imala još samo dve nedelje trajanja. Sve posle toga, ugrabljeno tokom vikenda, moglo bi da izgleda kao serija izlazaka na bis.

Amber je pokazala na svetlucavi adventski kalendar na polici pored slike morskog pejzaža.

– Čije je ovo? – Podigla ga je.

– Fej mi ga je kupila. – Robin je otvorila drugi prozorčić tog jutra. Kad je sišla na doručak prethodnog dana, kalendar je stajao naslonjen na stalak za tost. Fej ju je posmatrala dok je otvarala prvi prozorčić, obraza crvenih poput koverte u kojoj je bio kalendar, nakon što ju je Robin zagrlila postrance u znak zahvalnosti. Tata bi joj uvek prvog decembra tutnuo adventski kalendar ispod vrata sobe. Podstaknuta Fejinim potezom, Robin je kupila malu jelku ispred samoposluge. Fej je rekla da stari ukrasi iz potkrovlja nisu spušteni otkako je tata umro.

Kad se Amber odselila, Robin se bila pripremila na više napetosti između nje i Fej. Uvek im je bila potrebna treća osoba da izgladi situaciju – Alan, Blanš ili Amber. Međutim, nije trebalo da se brine. O da, bilo je sitnih nesuglasica i neprijatnih trenutaka, ali uspevale su da ih prevaziđu bez tuđe pomoći.

Amber je prišla da pogleda jelku u krajnjem levom uglu sobe pored prozora. Dotakla je drveni ukras koji je visio napred, a na njemu je velikim slovima pisalo „porodica" i bio je ukrašen lažnim snegom i srcima, od kojih su neka već nedostajala.

– To je bio tatin omiljeni, kupio ga je jednog decembra na poslovnom putu.

– Meni se uvek sviđao šareni harlekin, kupila sam ga dok sam radila u *Luisu*.

Šljokice su delovale iskrzano, a ukrasne svetiljke na jelki nisu radile. Robin je nameravala da ih zameni za vikend. Fej je predložila da odu u grad na ručak u *Marks i Spenser*, ona časti. Mogli bi da obiđu i božićne pijace.

Amber je izvadila svitak iz ranca i odmotala ga, a Robin je primetila svoje stare narukvice prijateljstva oko zgloba svoje ćerke.

Partija Monopola za početak.

– Rekla sam vam da ima zanimljiv početak. – Amber se smeškala pre nego što je nastavila da čita:

Svaka od vas ulogu ima
Ne dirajte karte, da vas uhvatim nespremnima!
Na odredištu mesing pritisnite,
Zatim ka prelepom staklu otiđite,
Odgovor je u zlatnom ramu jel' tako?
U pitanju je cvet – a zove se kako?

– Zaboravila sam da tata ponekad uključi i društvenu igru – rekla je Robin. – Jednom smo igrali *Kluedo* na kraju.

– Odgovor na taj trag bio je propusnica za salon, a odlično smišljeno, reč salon je bila rešenje anagrama – rekla je Fej. – Sakrio je čokoladice unutra da proslavi moje unapređenje u šeficu.

– Deda je sigurno namestio da ovo bude kratka partija *Monopola*, inače nikad ne biste rešili svih šest tragova u jednom danu.

Robin je osećala kako joj srce ubrzano lupa. – Još imaš kutiju, zar ne, Fej?

– Ja... oh. Ne. Bojim se da sam je se rešila. Kakva šteta. Većina njegovih stvari otišla je pravo u dobrotvorne radnje u Mančesteru. Došli su da ih pokupe.

– Jesi li sigurna, bako? – Amber se snuždila. – To znači da ne možemo rešiti ovaj trag.

– Ne mogu da verujem, posle toliko truda koji smo uložili. – Robin je sklopila ruke.

– To je samo glupa potraga za blagom, slučajno smo pronašli taj svitak – rekla je Fej, stežući vilice. – Jedna reč više od Alana neće ništa promeniti.

– Tata je voleo *Monopol* – rekla je Robin drhtavim glasom. – Uvek je zahtevao da ima figuricu čizme, govoreći da ga podseća na zidarski posao jer bi ga to držalo na zemlji kad bi pobedio, što je obično bio slučaj. – Zagrlila je jastuk. – Ja sam volela šešir. A ti, Fej, kad bi nam se pridružila, birala bi brod i govorila da ćeš jednog dana otići na krstarenje. Fej?

Fej je skinula naočare. – Alan mi je jednom rekao da uvek moramo da čuvamo društvene igre jer ćemo ih pokloniti unucima, kao one karte u drvenoj kutiji s postavom od filca.

– Sećam se, pripadale su njegovom dedi – rekla je Robin.

– Znaš, mislim da sam ih ipak zadržala – *Kluedo*, *Skrebl* i *Monopol*. Možda su ispod tvog kreveta u gostinskoj sobi.

Amber je ciknula od uzbuđenja, a Huver je dotrčao lajući. Ali, to nije imalo smisla. Fej je pokazala tako malo osećanja kad je tata umro, zašto bi joj bilo stalo da ispuni tu tako tugaljivu želju?

Kao tinejdžerka, Robin je mislila da zna sve o njoj. Možda je pogrešila.

Amber je otrčala na sprat, Huver je trčao za njom, i nekoliko minuta kasnije oboje su se pojavili, zadihani, noseći izlizanu pravougaonu kutiju. Osećaj olakšanja preplavio je Robin kad su sele za sto u trpezariji i pažljivo postavile tablu. Mirisala je na ustajalo.

– Zagonetka nagoveštava da ne smemo mešati karte. – Robin ih je pažljivo postavila na mesta.

Fej je ponovo stavila naočare i pregledala figurice, na trenutak podižući srebrnu čizmu u vazduh. Zatim je dodala Robin šešir, a Amber je izabrala psa. Fej je podelila novac, a Robin je bila zadužena za kartice sa imovinom.

Kockice su se zakotrljale, a Robin i Amber su se prepirale oko pravila. Robin je uporno tvrdila da ne možeš kupovati kuće dok ne sakupiš sve nekretnine iste boje. Amber je rekla da je to dosadno. Posle petnaest minuta počele su da podižu kartice *Šansa* i *Verovatnoća*. Priklado, Fej je pobedila na takmičenju u ukrštenici, a Amber je veselo prikupila bankarsku grešku u svoju korist. Zatim je stigla na Lester skver i pričala Fej o mjuziklima koje su ona, Tod i Robin gledali u pozorištima tamo. Robin je bacila kockice i opet promašila priliku da stane na neku nekretninu, a bio je njen red da izvuče karticu *Šansa*. Okrenula ju je i namrštila se na sliku rešetaka na prozoru.

– Tipično, moram da idem pravo u... oh – rekla je Robin.

– Zatvor? – upitala je Amber.

– Tata je to precrtao. Ovo je njegov rukopis. Umesto toga napisao je *crkva*. – Robinina ruka je zadrhtala. Tata nije mogao da zna kako će, samo nekoliko nedelja pošto je ovo napisao, ona i Fej biti u toj crkvi zbog njegove sahrane.

Toplo obučene, izašle su napolje, ostavivši Huvera kod kuće. Fej je bila zabrinuta kako bi u crkvi mogao napraviti rusvaj s pesmaricama i svećama. Ptice su pevale poput hora, ne baš u ritmu, već svaka s jasnim i jedinstvenim tonom i ritmom. Amber je pitala Fej o njenom venčanju. Fej joj je objasnila kako su tad imali malo novca i da je kasnije obojila svoju haljinu u plavo kako bi je nosila na ples. Robin to nije znala. Fej je još uvek imala bele satenske cipele na tavanu, i rekla da Amber može slobodno da ih potraži. Stigle su do crkve.

– *Mesing pritisnite*, naravno, to je mesingana kvaka – rekla je Robin i duboko udahnula dok je otvarala velika drvena vrata. Unutra je bilo hladno i navukla je rukavice. Amber je stala ispod uvijenog tornja i pogledala prema gredama koje su dodate da ga ojačaju. Ponovo je izvadila svitak.

– *Prelepo staklo*, pročitala je tihim glasom.

– Očigledno vitraž – rekla je Fej.

– Pitala sam se na početku da li je deda hteo da nas odvede u pivnicu. Ali mislim da si u pravu i... – Pogledala je u svitak. – Moramo potražiti cvet u zlatnom ramu.

Obišle su crkvu, ali svi prozori sa zlatnim ivicama sadržali su likove, zelene biljke ili mozaike.

– Deda sigurno ponovo izvodi neku šalu.

– Da li su se neki vitraži promenili od 1989. godine? – upitala je Robin.

Fej je odmahnula glavom.

Sedele su u klupi i razmišljale nekoliko minuta.

Zatim je Fej ustala, a Amber i Robin su se pogledale pre nego što su krenule za njom do oltara, gde je skrenula levo i pokazala na prozor, krug s mozaicima plavih i crvenih šara, a nalazio se u zlatnom kvadratu.

– Vidite? Odjednom sam se setila. Slika možda nije u obliku cveta, ali taj dizajn je poznat kao ružin prozor – rekla je Fej.

– Dakle, R kao ruža – rekla je Amber. – Super, imamo još samo jedan trag.

Jedina reč na koju su mogle da pomisle, a koja sadrži slova G, I, L, D i R, bila je – *girdle*, to jest steznik.

– Ali često rešenje nije bilo tako očigledno i bilo nam je potrebno poslednje slovo. Nikad nisam zaboravila onaj anagram kad smo imali A, D, R, O i A. Mislile smo da smo pogrešile neko slovo, ali ispostavilo se da nam je poslednji trag dao B i sastavile smo *ABROAD*, inostranstvo. Tad nam je tata otkrio da je rezervisao to putovanje iznenađenja u Španiju.

Ponovo su sele na klupe, Fej u sredini, i zurile u mermerni oltar s belim cvećem i zlatnim svećnjacima.

– Bilo je hladno, Robin, poslednji put kad smo ti i ja bile ovde zajedno na sahrani, iako je bilo leto. – Fej se lagano stresla.

– Sećam se da sam drhtala iako je stric Ralf sedeo pored mene i zagrlio me. – Robin je zakopčala svoju bajkersku jaknu do vrata.

– Nedostaje mi Alan – rekla je Fej, a glas joj je zadrhtao. Robin je gledala kako Amber okleva, a zatim uzima Fej za ruku koja nije bila u gipsu. – Zato nisam želela da radim ovu potragu za blagom. Mislila sam da će me previše boleti.

Robin je zatvorila oči, duboko udahnula i rekla: – Zašto onda nisi plakala kad je umro? – Reči su joj samo izletele. – Nisi pustila ni jednu jedinu suzu, a upravo si izgubila muža.

Fej se ukočila.

– Nisi ni trepnula kad smo primile telefonski poziv.

– Mama... – promrmljala je Amber.

Robin je ustala i protrljala glavu. – Izvini. Verovatno je najbolje da to ostavimo u prošlosti. – Fej ju je povukla za rukav jakne i Robin je ponovo sela.

– Moja majka... – Fej je načas zaćutala, i dalje držeći Robin za jaknu. – Verovala je da su suze za bebe, da su opravdane kad su za hranom i menjanjem pelena, ali ne i za bilo koji drugi problem jer je život težak i kad naučimo da se staramo o sebi jednostavno moramo da nastavimo dalje. Ako bih pala, rekla bi mi da sama operem koleno. Kad me je neko kinjio ružnim rečima, rekla bi da je trebalo da mu uzvratim. Govorila je da ljudi ne poštuju suze, da poštuju ozbiljan stav i naporan rad. Jedna njena prijateljica mi je rekla da moja majka nije zaplakala ni kad je čula da mi je otac poginuo u rovovima. – Pogledala je Robin u oči i progutala. – Njen primer je bio sve čega sam mogla da se uhvatim da nastavim dalje. Alan se neće vratiti, morala sam da nastavim dalje.

Sedele su u tišini nekoliko trenutaka.

– Ali izgledalo je skoro kao da si ljuta. Jedva si dočekala da odeš iz kapele krematorijuma.

Fej je ponovo uhvatila Amber za ruku.

– Pretpostavljam da *jesam* – progovorila je promuklim glasom. Amber je izvukla bočicu vode iz ranca i Fej je otpila gutljaj. – Istina je da... nikad nisam želela decu. Bila sam sasvim srećna da budemo samo Alan i ja.

Vetar je zalupio vrata crkve.

– Ali tata bi to sigurno razumeo – rekla je Robin, stegnutim grlom dok se borila protiv iznenadne želje da zaplače. – Zašto mu to nisi rekla pre nego što ste se venčali?

– Rekla sam mu, ali onda sam slučajno ostala trudna. Ja... želela sam da prekinem trudnoću.

Robin nije mogla da poveruje kako joj je to stvarno rekla.

– I da budem potpuno iskrena... bila sam ogorčena. – Fej je zurila u mermerni pod.

Robin se naslonila na tvrdo drvo.

– Alan je rekao da će sve biti u redu, kako će biti uz mene na svakom koraku, i jeste, ali onda su tvoje tinejdžerske godine postale još teže i otišao je kad mi je bio najpotrebniji.

– Nije mogao da utiče na to! – odbrusila je Robin.

– Znam, to nema nikakvog smisla, ali... sad to ne mogu da objasnim, ali tad sam se osećala izdano, i poklonila sam sve njegove stvari. – Fejin glas je podrhtavao. – Posle nekoliko godina sam zažalila i sad bih učinila sve da ih vratim i da se ponovo osećam kao da sam mu blizu. – Crveni pečati pojavili su joj se oko očiju koje su se caklile od suza.

Robin je stegla pesnice i zurila u Fej. – Pa, nikad neću razumeti kako...

Amber je položila dlan na majčinu šaku, gledajući čas u nju, čas u Fej.

– Kao što sam ti već rekla, mama... ti i baka niste toliko različite. Ja... ni ja tebi ne govorim uvek sve jer pokušavaš da uzmeš konce u svoje ruke i rešavaš moje probleme.

– O čemu pričaš? – odbrusila je ponovo Robin, i dalje zureći u Fej.

– Kao kad si zvala službu za studentski smeštaj, ili kad si išla u školu zbog stvari s kojima su svi učenici imali poteškoća, ne samo ja... a sećaš se onog posla subotom koji sam radila u srednjoj školi? Zvala si mog šefa kad nije mogao da mi odobri slobodan dan kako bih mogla da idem u Olton tauers s prijateljima. Bilo me je toliko sramota. Ponekad samo želim da me saslušaš, ali ti uvek moraš da uradiš sve kako bi popravila stvari, kao da sam još u osnovnoj školi. To me... guši.

Robin se okrenula prema Amber. – Ali ti si moja ćerka...

– Ali to je moj život, mama. Ne možeš me zaštititi od svakog bola. Ali sad shvatam, obe ste prekomerno nadoknađivale svoje detinjstvo, samo na različite načine...

Obruč bola stegao se oko Robinine glave.

– Baka time što nije želela decu, a ti time što si mislila da moraš biti savršena majka. Obe ste imale najbolje namere.

– Ni najmanje nisam kao ona. – Reči su joj se prosto omakle. – U redu je ne želeti trudnoću, ali kazniti dete ako odlučiš da ga zadržiš...

– Nemaš pojma koliko je bilo teško – rekla je Fej, obgrlivši sebe.

Obruč bola se još više stegao. – Nisi ti jedina koja je imala neželjenu trudnoću, ali mene to nije učinilo okrutnom – šapnula je Robin.

Amber je poskočila. – Šta?

Fej se uspravila.

E dovraga, pomislila je Robin. Kocka je bačena.

– Ali ti i tata ste uvek govorili da ste me želeli – promucala je Amber. – Da niste mogli dočekati da zatrudniš posle venčanja.

– To... sve je to istina, dušo. – Robin je ustala i napravila nekoliko koraka ispred oltara.

– Šta onda? Oboje ste me lagali? – Amber je pritisnula pesnicu uz usne.

Robin je sela i pokrila lice rukama. Polako je podigla glavu.

– Bila sam trudna kad sam pobegla. To je jedan od razloga zašto me je Jul zaprosio.

– Molim? I ja to nikad nisam saznala? – Fej je zinula, a crvenilo joj se širilo niz vrat.

– Mislila sam da bi ti unuče bilo ogroman teret. – Robin se ugrizla za unutrašnjost obraza. – A... ionako sam izgubila bebu. – Uprkos hladnoći, ruke su joj bile znojave.

– Trebalo je da mi kažeš. – Fejin glas je odjekivao po crkvi kad je ustala i olabavila šal.

– Pobesnela bi. Nisam imala nikog osim Jula s kim sam mogla da razgovaram.

– Saslušala bih te – rekla je Fej i uvukla obraze.

Amber je još čvršće stegla pesnicu i povukla se u klupu.

– Ne budi smešna – Robinin glas je drhtao dok je prilazila Fej. – Pobesnela bi, rekla bi mi da sam budala. Kad se dogodilo najgore, stric Ralf je morao da mi pomogne, a on... on je bio maltene stranac, zaboga.

Fej je prošla pored Robin i krenula niz prolaz, udarajući u krajeve klupa. Pesmarica je tresnula o pod. Vrata crkve zalupila su se iza nje.

39.

Narandžasta svetlost uličnih lampi prodirala je kroz vitraže.

– Jesi li ikad nameravala da mi kažeš?

Robin je obrisala oči, jedva čuvši Amberin glas. – Želela sam, dušo, sad kad si starija. Bilo je teško pronaći pravi trenutak.

– Beba... je li bila još jedna devojčica?

Robin je otkopčala bajkersku jaknu kako bi mogla da provuče ruku i dodirne Julovu dukslericu.

– Nazvali smo ga Eš. Ove godine bi napunio trideset dve godine.

Amber je mlatila nogama napred-nazad, udarajući o dno klupe. – Ne mogu to da shvatim. Mogla sam da imam brata, skoro dovoljno starog da mi bude otac... Da li tata zna?

– Da.

– I šta je rekao?

– Tvoj otac me je svesrdno podržao.

Amber se približila, toliko da su im se ramena dodirivala. Robin se oduvek divila ćerkinoj hrabrosti. Skočila bi unazad s deset metara visoke daske, branila prijateljicu od nasilnika, prekinula Toda tokom završnice serije *Dužnost*. A u nedeljama nakon što su odlučili da se razvedu, ali pre nego što je iko od njih dvoje otišao, Amber je izvlačila Toda iz kuće na kafu i šetnje. Robin je čula te razgovore, Amber je preuzimala odgovornost, Amber se brinula. A sad, bila je tu, ponovo govoreći kako Robin i Fej nisu toliko različite, iako je zasigurno znala da Robin to ne želi da čuje.

– To je bilo najteže tati – a i meni.

– Šta? – upitala je Robin.

– To što se nisi otvorila i rekla tačno zašto ti brak s njim više ne ide. Oboje smo osećali da nam nisi rekla celu istinu. To ga je dugo držalo u stanju neizvesnosti.

– Žao mi je.

– Znam da je verovatno bilo grešaka sa obe strane – uzdahnula je Amber. – Mnogo sam razmišljala o tome. I otkako živim u Stoundejlu, uspela si da mi to više objasniš jer, kao što si rekla, povratak ovde ti je razbistrio glavu. Mislim da sad sve malo bolje razumem. – Amber se poigravala jednom od Robininih starih narukvica prijateljstva na svom zglobu. – I meni je žao. Bila sam naporna. Imala si toliko toga s čime si morala da se suočiš, ali si se izborila, izborivši se s tim sama. Zvala sam tatu preksinoć. Znao je delove tvoje prošlosti, ali kad sam mu ispričala kako se tačno baka ponašala... nije imao pojma koliko je tvoje detinjstvo bilo teško.

– Bilo mi je lakše da pokušam da zaboravim.

– Povratak na sever dokazuje da ne možeš zaboraviti tako nešto, mama, to je kao da izbrišeš imejl iz prijemnog sandučeta da ga ne bi svakog dana gledala, ali uvek ostane trajna kopija sačuvana negde.

– Ako današnji dan znači da je potraga za blagom gotova...

– Mislim da je tako – rekla je Amber i ponovo uzdahnula.

Vetar je ponovo prodrmao vrata crkve. – Kako se osećaš u vezi sa studijama? – upitala je Robin naposletku. – Znam da je rešavanje anagrama bilo podsticaj da ostaneš.

– Još je rano, mama, ali imam dobar osećaj u vezi sa studentskim domom, već se osećam srećnije tamo nego što sam ikad bila u onoj kući za studente. – Blago je povisila glas. – Tako da ću završiti ovaj semestar i doneti odluku za Božić. – Pogledala je Robin kroz senke. – Ipak, ostaću u Stoundejlu večeras. Bolje da odem da vidim baku.

– Ne, dušo. – Robin je pokušala da se nasmeje. – Idi nazad u grad.

Amber joj je stavila ruke na ramena. – Šta kažeš da ti i ja napravimo novi početak? Odsad, ti prestaješ da pokušavaš da budeš savršena i prihvataš da više nisam dete, a ja ću pokušati da zapamtim kako i tebe sve ovo boli. Možemo da budemo tu jedna za drugu, zar ne? Dve žene koje slušaju jedna drugu, pomažu gde je moguće, ali ne pokušavaju da sve poprave?

Robin je klimnula glavom, srce joj je bilo ispunjeno ponosom zbog žene u koju je Amber izrasla.

– Ja sam kao ti i baka, nisam od stakla. – Amber je nakratko zagrlila Robin i otišla.

Robin je ostala da sedi sama. Oduvek se osećala kao da je drugačija, neka vrsta čudakinje koja život posmatra sa strane pitajući se kako drugi ljudi mogu da budu tako srećni. Ali sad je Amber govorila da njih tri dele zajedničke osobine... Robin je trepnula u tami.

Na kraju je izašla iz crkve, a oči su joj se sklapale pred trepćućim svetiljkama u prodavnici. Da li bi njihova beba imala Julovu crnu kosu i oči? Toliko se trudila da svih ovih godina izbaci Eša iz misli, ali nije mogla da ga potisne tokom svečanih prilika. Kao za Uskrs, sigurno bi kao poslasticu voleo da pravi čokoladna gnezda s malim jajima u sredini, baš kao i Amber. A za Materice bi se ponovo osećala kao ona šesnaestogodišnjakinja koju su mučile misli da bi Eš možda još bio ovde da je izabrala Stoundejl umesto čitave drame bega u London.

Robin je snažno pokucala na vrata knjižare. Svetla su se upalila, a Jul se pojavio na vratima. Otvorio ih je i ona je ušla. Seli su za jedan od stolova pozadi, držeći se za ruke. Ispričala mu je šta se desilo u crkvi. O Fej koja je odjurila. O Ešu.

– Sećaš li se zašto smo ga tako nazvali? – prošaputala je.

– Naravno. Drvena kućica na jasenu.[5] Naše posebno mesto.

– Mnogo sam mislila o njemu, svih ovih godina – rekla je tiho.

– I ja. Svakog jula. – Tada su ga izgubili. – Zamišljao sam rođendanske proslave, njega u igri dodavanja poklonima kad je bio mlađi, žurki s roštiljem kako raste, sebe kako sav uzbuđen upoznajem njegove drugare. Blesavo.

Utonuo je u misli i Robin je posmatrala to lice koje je nekada toliko volela, snažnu liniju vilice, obrve koje bi se izvile sa indignacijom ili veseljem i zasmejavale je, oh, kako su je zasmejavale.

– O čemu razmišljaš? – pitala je.

– Ma ni o čemu.

Robin je nakrivila glavu i stisnula mu ruku.

– Da li ti je tvoja ćerka učinila to lakšim? – Bio je to jedva šapat.

---

[5] Engl.: *ash tree*. (Prim. prev.)

– Trudnoća s njom nije, sasvim sigurno. Bila sam prestravljena da ću je izgubiti. A na početku, nakon što se rodila, svaki put kad bi imala grčeve ili se razbolela osećala bih kako mi se utroba uvrće, kako nisam dorasla tom zadatku, da se priroda postarala da izgubim Eša jer bih bila užasna majka. – Tod je umeo da je ohrabri, da sasluša svaku od njenih bezbrojnih briga, da podrži njen stav o navikavanju na hranu, uspavljivanju i dudi-varalici. To je mnogo pomagalo, i mogla je sad da vidi kako li je njenoj trudnoj babi moralo biti teško kada se njen muž nikada nije vratio kući sa fronta.

– Oh, Robin, voleo bih da sam bio tamo. – Snažno ju je zagrlio, rukama snažnim kao i uvek što su bile nakon neke od njenih svađa sa Fej. Naslonio se i uzeo je za ruke. – Nisam očekivao ovo... da nas dvoje... – Progutao je knedlu. – Ostaćeš ovde još samo dve nedelje, i ko zna...

– Jule...

– Kad sam ponovo video Taru, shvatio sam da ima nekoliko stvari koje bi trebalo da znaš. Razlog zbog koga je odnos između mene i Tare postao čudan... Pokušao sam da je poljubim na žurki. – Pogledao je u stranu kad su mu te reči izletele.

– Šta? – Robin je izvukla svoje ruke iz njegovih i uspravila se.

– Bilo je to ubrzo nakon što sam se vratio. Bio sam pijan. Izvinio sam joj se sledećeg dana, ali to je uništilo naše prijateljstvo. I stvarno mi je ovo teško, ali želeo sam da to znaš... Odveo sam dve devojke u kućicu na drvetu tog leta. Nekoliko puta sam otišao do kraja.

Jul je spavao s drugim devojkama, tamo, u šumi? Ali imali su sporazum, taj jasen je bio njihov zabran. Sela je potpuno pravo uprkos oluji iznutra. To ne bi trebalo da je važno nekoliko decenija kasnije, ali bilo je to mesto na kome su napravili Eša. Osetila se kao da je, nekako, Jul tim svojim ljubavnim sastancima tamo izneverio njihovog sina. Robin je pokušala sebi da kaže da to nije istina, ali jedva je mogla da udahne.

– Reci mi jednom, i konačno, Jule... zašto si me ostavio u Londonu? Ako si mogao da spavaš s tim devojkama tako brzo nakon što si se vratio... gde sam pogrešila? Zar me nikada nisi stvarno voleo?

– Da! Jesam, mnogo, mnogo sam te voleo. Samo... – Bolan izraz prešao mu je licem.

Robin je digla ruke u vazduh. – Glupa ja, očekivala sam da konačno budeš iskren. E pa, ja ne mogu više da živim s neizrečenim istinama i skrivenim tajnama.

Ustala je. On je učinio isto, ajlajner mu se slivao niz obraz. Robin je mirno otišla do vrata i otvorila ih, osetivši olakšanje što nisu zaključana, uprkos zimskim naletima vetra. A onda se žustro zaputila glavnom ulicom, ignorišući Julovo dozivanje.

Robin Vilson,
Parejd rou,
Stoundejl,
Širi Mančester
novembar 1988.

Draga Debi,
MOJA NAJBOLJA DRUGARICA SE PONAŠA ČUDNO.
Otkad smo prošlog vikenda bile na žurki za Noć veštica, moja najbolja drugarica se ponaša čudno. Igrala je s jednim dečkom s kojim se stvarno dobro slaže i videla sam ih kako se ljube. Mislim da joj je to bio prvi poljubac! Ali onda je istrčala sa žurke i nisam mogla da je nađem. Pitala sam je sledećeg dana šta ju je uznemirilo. Samo je rekla da joj je pozlilo od previše čincana, ali znam da mi ne govori istinu, jedva da smo pile. Prestala je da dolazi kod mene posle škole i kaže da je umorna i kako joj treba malo vremena za sebe.

Razmišljam da pitam tog dečka o tome, ali znam da bi poludela. Ili možda da pokušam da je spojim s nekim drugim, ako ju je taj poljubac razočarao.

Kako da je nateram da mi kaže šta nije u redu?
Robin, 16 godina

Devojačka scena
Ulica Gover 41,
London

Draga Robin,
   Izgleda da bi joj možda više prijala podrška nego pritisak da priča o tome ili da se ljubi s nekim drugim! Prvi poljupci mogu da budu strašni, sjajni, razočaravajući – sve to – pa možda nije ispalo onako kako je očekivala. Biti dobra drugarica ponekad znači jednostavno da budeš tu, ne pokušavajući da popraviš situaciju ili pronađeš objašnjenje. Možda je najbolje da joj prosto kažeš da ti je žao što se oseća loše i kako si tu za nju ako joj zatrebaš. Ako bude želela da razgovara, verovatno će to učiniti kad bude spremna, a kad se to desi, pokušaj da samo slušaš, bez upadanja u razgovor.
   Ako se i dalje ne bude ponašala uobičajeno za nekoliko nedelja i ako budeš zabrinuta, možda bi mogla neupadljivo da popričaš s njenom mamom.
   Sve najbolje,
   Debi

40.

Robin je parkirala napolju i gurnula vrata, gazeći preko gomile pošte. Stan ju je dočekao, miran i uredan. Ušla je, s kosom punom susnežice i otresla se kao Huver. Nedostajao joj je njegov živahan doček. Robin je zadrhtala i uključila grejanje, a bojler je zazujao.

Fej nije pogledala Robin u oči pre nego što je otišla, niti je reč rekla gledajući je kako nabija Julov duks u kantu u kuhinji. Otišla je pre doručka, nakon što je Amber otišla na železničku stanicu. Amber je rekla Robin da je pozove kad stigne u London, što je ličilo na obećanja koje je Robin nekad nju terala da daje. Fej je sad već mogla da kuva, da se sama oblači i pije preostalu tekućinu od kiselih krastavaca. Robin ju je uhvatila kako to radi poslednji put kad je spremala ručak. Drugim rečima, Fej je sad ispunjavala sve preduslove za srećan samački život. Snaći će se sasvim dobro dok se Robin ne vrati u Stoundejl.

Ako se vrati.

Sad joj je bilo potrebno da bude što dalje od Fej i od Jula. Bekstvo u London, što je pre moguće, činilo se kao jedina mogućnost. Bilo joj je suviše teško, previše bolno da ostane blizu majke koja je nikad nije želela i (na neki način) dečka koji nije želeo da se izjasni.

Kasno sinoć pozvala je Taru, koja je ponudila da otkaže obaveze i provede vreme s njom, ostavljajući sve zbog prijateljice, baš kao što su nekad činile jedna za drugu. Svejedno, Robin nije mogla da dočeka da ode.

A sad, u čelu uskog šanka za doručak, raspakovala je ruksak sa osnovnim stvarima koje je kupila u jednoj od prodavnica pored auto-puta: mleko, hleb, jaja, pravi čips i veliku čokoladu. Ova dva poslednja proizvoda ne bi se smatrala osnovnim stvarima pre nego što je živela s Fej, a ove nedelje Fej je priznala kako nikad nije jela toliko voća i povrća kao otkako su se ona i Amber uselile. Ne shvatajući, promenile su jedna drugu na sitne načine koji su za druge bili beznačajni, a možda i za njih same jer, naposletku, to ništa nije promenilo.

Susnežica je udarala o prozor dok je Robin navlačila zavese u spavaćoj sobi. Stala je i okrenula se ukrug. Da li je stvarno uredila stan koristeći toliko tamnosmeđih boja, krem i bež preliva? Ovaj dekor je ovde pričao jednostavne priče o prodavnicama. Lampa na sniženju iz *Mark i Spensera*, tapete s popustom iz *Uradi sam*. Sručila se na krevet i legla na stomak, iznenađena što dušek nije zaškripao – osećala se kao čist višak.

Na kraju se nekako digla, obukla kućni ogrtač i ušuškala na dvosed sa otvorenom kutijom keksa. Uključila je televizor i prebacila bi kanal svaki put kad pomisli da Fej gleda isti program. Osećala se sveća s mirisom bundeve i zamišljala je kako se Fej mršti. Posle tople čokolade, Robin je isključila emisiju petkom uveče i prelistala poštu, stavila pismo o produženju najma stana na vrh obližnje police s knjigama. Popuniće ga sutra. Pogled joj je preleteo preko knjiga i spustio se na donju policu. Izvukla je porodični foto-album i ponovo sela dok je voz prolazio pored.

Kao mala, Amber je imala veoma talasastu kosu. Ispravila joj se tokom osnovne škole. Volela je da sedi na Todovim ramenima, pevajući kako je kraljica zamka. Plivanje u moru na odmoru bilo joj je omiljena zabava, a Tod je uporno zahtevao da rano krene na časove plivanja, i svake nedelje ujutro ju je vodio na obližnji bazen dok je na poslu još uzimao slobodne dane. U početku je radio prekovremeno kako bi platio njihove odmore u inostranstvu, a kako je posao rastao, radno vreme se produžavalo. Govorio je kako to radi da bi porodici omogućio stvari koje želi da imaju, poput premijernih karata za predstave na Vest Endu i najnovijih spravica.

Robin je prstom prešla preko Todove fotografije, prisećajući se kako je njen tata radio svakog vikenda uoči Božića. Kupovao bi Fej cveće jednom nedeljno, ali nijednom ga nije čula da joj je rekao da je voli. Robin je pretpostavila da je to bilo samo zato što ona ne bi cenila takvu sentimentalnost – znala je da je voli, stalno je to pokazivao delima. Kuvao bi vikendom, izvodio je na ručak, izglađivao bi svađe između nje i Robin. Slušao je kako priča o problemima na poslu. Boravak u Stoundejlu, u staroj kući, vratio je sve te uspomene.

Listanje albuma učinilo je da Robin shvati kako ni Tod nije bio toliko drugačiji. Podržavao ju je u karijeri i teškom odnosu s majkom. Je li Robin izgubila iz vida važne sitnice koje je radio za nju, iz dana u dan, koje nisu bile upakovane u cveće i mašne kakve je želela? On je više voleo crno vino, ali pio je njeno omiljeno belo. Uvek bi otapao zamrzivač, što je ona mrzela da radi. Bezizrazno je gledala u te stranice. Njen život u Londonu stvorila je tinejdžerka kojoj je očajnički bila potrebna sigurnost. Ubedila je sebe da će joj stroga kolotečina, rad, rad i samo rad iznova sastaviti život, te da će tim sklapanjem napredovati u karijeri i steći miran život, bez drame.

I tu je odlučnost povezala sa željom da bude potpuno drugačija od majke – dobar roditelj, brižna komšinica i saradnica, nepobediva domaćica. Njena strast prema Todu na početku je bila stvarna, ali se s vremenom izgubila, što je više pokušavala da...

Zatvorila je album s fotografijama i gurnula ga nazad na policu s knjigama.

Što je više pokušavala da ga iskoristi kako bi popunila prazninu koju je ostavila odsutna majka.

Otišla je u hodnik, bacila kućni ogrtač i navukla bajkersku jaknu. Uprkos oblacima, stajala je u dvorištu i gledala u zvezde, pitajući se da li je njen otac možda negde gore. Ponovo je krenula susnežica, ali se Robin nije pomerala sve dok se ulične svetiljke nisu ugasile. Kosa joj je bila skroz mokra kad je konačno ušla unutra, uključila rernu i krenula da peče tortu za strica Ralfa.

41.

Robin je požurila do njegove sobe i ušla. Pošto je zatvorila vrata iza sebe, zastala je na trenutak. Ralf je nosio prsluk koji je čuvao za posebne prilike.

– Opa... – Odmerio ju je od glave do pete.

Pohitala je, spustila kutiju s tortom na krevet i briznula u plač. Zagrlio ju je čvrsto, a miris njegovog losiona za brijanje bio je tako poznat i donosio sigurnost. Sela je na drvenu stolicu nasuprot njemu i otkopčala jaknu.

– Alan je voleo tvoje kovrdže, znaš, iste takve je imala naša mama. – Potapšao je krevet pored sebe. Prišla je i uhvatio ju je za ruku.

– Izvini što sam se uznemirila.

– Gluposti.

Najpre mu je ispričala o prizoru u crkvi, o tome kako je Fej *nikad* nije želela, kako mnoge žene ne žele decu, a i zašto bi morale da ih imaju? Ali kada ti to sopstvena majka kaže u lice... Stric Ralf je uvučenih obraza odmahivao glavom.

– Pretpostavljam da ne mogu da se žalim, oduvek sam želela istinu, objašnjenje, ali... boli.

– Oh, dušo.

Robin mu je ispričala i šta je Amber rekla. Kako je Robin uvek pokušavala da sve popravi, da je većinu vremena Amber samo želela da je ona sasluša, i sad je Robin shvatila koliko je stric Ralf bio dobar u tome. Ponovila mu je svađu s Fej, reč po reč, a on je sedeo, ćutao, bolno se mrštio i klimao glavom. Kad je konačno prestala da priča, privukao ju je sebi i ponovo su se zagrlili.

– Kako ste vas dve bile pre toga? – upitao je.

– Bolje. Mislila sam da stvarno napredujemo. Ali sad imam osećaj kako nikad više neću želeti da se vratim u Stoundejl. Sve je tako... zamršeno.

– Zamršeno se neće razrešiti izdaleka, malena... a šta je sa onom potragom za blagom? Moraš to da završiš. Tako si blizu kraja.

– To mi je najmanja briga. – Robin je nehajno mahala rukom.

– Ali moraš.

– Tati ne bi bilo stalo do toga, ne sad kad je sve tako loše između nas.

– Ali mogla bi da se vratiš na nekoliko dana, zbog pregleda u bolnici, poveži potragu s tim poslednjim putovanjem.

– Zašto? Zašto je to toliko važno? Mislim stvarno, da li to ima ikakvog značaja?

Uvrtao je kićanke kariranog ćebeta na svom krilu, a ona je čekala.

– Kad sam došao poslovno, one nedelje pre nego što je umro, i kad je trebalo da ode u Šefild na taj posao obnove, on i ja smo te večeri otišli u pivnicu... Alan mi je rekao da je na poslednjem poslu osetio bolove u grudima. Otišao je u obližnju bolnicu. Uradili su mu neke analize i rekli da mora da zakaže pregled kod svog lekara što pre zbog uputa, i kako će morati da promeni ishranu, ali je on to odlagao. Mislio sam da nema šanse da prestane da jede sir i crveno meso. – Robin se nije pomerila. Njen tata je *znao* šta bi moglo da se desi?

Tužno se osmehnuo. – Alan je uvek tražio još govedine. Mama je umela da kaže kako mûče u snu.

– Da li je Fej znala za bolove u grudima? – Robin je čvrsto stegnula drveni naslon stolice.

– Ne. I naterao me je da obećam da joj ništa neću reći. Bila je zabrinuta jer je čula glasine da joj je posao ugrožen, a on je uvek želeo da joj olakša život.

Robinini zglavci su pobeleli. Sve joj se vratilo, kako je Fej bila nervoznija nego ikad pre tatinog odlaska za Šefild, brinula se kako će morati da napusti *Luis* – brige koje su tad bile neosnovane jer je prodavnica otišla u stečaj tek nekoliko godina kasnije. Robin je patila od jutarnjih mučnina, a jednog posebno lošeg jutra rekla joj je da ima virus. Ali Fej ju je naterala da ide u školu, rekavši da će simptomi nestati na svežem vazduhu, iako je sigurno čula kako Robin povraća.

– A ti si imala ispite. Alan mi je rekao da vidi koliko si napeta.

Da, pomislila je Robin. Bila je trudna i pokušavala da smogne hrabrosti da mu kaže.

– Rekao je da će otići kod lekara kad se vrati, ali video sam kako je pravi razlog odlaganja bio taj što ga je bilo strah. Da sam barem nešto rekao... – Stric Ralf je izgledao slomljeno.

– Molim te, odmah prestani s tim. To što se desilo nikako nije tvoja krivica. – Robin je odmahivala glavom. – Oh, tata... da je samo pričao o tome, i uradio ono što su mu rekli u bolnici, glupi, tvrdoglavi...

Počinjala je da shvata da je najvažnija stvar u porodici – međusobni razgovor. Pravi razgovor. Možda bi sad svi mogli malo više da se potrude u tome... bar bi ona mogla sa Amber i stricom Ralfom.

– Možda to ne bi ništa promenilo. Trebalo je da kažem Fej jer bi ga ona sigurno naterala da ode kod lekara – izdao ga je glas. – Jedino što je preostalo, što mi – ti – možeš da uradiš za njega jeste da završiš tu poslednju potragu za blagom, kako je želeo.

Ispričala je stricu Ralfu o pismima koja su već rešili. Negovateljica je donela kafu. Kutija s tortom je ostala neotvorena. Razgovarali su dalje o tome kako je Fej saznala za Robininu trudnoću.

– Sad sam svakako nadrljao – promrmljao je. – I šta je Jul rekao na sve ovo i tvoj dolazak?

Oduvek joj je bilo drago što Jula nije zvao *Džejson*.

Robin je pocrvenela.

– Ah, tako sam i mislio.

– I ja sam mislila tako, ali onda sam saznala da me je... izneverio. I naše dete. – Stisla je usne.

Prošao je rukom preko čekinjaste brade. – To ne liči na momka kojeg sam upoznao.

– Zaista? Pobegao je od mene u Londonu, bez ikakvog objašnjenja. Upravo sam bila izgubila naše dete. Imali smo toliko planova. Činilo se da ćemo to prevazići, ali sad... Mislim da ga nikad nisam zaista poznavala.

Pomerio se u stolici i zagledao se kroz prozor.

– Ralfe? – Robin ga nikad nije tako zvala. – Postoji li još nešto što ne znam? – Osećala je da su joj pazusi mokri.

Uzdisao je. – Bilo je lakoverno od mene što sam mislio kako tvoj odlazak na sever neće otkriti štošta iz prošlosti. Treba da znaš, Robin, da sam uvek imao na umu ono što je najbolje za tebe. Kad su javili iz bolnice da je moja bratanica primljena, prvo sam poželeo da pozovem Fej, ali sam hteo najpre da prikupim sve činjenice. Nisu hteli da mi kažu šta je u pitanju. Čim sam te video, tebe i Jula, bilo mi je jasno da ste uplašeni. Video sam te izraze ranije kod momaka starijih od mene koji su se vraćali iz rata, na prijateljima kad bi im umrli bliski rođaci. Znao sam da razlog zbog kojeg si u bolnici ima veze sa životom ili smrću.

– Ali kakve to veze ima s Julovim povratkom u Stoundejl?

Nastavio je da priča, usredsredivši se opet na kićanke tepiha, vraćajući se unazad, ispričavši kako su hteli da je otpuste iz bolnice sledećeg dana.

– Vas dvoje niste bili u dovoljno dobro stanju da se vratite kod stanodavca koji vam je pretio izbacivanjem. Zato sam uradio ono što sam mislio da je najdobronamernije. Odveo sam Jula na stranu i rekao mu prilično odlučno kako mora da ode.

Robin je zinula. U glavi joj je iskrsnulo Julovo lice u bolnici. Jecaji koje je gušio dok se opraštao. Oči su joj se zasuzile. – Šta?

Stric Ralf je stegao kićanke tepiha. – Nisam imao ni novca ni mesta da primim dvoje tinejdžera, a posle svega što se desilo, tom momku je bila potrebna majka.

– I samo je pristao? To nema smisla. – Boja joj je iščezla s lica. – Nije se borio?

– Naravno da je pokušao da mi promeni mišljenje. Ti si mu bila sve, to je svakome bilo jasno. Rekao mi je da idem dođavola, kako biste vas dvoje mogli osvojiti svet sve dok ste zajedno, da imate šesnaest godina i kako ja tu ništa ne mogu. Onda sam mu rekao da, ako te stvarno voli, uradi ono što je najbolje za tebe, da ćeš za nekoliko dana sasvim sigurno ostati bez novca, a kako će bez diploma biti teško naći posao.

Misli su joj se vrtložile.

– To bi vas mlade ostavilo sa samo dve mogućnosti: da spavate na ulici, ili se vratite kod Fej ili njegovih roditelja. On nije želeo ni jedno ni drugo za tebe, i znao je da sam u pravu kad sam rekao kako se nikad ne bi preselila kod strica da ti je dečko još tu.

Stric Ralf je objasnio da mu je kupio voznu kartu i odveo ga na večeru. Jul je plakao ispijajući šolju čaja kad je ušla jedna mlada majka s bebom.

– Pitam se zašto mi to nije rekao – rekla je tiho Robin, vrativši se u mislima u bolničku sobu, gde posmatra Jula kako odlazi, dok leži tamo čekajući da se još jednom okrene.

– Mislim da je odan momak, dao mi je svoju reč da neće ništa reći.

Jul jeste pitao kako je stric Ralf. Da li ju je možda ispitivao je li još živ, namerevajući da joj kaže istinu ako je njen stric umro?

– Izvini ako misliš da sam pogrešno postupio – rekao je tihim glasom. – Ali u tom trenutku nisam imao izbora. Znao sam kakva je Fej prema tebi, i bez Alana u blizini morao sam da sledim sopstveni nagon.

Robin je duboko uzdahnula. – Sa svojim sredovečnim umom sad vidim da bih verovatno uradila isto.

– Jel' sve u redu između nas, dušo? – Na trenutak su mu oči delovale umornije, a bore dublje. Robin je kleknula pored njega.

– Naravno da jeste, striče Ralfe, više nego u redu. Toliko sam zahvalna što sam te imala uza se. Šta bih radila bez tebe?

Uhvatila ga je za ruku dok se podizala. – Uvek mi je teško padalo to kako se Fej ponašala prema tebi. Ali jedno ću ti reći – ona je žilava. A ti si ćerka svoje majke, Robin. Snašla bi se ti, ovako ili onako.

42.

Pseći lavež je odjeknuo stepenicama, i Robin je ustala iz kreveta. Kuća je bila prazna kad je stigla, iako je poslala poruku Fej da kaže u koliko sati će stići. Ipak, došla je malo ranije jer nedeljom nije bilo gužve u saobraćaju. Čajnik je ključao dok je ulazila u kuhinju. Fej je već iznela dve šolje. Robin je stavila kutiju s tortom na sto, a Fej je skuvala čaj i donela im napitak, a zatim se namučila da skine poklopac s kutije. Trebalo joj je vremena da to uradi jednom rukom. Zagledala je unutra, oklevala, pa donela dva tanjira i nož. Ružičaste i žute karirane šare ispale su dobro.

– Zašto si napravila moju omiljenu tortu?

Robin je pila čaj, iako je bio previše vruć. Može ona to. – Pa, nije baš toliko čudno, zar ne?

– Ne, savršeno je uobičajeno napraviti marcipan, mučiti se s dve boje testa i pažljivo složiti četiri pravougaonika sunđeraste torte s taman dovoljno džema, pa sve to prevesti trista kilometara radi žene koju si videla jednom u tri decenije.

Robin je privukla tanjir k sebi, čvrsto ga držeći. – Možda se nadam da možemo sedeti ovde, piti čaj, jesti tortu i konačno se otvoriti jedna prema drugoj. Ili te nije briga hoćemo li imati ikakav odnos?

Fej je delovala uznemireno.

– I moramo da završimo tu potragu za blagom. Ako ništa drugo, zbog toga što je to toliko važno stricu Ralfu.

– Šta to znači?

Robin je duboko udahnula i polako joj objasnila kako je tata zapravo znao da bi mu srce moglo otkazati u bilo kojem trenutku, i kako je naterao svog brata da to zadrži u tajnosti. Čaj im se ohladio, a bore na Fejinom čelu su se produbile. – Gotovo kao da je znao da se možda neće vratiti iz Šefilda, mislim da je zato napravio anagram za koji je rekao da će sve promeniti.

Kašičica koju je Fej držala počela je da drhti.

– I ja sam bila ljuta – rekla je Robin. – Trebalo je da nam kaže, trebalo je da ode kod lekara.

– Matora budala je ponovo uradila isto. – Brada joj je zadrhtala. – Odgađao je odlazak lekaru zbog bola u palcu na nozi, nedugo nakon što smo se venčali. Ispostavilo se da mu je urastao nokat, i morao je na operaciju i bolovanje.

– Stric Ralf je rekao da tata nije hteo da nas zabrinjava. Ti si mislila da ti je posao ugrožen, a ja sam imala ispite.

Fej se trznula unazad. – Mogla sam da se nosim s tim.

– I on je to znao, ali... verovatno je poricao.

Robin se osećala loše, ali je progutala zalogaj torte. – Zato se nadam da možeš biti otvorena sa mnom... Kažeš da nisi želela decu, ali... zašto, Fej, zašto, uprkos tome, nisi pokušala da stvari budu bolje između nas dve?

Nakon svih ovih godina stric Ralf je otkrio važne tajne o Alanovom zdravlju i o Julu. To je navelo Robin da shvati kako mora da se vrati u Stoundejl i sazna istinu koju joj Fej nikada nije ispričala.

Fej se trgla. – Nije zločin ne osećati se kao majka, zar ne? Mislila sam da vi savremene žene poštujete međusobne odluke.

Robin je odgurnula tanjir. – Tačno je, svako ima pravo na svoje i svi jesu različiti, ali ti si mi mama. Ja sam ti ćerka. Želim, moram da znam, da bih razumela... da li stvarno nisi želela bebu, ili zapravo nisi bila sigurna... – glas joj je zadrhtao. – A ja sam ispala razočaranje.

Fej je zurila u nju, otvorila usta i zatvorila ih. Uzela je plavo-beli čajnik, ali ga je ponovo spustila. – Imala sam dobar razlog.

– Slušam.

Lice joj je delovalo napeto.

– Molim te.

Fej je skinula naočare i protrljala oči, zaćutavši načas. – Znala sam da neću biti dobra majka. Jesi li zadovoljna? – Glas ju je izdao. – Rekla sam Alanu da ću biti beskorisna, ali me je on uverio, rekao je da sam briljantna supruga i kako nema šanse da ne budem isto tako dobra majka.

To je zvučalo tačno. Tata je u svemu video pozitivnu stranu.

Suza se skotrljala niz Fejin obraz. – Misliš da nisam gledala druge majke i ćerke i pomislila kako bi možda trebalo da bude drugačije? Ali nakon što je moja majka bila sa mnom takva kakva jeste, jednostavno nisam znala kako da se ponašam prema tebi, kako da budem... Pokušavala sam, Robin, ali porođaj je bio dug, težak, a kako su prolazili ti rani dani, nisam osećala ono što sam mislila da bi trebalo.

Robin je pritisnula ruku uz grudnu kost.

– Prvih nekoliko meseci bila sam stalno umorna. Nisi prestajala da plačeš, a kad god bi moja majka došla, što nije bilo često, samo bi me gledala kao da želi da kaže: *jesam li ti rekla?* Njena omiljena rečenica bila je *samo pričekaj.* Samo pričekaj dok ne počne da hoda, nikad nećeš imati odmora, samo pričekaj dok ne progovori i ne slaže se sa svime što misliš. Alan je morao da ode na dug poslovni put kad si imala samo mesec dana. Osećala sam se tako usamljeno, ali nisam imala kome da kažem. U to vreme se o tome nije pričalo. Komšije s bebama izgledale su tako srećno. Ja sam bila... na mračnom mestu. – Pričala je o čitavim danima kad se ne bi ni obukla i osećanju neuspeha kad joj je dojenje teško padalo. Krivila je sebe za osip od pelena i što nije uvek ustajala kad bi Robin noću plakala. Sve je naviralo napolje, kao voda iz stare zarđale česme koja je konačno otvorena.

– Čitava ta prva godina prošla je kao u izmaglici. Pokušavala sam da budem vesela zbog Alana, ali nisam mogla ni s njim da pričam. Bio je tako ponosan, često bi uzeo kolica i otišao u pivnicu da pokaže svima koliko si lepa. Najveći deo vremena sam mrzela sebe, preplavljena osećajem da sam loša osoba, da sam izneverila svoju porodicu.

Robin je zabolelo grlo dok je gledala duboko u majčine oči i prvi put osećala kao da je stvarno vidi.

– Zvuči kao da si imala postporođajnu depresiju, tako se to danas zove. Jedna od mojih koleginica je morala da uzme još šest meseci bolovanja nakon porodiljskog da bi se izborila s tim.

Fej je zurila u Robin i malo se opustila.

– Sve je izgledalo bolje neko vreme, dok si bila u osnovnoj školi. Osećala sam kao da sam se provukla ne znajući šta čini dobrog roditelja, i to je popustilo pritisak. – Fej je šmrknula. – Ali kad si ušla u pubertet, činilo mi se da gledaš kroz mene. Pretpostavljam da me je to nateralo da se branim, a majčine reči *jesam li ti rekla* neprekidno su mi se vraćale. Govorila sam sebi da sam čudovište – šapnula je. – Ali nisam, Robin, stvarno nisam.

Robin je obišla sto, čučnula pored Fej i obavila ruke oko nje, s gipsom između njih. Fej se najpre povukla, ali Robin ju je čvrsto privukla nazad. Posle nekoliko minuta, polako, Fej je obavila ruku oko Robin. Fej je grcala, u teškim jecajima, snažno, a Robin je ostala da čuči dogod je to trajalo.

Pošto se kasnije smirila, a obe su bile iscrpljene, otišle su u dnevnu sobu i sele na trosed, dok je Huver ležao pored Fej, s glavom na njenim mornarskim pantalonama.

– Moram da se umijem – promrmljala je Fej.

– Da li mi je ajlajner razmazan?

Fej je progutala knedlu, pogledala je i odmahnula glavom. – Taj tvoj Džejson... uvek sam ga u tajnosti cenila. Mislila sam kako će svaki momak koji se usuđuje da nosi ajlajner u Stoundejlu sigurno daleko dogurati.

Pogledale su se i razmenile smešak, a toplina je ispunila Robinine grudi.

Fej je pomazila Huvera. – Kako ide... između vas dvoje? Videla sam da si bacila njegov duks.

Robin je uzdahnula.

Fej je klimnula glavom. Samo jedno klimanje, ništa bitno, ali Robin je značilo sve na svetu.

– Povremeno sam odlazila u tvoju staru sobu, znaš – rekla je Fej. – Dok mi penjanje uz merdevine nije postalo preteško. U poslednje vreme bih ušla samo kad sam morala da uzmem jorgane.

To bi objasnilo zašto soba nije bila onoliko buđava i prljava koliko je Robin očekivala kad ju je prvi put otkrila.

– Zvuči glupo... ali ponekad bih pričala s tobom. Pokušavala da objasnim. Često bih jednostavno završila ležeći tamo, gledajući tvoje postere.

Robin je osetila potrebu da je ponovo zagrli.

Možda bi bilo dobro da je tata pronašao skriveni test za trudnoću kad je ugurao svoju kutiju s papirima na dno njenog ormana. Toliko toga je moglo biti drugačije.

Robin je zazvonio telefon – bila je to Amber. Ustala je da ode u hodnik i nastavi razgovor, ali je onda ponovo sela. Nema više tajni. Amber je pitala kako je Robin i, oprezno, da li će završiti potragu za blagom.

Robin je rekla da su ona i *mama* razgovarale i da je sve sad... opet na pravom putu? Pogledala je Fej. Oči su joj zasuzile.

Amber je vredno učila čitavog vikenda kako bi ispoštovala rok i osećala je da zaslužuje predah. Htela je već sutradan da uhvati voz za Stoundejl. Spremiće im pastu, a i Blanš bi mogla da dođe. Glas joj je bio pun poleta, nije mogla dočekati da ponovo pročita poslednji trag, kao pripremu za završetak potrage u četvrtak.

– Da li si ti za to... mama? – upitala je Robin.

Fej se ispravila. – Šta ti misliš, Huvere?

Huver je zalajao u znak odobravanja.

Robin Vilson,
Parejd rou 16,
Stoundejl,
Širi Mančester
januar 1989.

Draga Debi,
KAKO BI TREBALO DA IZGLEDA GUBLJENJE NEVINOSTI?
Načula sam neke devojke u školi kako pričaju o
tome i govorile su da je sjajno, baš kao u filmo-
vima. Jel' zaista treba da bude tako?
Robin, 16 godina

Devojačka scena
Ulica Gover 41,
London

Draga Robin,
Kao u filmovima? Ne, i ne bih ni na tren pove-
rovala ni u šta što te devojke govore. Verovatno
se trude da zadive jedna drugu. Za svakog je dru-
gačije, nekima je zaista sjajno, a nekima ume da
bude neprijatno i čudno. Međutim, sve se to popra-
vi s vremenom. Kad taj trenutak dođe, najvažnije
je da budeš opuštena i da imaš partnera kojem je
zaista stalo do tebe i voljan je da ne žurite.
Samo zapamti — ni glumci nekad ne uspeju da iz
prvog puta snime scenu!
Sve najbolje,
Debi

43.

– Ti i ja moramo da popričamo – rekla je Blanš tihim glasom i uputila značajan pogled Robin. Ona i Fej su sedele u salonu i uživale u džinu pre večere. Fej je gledala u telefon.

Amber i Robin su otišle na tavan. Pravdajući se studentskim budžetom koji je suviše mali za – kako bi stric Ralf rekao – tričarije, Amber je ponovo želela da pretraži Robinine stare modne dodatke. Posebno joj se dopao par zlatno-crnih visećih minđuša. Robin je poželela da njihovo zajedničko vreme potraje zauvek dok se Amber smejala dramatičnim komadima nakita jarkih boja koje je pronalazila. Pronašla je i par crnih čipkanih rukavica bez prstiju i navaljivala da svaka navuče po jednu, kao i da stave starinske *banana* ukosnice, u najboljem stilu osamdesetih, toliko drugačije od običnih gumica za kosu koje je Amber inače koristila. Sedele su na krevetu i pričale o tome koliko su uzbuđene zbog rešavanja poslednjih Alanovih tragova.

Amber je pročistila grlo. – Odlučila sam, mama: vraćam se na fakultet posle Božića. Obožavam studentski dom i već sam stekla nekoliko novih prijatelja.

– Oh, dušo. Sjajno je što si donela odluku kojom si zadovoljna. – Robin ju je čvrsto zagrlila i Amber joj je to dopustila. Robin joj je ispričala svoje novosti, kako namerava da se bavi marketingom kao nezavisna savetnica. Stigla su joj dva imejla s ponudama za razgovor za poslove na koje se prijavila. Samouverena kako ide u dobrom pravcu, odbila ih je. Amber je mislila da je to sjajno, *čoveče*. Nije joj se činilo kao pravi trenutak da ćerki skrene pažnju na izražavanje.

– Tvoj tata i ja smo proveli mnogo lepih trenutaka. Znaš, on... on je dobar čovek – rekla je Robin tiho. – Ali uvek sam osećala kao da... kao da mi nešto nedostaje. Možda je to bio zadovoljavajući posao.

Amber je zastala i lagano klimnula glavom. – Ili... možda se nije radilo o nečemu, već o *nekome*. – Mahnula je rukom po sobi. – Sve ovo. Prava ti.

Kasnije, Amber je spustila činije s pastom i njih četiri su sele za sto, uz miris bosiljka i paradajza.

– Koje meso si koristila? – upitala je Blanš, proučavajući sos.

– Govedina s paradajzom.

Kada su završili, Fej je insistirala da pomogne Amber u kuhinji. Robin ih je ostavila da zajedno suše posuđe, dok ga je Amber slagala, kao da su savladale tačku Morkama i Vajza posle godina vežbanja. Blanš se opustila u fotelji, a Robin je sela pored nje na pod.

– Izgleda da ide sve bolje između tebe i Fej – reče Blanš i namesti termofor koji je stavila iza ramena.

– Oh... da. I moj put u London mi je pomogao da razjasnim neke stvari – i o mom bivšem mužu.

– Znači, život ti je sad... potpuniji?

– Amber i ja smo opet na pravom putu, razgovaram s mamom. Ovo je više nego što sam ikad mogla da se nadam. – I dok je govorila, Robin je shvatila da je to istina.

– Već primećujem promenu kod Fej, manje se... izvinjava – osmehnula se Blanš.

– Godinama sam je opisivala na mnogo načina, ali tako nikad.

– Zato se stalno branila. Često je tako s ljudima, ono što izgleda kao napad zapravo je suprotno. – Povukla je ćebence. – Videla sam to u staračkom domu, najneprijatniji korisnici bili su najviše uplašeni. Tvoja mama je uvek bila napeta kad bi je neznanci pitali ima li dece.

– Ali čega se bojala? – pitala je Robin.

– Bilo čega što bi je nateralo da se suoči sa istinom valjda, da njen odnos s tobom nije bio... nije bio ono što bi neznanac očekivao od odnosa majke i ćerke.

– Zašto misliš da ste ti i mama imale tako dobar odnos svih ovih godina, uprkos tome što ste prilično različite? – Robin je već neko vreme želela da postavi ovo pitanje Blanš.

Blanš je razmislila na trenutak. – Vreme zbližava ljude, zlato, ma koliko imali novca ili dece, ili sjajnih diploma, osećanja su ista kad je reč o gubicima, o bolovima i tegobama starenja. Svi sebi postavljamo ista pitanja koja ne nestaju u ranim jutarnjim satima, o tome da li smo uradili sve što je trebalo s našim godinama.

Pitanja koja je Robin postavljala sebi u Londonu.

Blanš ju je potapšala po ruci. – Naravno, razlog zbog kojeg smo morale da popričamo – nisi pomenula jedan problem koji ti je ostao.

– Ne ustežeš se, zar ne, Blanš? – Robin se nasmejala.

– Život je kratak, a to ne shvatiš dok ne izgoriš fitilj do voska. Šta se dešava s Džejsonom? – Nežno je nožnim prstima postrance golicala Robin. – Videla sam ga juče u selu. Izgledao je užasno.

– Posvađali smo se oko gluposti koje vuku korene godinama unazad. – Robin je skrenula pogled. Sad je razumela zašto ju je ostavio u Londonu, ali nakon što joj je ispričao o drugim devojkama u kućici na drvetu i dalje nije mogla da se otrese osećaja kako je izneverio njihovog sina, Eša. Bila je to sitna stvar, nešto preko čega je trebalo da pređe, ali u njenoj glavi je sve više raslo.

– Stvarno ti se sviđa? – upitala je Blanš tiho.

Robin je stisnula usne.

– A te gluposti, imao je šesnaest godina tad?

Robin ju je ponovo pogledala u oči.

– Znam kako je... ogorčen bio odnos između tebe i tvoje mame, ali vratila si se, videla sam te kako se suzdržavaš, kako se brineš o njoj, i uprkos prošlosti bila si odgovorna na način na koji mlađa ti ne bi bila. – Blanš je podigla obrve.

Robin je klimnula glavom.

– I osećam da se i ona promenila – nastavila je Blanš. – Svađe u porodicama nisu ništa neobično, često sam radila s potomcima koji nisu imali dobar odnos s roditeljima. Ali zrelost nam daje alate da se na drugačiji način nosimo sa izazovnim situacijama.

Robin je to videla kod Tare i njenog oca.

– Šta hoćeš da kažeš, Blanš? – Robin se nagnula napred.

– Džejson deluje kao dobar čovek. Ako je uradio nešto što te je davno povredilo, možda bi trebalo da se zapitaš je li to bilo zbog osobe kakva on zaista jeste, ili zbog mladosti. Sigurna sam kako bi i ti postupila drugačije kad bi mogla da se vratiš.

Možda.

– Šta ćeš uraditi povodom toga? Jasno je da te to tišti.

– Robin, da li bi mogla da izneseš kantu? – doviknu Fej.

Robin je skočila i požurila u kuhinju, zahvalna na predahu od Blanšinih pitanja. Kad se vratila, tri žene su se smejale nekoj komediji, deleći domaće pepermint bombone koje je Blanš donela.

Robin je u životu doživela mnogo iznenađenja, dobrih i loših – poput trudnoće, tatine smrti, ili kad ju je Jul napustio, ili kad je Tod kleknuo u njihovom omiljenom restoranu, ili iznenađenje što je mislila da zna sve sa šesnaest godina, ali ni sa četrdeset osam još nije sve shvatila. A ovaj topao, vedar prizor zajedništva s mamom i ćerkom... bilo je među najboljima od njih.

44.

Tara je poslala poruku Robin.

Pozovi me.

Robin nije želela da priča o Julu, ali nije htela ni da ugrozi njihovo novo prijateljstvo. Iako je Tara imala slobodan dan, Robin nije mogla da se suoči s njom, pa joj je poslala poruku kako će je uskoro pozvati i dodala dva poljupca.

Fej je htela da se okuša u pravljenju kiša od povrća. Sledeće će verovatno tražiti da pozajmi Robininu staru – *ra-ra* suknju. Ponestalo im je jaja, a Robin je ionako morala da ode u samoposlugu kako bi kupila Amberin novi omiljeni čips za ručak za nekoliko dana, kada dođe da reši poslednju zagonetku iz potrage za blagom. Kad je krenula, Fej je otišla kod Blanš na kafu, s Huverom, mrmljajući nešto o tome kako mora da se vrati starom životu pre pada. Robin je počela da razmišlja o poseti sledeće godine, mogla bi da se doveze do Stoundejla za Uskrs, rođendane...

Robin je pokušala da zaobilazi *Brinerovu knjižaru*, ali je primetila veliki znak na prozoru dok joj se približavala.

Zatvoreno do daljeg.

Prišla je staklu. Svetla su bila pogašena, a zadnja soba u mraku. Hodala je dalje, dvaput se osvrnuvši, niz glavnu ulicu, levo na kraju, i ušla u samoposlugu. Da li se nešto desilo? U mislima ga je videla priključenog na bolnički monitor, kao što je bio njen tata. Njemu nikad neće imati priliku da kaže ono što je želela.

Kupila je jaja i, po navici, uzela nekoliko kolača s kremom. Fej ih je povremeno kupovala, i jedan bi je čekao na tanjiru u kuhinji kad dođe iz škole.

Ne pogledavši ukupan iznos na aparatu za kartice, Robin je platila. Bilo joj je drago što je ponovo izašla na svež vazduh. Prešla je glavnu ulicu rano, uveravajući sebe kako to nije bio izgovor da prođe pored knjižare. Trzaj pokreta u izlogu privukao joj je pažnju. Možda je ipak unutra. Telefon joj je zazvonio, i zahvalna na ometanju, zastala je pored bandere i okrenula se ka ulici. Javila se, ne pogledavši ko je zove.

– Zašto odlažeš razgovor sa mnom?

Tara.

– Gde si, Robin?

– Napolju, u kupovini.

– Bar ne lažeš. – Robin se okrenula. Tara je stajala u izlogu knjižare, a na sebi je imala debelu jaknu preko tregerica i maramu u kosi. Otvorila je vrata i pozvala je unutra. Robin je spustila torbu pored kante za reciklažu i otkopčala jaknu, osećajući se sputano.

– Pre nego što bilo šta kažeš, rekla sam Julu kako je budala što te je uznemirio. Onda je sinoć došao kod mene i pričali smo. Jul je spomenuo nešto o Londonu, o kućici na drvetu preko mosta... Ne znam pojedinosti, samo da očajnički želi da priča s tobom otkad si otišla. Naći ćeš ga pozadi.

Znači, dobro je? Robin je osetila kako je napetost u ramenima malo popušta.

– Kako ti zvuči topla čokolada s penastim bombonama i šlagom?

Robin je oklevala. – Nisam sigurna.

Tara je prekrstila ruke. – Pričaj s njim, Robin, makar samo zbog mene. Potrošila sam sve šale, a on i dalje izgleda tužnije od mokre krpe.

Tara je otišla pozadi u kuhinju, a Robin je kročila u zadnju sobu. Jul je stajao napolju, rukavi crne dukserice bili su mu zavrnuti, a zemlja svuda po farmerkama. Polovina pločnika bila je podignuta, a na mestu toga postavljena trava. Otvorila je vrata.

– Ovde sam samo zato što me je Tara podmitila obećanjem tople čokolade sa svim mogućim dodacima.

Pogledao je naviše i lopata mu je ispala iz ruke. Osmeh mu se pojavio na licu, ali je brzo nestao kad su im se pogledi sreli.

– Šta je sve ovo, šta to radiš? – pitala je Robin, ne znajući šta drugo da kaže.

– Odlučio sam da sredim dvorište, da bude prijatnije za gledanje. Tara mi je pomogla da napravim ovaj mali travnjak. Naručio sam dva baštenska stola, biće to prostor za čitanje za pušače.

– Mogao bi da posadiš i malo drvo, možda i neko cveće – rekla je Robin slegnuvši ramenima. – Knjižara s kafićem i prirodnim kutkom.

– Žao mi je, Robin. – Reči su mu navirale. – Zbog Londona. Zbog drugih devojaka. Mrzeo sam sebe svaki put kad bih neku odveo na naše mesto, ali nisam mogao da se oduprem pritisku. U to vreme sam osećao da nemam šta da izgubim. – Seo je na zemlju, leđima se naslonivši na zid, savijenih nogu, naslonivši bradu na kolena.

Srce joj je lupalo, pa se spustila pored njega. Kos je skakutao po novoj travi dok je on objašnjavao koliko mu je bilo teško da je ostavi u Londonu. I dalje nije pominjao obećanje koje je dao stricu Ralfu.

– Bio sam povređen, Robin. Malo sam odlepio, spavao sam s raznim devojkama, očajnički pokušavajući da ispunim prazninu u sebi. Sa svakom novom devojkom nadao sam se da ću nešto osetiti, bilo šta, ali nikad nisam. – Pritisnuo je dlanovima oči. – Nisam ponosan na to, nije trebalo da ih tako iskoristim, a nisam mogao da verujem koliko sam ispao glup s tako dobrom prijateljicom kao što je Tara. – Brada mu je zadrhtala. – Znam da je to što se dogodilo bilo užasno za tebe, nešto najgore, ali... i ja sam izgubio. U glavi sam pravio toliko planova za tebe, mene i Eša. Stalno sam mislio na njega i jednom sam ostavio medvedića pored kućice na drvetu.

Oh, Jule.

Robin se primakla bliže i povukla mu ruke s lica, a crni kreon mu je bio razmazan ispod očiju. Nagnula se blizu, osetljiva na svaki njegov udah, čvrsto držeći rukav njegovog duksa.

– Žao mi je, trebalo je da verujem tvojim osećanjima prema našem sinu... i tvojim razlozima za odlazak iz Londona.

– Šta?

– Stric Ralf mi je objasnio. Uradio si to zbog mene. Trebalo je da znam.

Jul je zatvorio oči i ispustio dug, drhtav uzdah. – Stvarno ti je rekao? Svaki put kad se setim, osećam se kao onaj mladić, toliko besan na njega, ali znao sam da je u pravu. Stvarno sam se divio tvom stricu što te je primio. Teško je nositi se s besom prema nekome koga poštuješ.

Sve ove godine mislila je da niko ne može razumeti traumu kroz koju je prošla, ali dok je opisivao svoje iskustvo Jul je izgledao kao uplašeni tinejdžer i to ju je vratilo u prošlost. Pričao je i pričao, o tome kako se olakšanje njegovih roditelja kad se vratio ubrzo pretvorilo u bol kada su otkrili da im nije rekao za trudnoću, a onda u bes jer nije mislio na njih koji su sedeli pored telefona svake noći, verujući da će i Robin i on završiti na ulici, navučeni na drogu, mrtvi. – A onda su krivili sebe, i to je bilo najgore – rekao je Jul, a Robin ga je uhvatila za ruku. Kad je prošla početna oluja, odlučili su kako mora da snosi posledice – morao je da nauči da je ono što su uradili bilo opasno.

Ukinuli su mu džeparac, davali da obavlja beskonačne kućne poslove i uveli mu dozvoljeno vreme izlaska. Svaki dan letnjeg raspusta delovao je beskonačno. Tajno viđanje s drugim devojkama bilo je beg. Beg od činjenice da se neće oženiti, da neće postati otac niti živeti život o kojem su sanjali u Londonu. Vratio se u Stoundejl bez najboljih prijatelja i bio je tema ogovaranja gde god da je išao. Krao je alkohol i zapao u nevolje s policijom. A ona mu nikad nije pisala. Mesecima je svakog dana proveravao poštu. Talas krivice prošao je kroz Robin, ali on joj je stisnuo prste, kao da govori, *sad razumem*. Na kraju su ga roditelji nagovorili da ode na savetovanje i pronađe honorarni posao. Malo-pomalo, ponovo su mu verovali. Polako je prihvatio ono što se dogodilo.

– Hajde da za vikend odemo do kućice na drvetu i ostavimo cveće – rekao je.

– Volela bih to – rekla je Robin, kad joj je telefon zabrujao.

Sve u redu? Vratila sam se od Blanš. Mama.

Tako jednostavna rečenica, a tako složen put do nje.

– Svestan si da će Tara sad biti nepodnošljiva, pošto smo počeli da rešavamo nesuglasice – rekao je, sa iskrom svetlosti u tim tamnim očima.

– Hajde da to obavimo. Bar nas čeka topla čokolada.

45.

– Naređujem da se pročita poslednji trag – rekla je Amber svečanim glasom.

Robin nije mogla da stoji mirno dok su njih tri, zajedno s Huverom, stajale pored kapije ispred Fejine kuće. Padala je kiša, ali sad je prestala. Amber je razvila svitak koji je lepršao na vetru.

Mislite na oblike što smisao daju,
Na početku krug, a srce na kraju.
Napolje, pa levo, do pumpe začas,
Posle toga preko humke, naći ćete spas.
Kod Kraljice plesa prekoputa stojim
Bingo! Kô čistunac pravi, šale se ne bojim.
Uđite i popnite se, onda levo tad,
Sadržaj kvadrata, na podu je sad.
Tu se lov završava, pamtite ga, hej!
Do neba vas volim, moja lepa Robin, moja divna Fej.

Mnogo te volim, tata. Robin bi možda i zaplakala da Amber nije bila tako uzbuđena.

– Krugovi, srca, kvadrati, šta deda hoće da kaže?

– Zvuči kao još jedna društvena igra – rekla je Fej – a uvek je voleo grupu *ABBA*. Ne iznenađuje me što je ubacio jednu od njihovih pesama. „Dancing Queen" mu je bila omiljena. Puštao ju je neprestano.

– Mice su krugovi, ali ne mogu da se setim igre koja koristi srca ili kvadrate – rekla je Robin.

– Treba li da idemo desno ili levo? – upitala je Amber. – Sigurno postoji neka pumpa u selu Stoundejl, jer jedino što sam videla na kraju Parejd roua je agencija za nekretnine.

Fej i Robin su se pogledale.

– Agencija za nekretnine? – rekla je Robin. – Pre mnogo godina tu je bila benzinska pumpa s malom prodavnicom.

– Ogromna samoposluga na obodu sela preuzela im je posao – rekla je Fej. – Pre desetak godina konačno su je zatvorili. Šteta, bilo je zgodno za kupovinu mleka i hleba.

Okrenule su se ulevo i krenule tim putem, preskačući barice. Zastale su ispred agencije.

Amber je pokazala na put. – Humka! Moramo preći preko.

Huver je zalajao.

Robin je uhvatila Fej za ruku dok su koračale putem, ali Fej joj je otresla ruku.

– Moram da se naviknem da se snalazim sama... ali... hvala ti.

Robin su preplavile misli koje nikad ranije nije imala, brige o tome da će joj mama biti sama.

– Sada moramo naći kraljicu plesa. Pogledaću tekst pesme na *Guglu*, možda nam pomogne. – Amber je izvadila telefon.

Robin je odmahivala glavom. – Nema potrebe. Zbog tatine opsednutosti tom pesmom znamo da je otpevamo napamet, zar ne, mama?

– Da je pevamo? Ovde? – čudila se Fej.

– Ja sam za ako si i ti – odgovorila je Robin, osećajući se kao prava buntovnica u rokerskoj jakni. – Ili si... kukavica? – Nikada ranije nije zadirkivala Fej i ova se skroz ukočila.

– Hajde, bako, svi moramo s vremena na vreme da se osramotimo – rekla je Amber.

Komšija je prošao pored njih. Fej je pogledala u Robin, koja joj je pokazala palac gore i zapevala. Robin je otpevala prve stihove sama, a onda... Fej joj se pridružila. Amber je stavila ruku na uho, pa su zapevale glasnije, a Fej je prestala da se mršti. Pevale su o petku uveče i tamburinima, isprva stidljivo. Amber je znala refren i podigla pesnicu u vazduh na stihove o tome kako se provode najbolje u životu. Neki stariji čovek je prošao i podigao šešir. Dvoje tinejdžera im se smeškalo dok su ih zaobilazili. Huver je bio neuobičajeno tih, nije lajao. To ih nije omelo, svaka je bila izgubljena u svom svetu, dok su pevale sve glasnije i glasnije. Na kraju je Fej zatvorila oči dok su se sve tri držale podruku i njihale se, u savršenom skladu. Fejin glas je zadrhtao pri kraju, a Robin je posmatrala dve žene pre nego što je prasnula u smeh. Fej je obrisala oči, ali Robin je nastavila, dok nije shvatila da se Fej ne smeje.

– Je li ovo bio jedan od onih trenutaka? – upitala je Fej prigušenim glasom.

Robin je osetila suze u očima. – Da, mama, jeste.

– Dakle, ako je odgovor u stihovima, pevale smo o svetlima koja su slaba... ali ulične svetiljke su iste visine – rekla je Amber.

– Ako se umesto toga odnosi na jačinu svetla, nema mesta u Stoundejlu gde su svetla posebno prigušena – rekla je Fej. – A nikad nismo imali noćni klub.

Ponovo su pročešljale tekst pesme, rečenice o tome kako se prepuštaju ljuljuškanju – što bi moglo da se odnosi na dečje igralište. Ili o traženju kralja – nije bilo pivnica nazvanih po kraljevima... Proučavale su refren i stihove.

– Hajde da se vratimo i pročitamo opet ceo trag – rekla je Robin. – *Odredište stoji naspram Kraljice plesa. Bingo! Kô čistunac pravi, šale se ne bojim.* Čistunac... pa, nema radnje za kupatila ili javnih tuševa...

– Jel’ je neko od vas igrao bingo? – pitala je Amber.

– Godinama nisam – odvratila je Fej, a Robin je odmahivala glavom. – Ali mislim da si na dobrom tragu *Kraljica plesa* bi mogla da bude jedan od onih nadimaka kojima na bingu nazivaju brojeve.

– Stihovi spominju sedamnaest godina... Kraljica plesa, sedamnaest! Amber, proveri na telefonu – rekla je Robin, zaključivši da nije varanje ako su već smislile odgovor. Tako je i bilo. Otišle su do broja sedamnaest. Svitak je zatim rekao da je odredište naspram toga. – Oh. Pa, to je tvoja kuća, mama.

– Lukavi stari vraže. Ako se vratimo nazad, napravile smo pun krug.

– Još jedan dedin trik! – uzviknula je Amber.

Ušle su unutra i skinule kapute i cipele u hodniku, dok je Fej mrmljala kako joj je dosta da se umotava i jedva čeka da skine gips sledeće nedelje. Pustile su Huvera u zadnje dvorište, jer šetnja nije bila dovoljno duga, a zatim su ponovo pogledale svitak. *Uđite i popnite se, onda levo tad.* Otišle su gore... i ušle u Fejinu spavaću sobu.

– Sad moramo da se spustimo na pod i potražimo sadržaj kvadrata – to je odgovor – rekla je Robin. – Ne mogu da verujem da smo tako blizu otkrivanju reči koju je tata želeo da znamo. – Jedva je disala.

– Ne brini, bako. Oslobodićemo te ove obaveze. – Amber se nasmejala i legla, ispruživši se. Pretražila je sobu, ali je videla samo noge nameštaja i dno kante i korpe za prljav veš. Čak je podigla ivicu jorgana i pogledala ispod kreveta.

– Soba se dosta promenila otkad je tata umro. Mama? Imaš li neku ideju?

– Da nije možda bio album ili knjiga, ili nešto što smo kupili na buvljaku?

Amber je ustala. – Ne možemo sada da odustanemo, nakon tolikog truda. Skoro smo stigle do cilja.

Fej je zamišljeno stajala. – Sećam se, imala sam kvadratnu kutiju za odlaganje ispod kreveta. To je Alana uvek živciralo jer nikad nisam htela da bacim stare časopise sa ukrštenim rečima. Pretpostavljam da sam bila ponosna na sve one koje sam rešila. Razumeo je to, pa mi je kupio kutiju. – Fej se blago osmehnula. – Bacila sam ih kad je umro, Alan je bio u pravu. Bile su to samo gomile nepotrebnih stvari.

– Dakle, poslednje slovo je *M,* kao *magazini!* – veselo je uzviknula Amber, a zatim je nastala tišina dok su sve tri pokušavale da prve dokuče rešenje potrage za blagom.

– G, I, L, D, R, M... nema smisla. Ne mogu da smislim reč na koju je deda mogao misliti.

– Šta ako promenimo Dino u stena, pa imamo slovo *S* umesto *D*? – predložila je Robin.

Anagram i dalje nije imao smisla.

– Da li se ovo ikad ranije dešavalo? – upitala je Amber.

Robin i Fej su se setile kako se to desilo samo jednom, kad je deda umesto slova *K* za *kesten* upotrebio latinski naziv sa slovom *C*.

Popile su topli čaj u kuhinji i još jednom pažljivo prošle kroz sve tragove. G za Grčku, to je bilo sigurno, jer je kamenje zaista ličilo na grčki ples koji izvode ptice. Nije bilo sumnje ni oko *I* za Gvozdenog konja, jer ako je odgovor bio više reči, uvek su uzimale prvo slovo. A *visoka, tamna i lepa* se bez sumnje odnosilo na uličnu lampu, tako da je to bilo *L*. R je takođe bilo ispravno, nijedan drugi vitraž u crkvi nije imao cvet u sebi. I sadržaj kutije ispod kreveta mogao je biti samo M, kao magazini. Njihove sumnje su se ponovo usmerile na trag s Dinom.

– Šta misliš, šta je tata mislio pod tim da je na početku krug, a srce na kraju?

– Nemam pojma – rekla je Fej i uzdahnula.

– Uvek ću se pitati šta je anagram trebalo da znači – mrmljala je Robin. – Osećam se kao da smo iznverile tatu. Tačno mogu da zamislim sebe kako još pokušavam da ga rešim kad se vratim u London.

– Ova potraga za blagom je najbliže što ću mu ikada biti – rekla je Amber na ivici suza. – Bilo bi sjajno da smo mogle da ga završimo onako kako je on želeo.

Robin je osetila navalu panike. – Hajde da obučemo kapute i izađemo u zadnje dvorište, sad je mrak. Ponekad... gledam u noćno nebo i zamislim da je tata tamo, možda će nas to nadahnuti.

Stajale su pod zvezdama u dnu vrta, blizu bare, kad je Huver došao s jednom od Fejinih rukavica u ustima i spustio je pred njene noge.

– Skoro smo došle do odgovora, osećam da je nadohvat ruke – promrmljala je Robin. Počela je da pada sitna kiša. – Još samo nekoliko minuta.

Pomozi nam, tata.

– Hajde da vidimo možemo li da uglеdamo mesec u vodi – rekla je Amber i nagnula se nad tamnu baru, škiljeći u mraku. Zvezde su se odražavale kao sićušne tačkice svetlucave svetlosti. Pod mesečevom svetlošću, lica su im se jedva nazirala u vodi, tri pokolenja su gledala ka njima.

– Amber, donesi svitak – naložila je Fej.

Nekoliko minuta kasnije, Amber se vratila, zadihana.

– Pročitaj četvrti trag ponovo – rekla je Fej.

Amber je stajala pored svetlosti koja je dopirala iz kuhinjskog prozora i glasno pročitala trag.

Fej je nakrivila glavu na poslednja četiri stiha. *Ti sagni se i gvirni pre padine te, videćeš ko gleda, stvarno nadam se. Prizor je to kojem niko ne bi odoleo, pravi mali dragulj, kol'ko god star stvarno bio.*

– Robin, sećaš li se kako nas je tvoj tata zvao parom malih dragulja?

– Da. Obično nakon što bi popio jednu ili dve krigle *dabl dajmond* piva.

– Mislim da nam je odgovor bukvalno pred očima. Alan nas je zvao draguljima, *pravi mali dragulj*, to smo ti ili ja, Robin, dok gledamo u vodu. Odgovor je naš odraz.

Zašto na to nisu ranije pomislile? Robin je osetila leptiriće u stomaku, dok su sve veće kapi kiše padale po njima.

– Dakle, *R* kao *refleksija*? – upitala je Amber, vadeći telefon. – Ovo je bilo toliko teško, mislim da bi trebalo da upotrebimo program za rešavanje anagrama na internetu...

Robin i Fej su klimnule glavom.

Amber je tapkala po ekranu, ali zamena slova *R* nije donela nikakav rezultat. Ramena su joj klonula. Fejina koža se zarumenela.

Robin se šetkala gore-dole. – Toliko smo blizu, mora da je očigledno. Ponovo se nagnula nad baru. Zbog kiše joj se kosa još više kovrdžala. Naglo je podigla glavu. – Šta ako reč *refleksija* nije važna već *Ti*, kako nam se obraća? Onda slovo *R* možemo zameniti slovom *Y*, kao *you*? To bi se uklopilo u zagonetku.

– Držimo palčeve, svi. *Y* nam je poslednja šansa. – Amber je brzo ukucala slovo na svom telefonu.

Robin je osetila leptiriće u stomaku. *GILYRM...* Sve tri su se skupile oko osvetljenog ekrana.

MY GIRL. Moja devojčica.

– Opa! – otelo se Amber.

– Oh. Dve reči. Da, ponekad je tako bilo, ali šta to znači, kako bi taj odgovor mogao sve da promeni? – upitala je Robin.

– Možda misli na baku? Ili na tebe? Zašto nije bio jasniji?

Robin je duboko uzdahnula. – Sigurno nismo stigle ovako daleko da bismo na kraju naišle na ćorsokak? – Fej je bila veoma tiha i odjednom je požurila unutra.

– Pusti je – rekla je Robin nežno Amber. – Ova kiša postaje sve jača, a sigurno je razočarana kao i mi što rešenje nije jasno, hajde da je pustimo koji minut.

Na kraju su i one ušle unutra. Robin je uključila rernu i proverila odmrznute odreske koje je pripremala za večeru. Amber je otišla gore, ali ubrzo se vratila.

Slegnula je ramenima. – Bake nema, ne mogu nigde da je nađem.

Robin je ušla u hodnik i namrštila se. Ulazna vrata su bila otključana.

Robin Vilson,
Parejd rou 16,
Stoundejl,
Širi Mančester
april 1989.

Draga Debi,
ZAŠTO ME MOJA MAJKA MRZI?
Tako sam uzbuđena zbog budućnosti, zbog odlaska od kuće, univerziteta – sve sam isplanirala.
Jedva čekam da budem nezavisna.

Ali prvo moram da položim maturu u junu, a mama
mi uopšte ne pomaže. Nikad se nismo slagale, kori
me za sve što radim. Čak i nastavnici kažu koliko
je važno da se napravi predah u učenju, a ona me
svaki put grdi kad izađem da se vidim s dečkom.
Tata me bolje razume, ali često je na putu zbog
posla. Ne mogu ni o čemu da pričam s njom. Nikada
nisam mogla.

Ne znam zašto nisam dovoljno dobra za nju, iako
imam dobre ocene i ne pravim probleme u školi.
Možda sam ponekad bezobrazna, ali to je samo zato
što me ona stalno gnjavi. Nikad ne pita kako se
osećam u vezi sa ispitima, ne nudi savete o problemima kao što su bubuljice ili menstrualni bolovi. Ne zanima je kako mi je prošao dan u školi,
više se smejem s mamom svoje najbolje drugarice. I
zamišljam da će barem jednom reći kako lepo izgledam, kao što tata uvek kaže.
Misliš li da je naš loš odnos moja krivica?
Robin, 16 godina

Devojačka scena
Ulica Gover 41,
London

Draga Robin,
Tako mi je žao što se tako osećaš i sigurna sam da te majka ne mrzi. Bez sumnje si dovoljno dobra za nju. Tinejdžerske godine mogu da budu izazov za mnoge porodice. Bebe ne dolaze sa uputstvima, i kad porasteš shvatićeš da odrasli ne znaju uvek sve odgovore. Izgleda da tvoja mama samo želi da postigneš najbolje i dostigneš svoj vrhunac.

Zašto ne bi popričala s njom o tome, ili, ako ne možeš da se suočiš s tim, napiši joj pismo? Verovatno će biti zapanjena što se tako osećaš i želeće da ti pomogne sa školom i ličnim problemima.

Činjenica da si mi napisala ovo pismo pokazuje da nisi zadovoljna svojim odnosom s majkom i kako možda želiš promenu. Velika je verovatnoća da se i ona oseća isto, i kako će se odsad truditi da bude tu za tebe, i s velikim i s malim problemima. Ne boj se, pokušaj da se otvoriš. Znam da nije lako, ali možeš ti to.
Sve najbolje,
Debi

46.

– Razumem što je mama uznemirena, ali zašto nam nije rekla da ide u šetnju? Pogledaj. – Robin je pokazala na ugao pored ulaznih vrata. – Nije ponela kišobran, a njen ogrtač nema kapuljaču. – Pozvala je Blanš, Fej nije tamo, naravno, javiće im čim se vrati, verovatno nije ništa ozbiljno, nema potrebe za brigom...

Amber je izvadila telefon i uključila svetiljku. – Možda bi trebalo da je potražimo. Kuda misliš da je mogla da ode?

– Levo, pored agencije za nekretnine u dužu šetnju, ili desno prema crkvi ili dalje ka selu. Možda je opet otišla u stambeno naselje, gde je nekad bila ona ulična svetiljka, ili pravo pored radnji i preko mosta Šipvoš u šumu, ili preko parka, ka *Raginoj glavi*...

– Trebaće nam veća lampa – rekla je Amber.

Robin je pogledala na sat. – Nisam sigurna odakle da počnemo. Možda je bolje da joj damo još malo vremena? – Fej ne bi želela da dižu paniku. Ali Huver je dotrčao ka njima s rukavicom u ustima. Robin se sagnula i nežno mu je uzela iz usta. – Ovo mora da je druga rukavica, prvu je ostavio kod maminog stopala u vrtu, zna da je njena. – Robin i Amber su se pogledale. – Vredi pokušati.

– Vredi probati – rekla je Amber. – On je vrlo pametan pas, ako iko može da pronađe baku onda je to on.

Robin se sagnula. – Huvere, misliš li da bi trebalo da tražimo mamu?

Huver je odlučno zalajao.

– Možeš li da je pronađeš, dečko? – Nagnuo je glavu. Robin je podigla rukavicu do lica i glasno je pomirisala, a zatim je stavila na pod, srce joj je ubrzano kucalo, čekala je i čekala, i da, Huver je zabio njušku u vunu. Onda ju je podigao i počeo da je njiše s jedne strane na drugu. Robin je isključila rernu i stavila Huvera na povodac dok je Amber uzela kišobran. Huver je potrčao ka ulaznim vratima, a zatim se osvrnuo prema hodniku, gledajući mimo njih dve. Prestao je da maše repom. Spustio je rukavicu i ponovo je pomirisao. Robin ju je ponela dok su izlazili napolje.

Huver je nagnuo glavu i počeo da njuši trotoar, zatim je povukao udesno, prateći svoj nos sve do raskrsnice. Robin se sagnula i ponovo mu dala da pomiriše rukavicu. Poveo ih je preko ulice.

– Misliš li da razume? – upitala je Amber.

– Ne znam.

Robin je ćutke ušla u crkvu. Nije želela da uznemiri Fej ako joj je bilo potrebno da se osami, ali nije bila tamo. Požurila je da sustigne Amber i Huvera – već su bili blizu gradske većnice. Robin se sve više brinula dok se vreme pogoršavalo, ne shvatajući zašto bi mama ostala napolju, kad mrzi kišu i hladnoću. Huver je neprestano lajao, držeći nešto belo u ustima, besomučno mašući repom.

– Našao je to pored one kante za smeće – pokazala je Amber.

Robin se sagnula i pažljivo mu izvukla maramicu iz zuba. Zadrhtala je. Čvrsto ju je stegla. – Pogledaj šaru oko ivice. Mislim da mama ima jednu baš ovakvu. – Povukao je ka sledećoj raskrsnici, želeći da pređu i tu ulicu. Vodio ih je preko mosta Šipvoš, a mokra trava im je škripala pod nogama dok su prelazili na drugu stranu. Stali su ispod poslednje ulične svetiljke, blizu izletničkih klupa i Amber se spremila da usmeri svetiljku. Huver je njuškao zemljište, koje je zbog večernje kiše imalo svež, drvenast miris. Kretao se ulevo, pa udesno. Pojurio je napred, a zatim se povukao nazad.

– Hajde da je dozivamo – rekla je Amber. – Bako! Bako, gde si?

– Mama! Jesi li tu? Hajdemo kući. Popićemo nešto lepo i toplo. – Robin je obgrlila ramena, naslonivši bradu na grudi, hodajući napred-nazad, osluškujući da čuje Fejin glas. Lišće je šuštalo na vetru, reka je žuborila i pljuskala, ali nije bilo odgovora. Taman je htela ponovo da vikne kad je Huver podigao uši. Zarežao je i povukao udesno. Robin je bacila pogled na Amber pre nego što su krenule u tom pravcu.

– Mama, jesi li to ti? – Robin je zažmirila dok su se približavale Gvozdenom konju.

– Ovde sam... – Naslanjala se na spomenik, potpuno mokre kose i ogrtača. – Žao mi je ako... ako sam vas zabrinula.

Robin je duboko odahnula i čvrsto zagrlila Fej, ponovo pomislivši koliko je sad sitna. Amber je podigla kišobran i držala ga iznad bake.

– Samo mi je trebalo malo hrabrosti – promrmljala je. – A znala sam da ću je ovde naći. – Fej je prešla prstom preko uklesanih ratnih datuma. – Ovaj spomenik me je uvek podsećao na Alana. Bio je moj junak i uvek sam mu bila zahvalna što me je prihvatio. Hrabro je preuzeo brigu o meni, znajući za moje... teško detinjstvo. A poslednji lov, poslednji anagram, sad shvatam, traži od mene da budem dovoljno hrabra da otkrijem šta *MOJA DEVOJČICA* znači.

– *Znaš?* – upitala je Amber.

– I hoće li to promeniti sve? – zamucala je Robin.

Fej je kinula.

– Hajde, možemo o tome razgovarati kod kuće, nakon što se ugrejemo. – Robin je poslala poruku Blanš kad su krenule nazad.

– On je zaista pametan dečko. Pronašao te je, bako – rekla je Amber, milujući Huvera. Ležala je na stomaku, na tepihu, sad već suve kose.

Fej je sedela u fotelji pored kamina uz termofor. Spustila je šolju.
– Dobro, da vam objasnim...

– Prvo završi to piće – rekla je Robin. Fej se nasmešila.

– Zaslužio si nagradu, zar ne, dečko? – rekla je Amber tiho i počešala Huvera po ušima. – Zaista si nas spasio kad je bilo povuci-potegni.

Nakrivio je glavu i nestao u kuhinji. Čule su kako se stolica prevrće, a zatim zvuk šapa koje se vraćaju u salon.

Huver je stajao na sredini sobe, sa odmrznutim odreskom koji mu je visio iz usta.

47.

Amber i Robin su se pridružile Fej za stolom u trpezariji. Izvadila je kutiju iz ormarića pored fotelje. Bila je napravljena od kartona i imala poklopac kao kutija za kancelarijski materijal.

– Opa. Nisam mislila da ćemo na kraju završiti s pravim kovčežićem s blagom, bako. – Amber je zažmirila dok je čitala malu nalepnicu na prednjoj strani. – *Moja devojčica*...?

Robin se uspravila i pogledala Fej, pa opet u etiketu ispisanu rukom.

– Obično sam ovu kutiju držala na dnu ormana – rekla je Fej, glasom koji je zvučao uznemireno.

– Mora da je veoma lična – primetila je Robin. Fejine ruke su drhtale kad ih je položila na kutiju. – Jesi li sigurna da želiš da nam pokažeš šta je unutra?

Molim te, reci da želiš, pomislila je Robin, krišom prekrstivši prste.

Fej je podigla poklopac.

Robin je uzdahnula. – Ah, to je tatina figurica crvendaća, ona koju smo kupili na buvljaku. – Uzela ju je, proučavajući zlatne pruge i pažljivo urađena pera na krilima, a dok ju je predavala Amber, primetila je oštećenje na kljunu. – Smem?

Fej je klimnula glavom Robin, koja je izvukla neki list.

– Program za predstavu iz četvrtog razreda u kojoj sam glumila, *Čarlijeva tetka*? – rekla je Robin i protrljala čelo. – Ali ti nikad nisi došla.

– Stajala sam pozadi. Zakasnila sam. Bila si sjajna. Tako smešna. Htela sam da ti kažem kad si se vratila sa zabave, ali nisi htela da pričaš sa mnom.

Robin je tad stavila prste u uši kad je Fej pokušala da objasni zašto nije sedela pored njenog oca, pa ju je poslala pravo na spavanje.

Amber je prelistala program i pokazala sliku Robin na sceni, i Tarinu takođe. Onda je izvukla kutijicu, veličine šibice i otvorila je. U njoj se nalazio uvojak smeđe kose. Fej je rekla da se Robin rodila s njim, a ona i Alan su je zvali njenim – pačjim repom.

– Ali imala si tako težak porođaj, mama – rekla je Robin. – Užasni prvi meseci... Zašto bi želela da to zadržiš?

Fej je prešla prstom preko uvojka. – Veoma se jasno sećam kad su mi te prvi put dali u ruke, one prve sekunde, nabora na tvojoj koži, usana koje su bile smežurane... Nije dugo trajalo, ali osetila sam tako jasnu povezanost. A onda... život se isprečio između nas.

Robin je požurila u kuhinju i donela čašu vode, ispijajući prve gutljaje oslonjena na sudoperu. Kad se vratila, Fej je držala formular za sponzorstvo iz humanitarne šetnje u koju su ona i Tara išle zajedno.

– Nisam mogla da ti kažem da sam ponosna. Bojala sam se da ćeš prestati da se trudiš, da ćeš prestati s pokušajima da stigneš do vrha. Moja majka mene nikad nije pohvalila, a osećaj da nisam dovoljno dobra uvek me je terao da se trudim više. Ali otkad sam videla kako se ti ponašaš prema Amber, shvatila sam da postoji i drugi način.

Amber je zagrlila Fej. Proučavale su čestitke za Materice i crteže koje je Robin pravila, gde su ljudi izgledali kao krugovi sa štapićima umesto udova. Fej je sačuvala i mali par satenskih cipelica s njenog krštenja. Robin je ispila ostatak vode, trudeći se da ne zaplače. Amber je proučavala đačku knjižicu. Fej je rekla da je to bilo prvi put da je Robin dobila peticu iz matematike. Tu je bio i paketić čipsa, crveno-bele boje, sa ukusom kocke za supu.

– Zašto si to sačuvala, bako?

– Moj omiljeni ukus, bilo ga je teško naći u Stoundejlu. Robin mi je jednom kupila ovaj paketić u Mančesteru.

– Ali nisi delovala zainteresovano, nikad te nisam videla da si ga otvorila. – Ponekad bi, veoma retko, Robin želela da uradi nešto lepo za svoju majku, ali uvek je mislila da su njeni potezi jalovi. – A sačuvala si sve ove stare svitke... – Robin je izvukla zgužvane papire prelivene čajem i odmahivala glavom.

Fej je pročistila grlo. – Krišom sam ih vadila iz kante za smeće, nakon što bismo ih bacili. Podsećali su me na retke zajedničke trenutke. Nije istina ono što sam rekla, da smo pravili potragu za blagom samo zato što si bila dete, da te zabavimo. Nekako su te potrage ublažavale neprijatnost između nas. – Pogledala je u Robin.

Robin je klimnula glavom. – I ja sam to uvek osećala.

Zagledala se u poslednju stvar u kutiji. Svežanj koverata s gumicom oko njih. Kosa joj se nakostrešila na potiljku. Robin je pogledala Fej, čija je brada zadrhtala. Podigla je koverte i skinula gumicu. Nije bilo potrebe da vadi pisma, koja su očigledno bila pročitana.

Robin je razrogačila oči. – Ne razumem.

– Ostavila si ih u hodniku da ih pošaljem, rekla si da učestvuješ u konkursima *Devojačke scene*... – Glas joj je zadrhtao. – Ali znala sam šta „Draga Debi" na omotu znači.

Robin je na trenutak osetila vrtoglavicu. – Povremeno bih ulazila u tvoju sobu i čitala najnovije izdanje, da proverim je li sadržaj primeren.

Robin je isto radila sa Amber.

– Ali... ali ta pisma su bila lična. – Robin je čvrsto držala svežanj. Ipak, bila je spremna da budu javno objavljena.

Fej je spojila ruke. – Ali prvo pismo koje sam pročitala, o tome kako mrziš kratku frizuru, osetila sam tako snažan osećaj... kajanja i krivice. Trebalo je da ja odgovaram na takva pitanja, osećala sam se kao potpuni promašaj. Pa... odlučila sam da pokušam da ti rešim problem najbolje što mogu. A onda su pisma nastavila da pristižu. – Glas joj je drhtao.

Amber je zurila u pisma. – Ovo su sva pisma koja si pisala onoj savetnici? To je ludo. Ali čekaj... poštanski pečati su iz Londona.

Fej je klimnula glavom. – Blanš mi je pomogla. U početku nisam baš najbolje znala kako da odgovorim. Čitale smo zajedno neke od časopisa, da vidimo kako „Draga Debi" odgovara. I... on nije znao za sadržaj, ali Blanšin muž, Denis, išao je svakog meseca u London zbog posla i pristao je da ih šalje umesto mene.

Robin nije mogla da se odvoji od pisama. Prelistavala ih je. Njena majka je marila dovoljno da uloži toliki trud. Želela je da pomogne Robin s njenim nedaćama.

– Sve te godine si mi davala savete koji su mi bili potrebni, a da nisam znala... – I dalje držeći svežanj, Robin je ustala i šetkala se napred-nazad pored kuhinjskih vrata, osećajući lakoću u grudima kakvu nikad ranije nije osetila.

– Nisi ljuta?

– Mislim da je ovo sjajno – rekla je Amber, sa suzama u očima.

Robin je stajala nepomično i pregledala jedno od pisama pre nego što ga je podigla u vazduh. – Sećam se ovog pisma, napisala sam ga kratko pre nego što sam pobegla, rekavši da me moja majka mrzi. – Ponovo ga je pogledala. – Debi... ti, napisala si da ti je žao što se tako osećam... – Je li se to njena majka njoj izvinila?

– I bilo mi je žao. Želela sam da ti to kažem u lice, ali nisam znala kako da počnem... Žao mi je, Robin, ohrabrivala sam te da se otvoriš, a sama za to nisam imala snage. – Fejin glas je zadrhtao. – Uz to, brinula sam se da ću izgubiti posao, Alan je umro, bila sam toliko ljuta zbog svega, a onda si ti otišla... Znaš, nisam pokazala Blanš to pismo. Toliko me je bilo sramota kad sam videla stanje našeg odnosa pretočeno u reči, jasne reči od kojih nisam mogla da pobegnem.

– Kad sam pročitala ovaj odgovor od Debi... od tebe... – Robin i dalje nije mogla da poveruje. – Zaista sam poželela da ti priđem, ali kao ni ti, nisam znala kako da počnem... a onda sam saznala da sam trudna.

– Jel' to bilo poslednje pismo koje si napisala Debi? – upitala je Amber.

– Ne. Bilo je još jedno... o trudnoći. – Robin je ponovo sela. – Naravno, sad sve ima smisla. Nisam ga ostavila u hodniku, bilo je previše opasno. Poslala sam ga sama, pronašla sam paketić markica u kuhinjskoj fioci. I kad se vratilo, iznenadila sam se zbog vodenog žiga na hartiji koja je izgledala mnogo zvaničnije nego ranije.

Robin je pregledala još pisama, a sećanja su joj se vraćala na uklanjanje dlačica i grudi, na bubuljice, tampone i novac. Bilo je kasno, a Amber se izgubila u kuhinji da pripremi hranu. Fej je sve vratila nazad: koverte, obrazac za sponzorstvo, čestitke, program predstave, kutijicu za pačji rep i zgužvane svitke. Naposletku je stavila crvendaća na vrh. Zatim ga je ponovo podigla i stavila na policu, pored slike mora.

– Tvoj tata je rekao da će ovaj trag početi krugom i završiti srcem. – Položila je ruku na grudi. – Osećala sam obavezu da sačuvam sve te sitnice. Tvoj tata je rekao da je to dokaz... koliko sam te volela. – Robin je položila ruku na Fejinu. Fej je okrenula ruku dlanom naviše i tresla se dok je stezala Robinine prste. – I jesam te volela, Robin. Na svoj način. I dalje te volim.

– Jel’ on znao za pisma Debi? – upitala je promuklim glasom.

– Ne. Osećala sam da je to nešto između žena. Odnos majke i ćerke. Nisam bila dobra u tom odnosu, a Blanš nije imala dece. Samo smo se nadale da smo, zajedno, pomogle.

– Jeste – promrmljala je Robin.

Kad je Amber najavila da je čaj skoro gotov, oporavljena od šetnje, Fej je požurila u kuhinju. Nešto kasnije vratila se noseći veliki beli bokal. Stavila ga je na sto i uputila Robin nesiguran osmeh, pre nego što ga je gurnula prema njoj.

– Goveđi sos s kockom iz supe, nema ništa bolje uz pomfrit. Posluži se.

Robin je oduvek mrzela sos, ali je razumela potez i osmehnula se. – Hvala, mama, to bi bilo divno.

Pospremile su, a kad je i poslednji tanjir bio obrisan, Robin je ugasila svetlo i stala između njih dve. Gledale su kroz prozor kuhinje, zagledane u nebo, njih tri, jedna pored druge.

Uspele smo, tata, pomislila je Robin, prisećajući se kako bi ih podigao obe u naručje na kraju svake potrage za blagom. Uprkos tome što je Huver jurio za zecom, što svetiljka više nije tamo i što su svratile do rozarijuma, uprkos tome što je Robin završila u potoku, nesuglasicama u crkvi i što je agencija za nekretnine zamenila benzinsku pumpu. Majka, ćerka i unuka – zajedno su prevazišle izazove.

Da li bi Robin cenila Fejinu kutiju 1989. godine i bilo kakvo njeno izvinjenje? Što se nje tiče, bez tate, Robin je smatrala da je njen život u Stoundejlu završen. Ipak, uvek je osećala kao da je on negde u blizini, tihi glasić u njenoj glavi, a kad je došao pravi trenutak, taj glas ju je vodio do kutije – i nazad do njene mame.

A sad joj je pričao o tome kako bi soba na tavanu mogla da se preuredi u savršenu kancelariju za samostalnu savetnicu za marketing.

Stajale su u mraku i posmatrale satelit koji je prolazio iznad njih. Robin je bacila pogled ulevo, na Amber, koja je nosila par njenih starih visećih minđuša. Bilo je čudno kako se ta tajna soba na tavanu nije nimalo promenila, a opet sve drugo jeste. Amber je uhvatila Robin podruku i prišla bliže. Kiša je prestala i mesec je blistao, a njegov odraz je skakutao po jezeru. Robin je htela da predloži da uđu u dnevnu sobu jer je postajalo hladno, kad se, s desne strane, druga ruka provukla ispod njene. Fej je i dalje gledala naviše, ali njeni prsti su čvrsto držali Robininu ruku, kao da je Robin opet devojčica.

Začulo se tapkanje šapa i Huver je ispustio drveni predmet pred njihove noge. Sedeo je očekujući pohvalu. Robin ga je podigla, a sve tri su se zgledale. Bio je to tatin omiljeni novogodišnji ukras za jelku, onaj na kojem je pisalo PORODICA.

Robin Vilson,
Parejd rou 16,
Stoundejl,
Širi Mančester
jun 1989.

Draga Debi,
TRUDNA SAM I BEŽIM.
Trudna sam, mislim da je prošlo oko dva meseca, i dečko me je zaprosio. Jedva čekamo da dobijemo bebu i nameravamo da pobegnemo u London. Nema šanse da ostanem s mamom, neću dozvoliti da se prema mom detetu ponaša onako grozno kako se uvek ponašala prema meni. Otkako mi je tata iznenada umro, još je teže razgovarati s njom. Otac mi mnogo nedostaje i svake noći plačem dok ne zaspim. Da je živ, ostala bih, bio bi sjajan deka. Htela sam da mu kažem, ali sad ne mogu, a nemam kome drugom da se obratim. Sve je tako zbrkano. Plašim se odlaska od kuće, svi moji planovi su se promenili, ali sam i uzbuđena. Misliš li da će se sve završiti dobro? Moj dečko i ja se toliko volimo.
Robin, 16 godina

Draga Robin,
Šaljem ti ovaj lični odgovor što brže mogu. Nalaziš se u tako teškoj situaciji i mnogo mi je žao zbog gubitka tvog oca. Jesi li sigurna da ne postoji još neka odrasla osoba s kojom bi mogla da porazgovaraš? Tetka, učiteljica, roditelji tvog dečka? Predsednica omladinskog kluba? Ili doktorka — treba da što pre odeš da se pregledaš pošto si trudna.

Možda se vas dvoje mnogo volite, ali to samo po sebi neće platiti račune, a sa šesnaest godina neće biti lako naći posao i novi dom. Kako ćete se snaći kad se beba rodi, a polovina vaših prihoda nestane? Vidim da želiš da učiniš najbolje za svoje dete i zato moraš prihvatiti da bežanje nije najbolje rešenje i moglo bi biti opasno. Moraš da budeš praktična. Zašto ne biste zajedno seli s tvojom mamom i roditeljima tvog dečka? Ili zamoli doktorku da prisustvuje. Mnogo porodica prolazi kroz nesuglasice tokom tinejdžerskih godina. Tvoja mama možda bude ljuta u početku, ali to neće trajati zauvek.

Nikad ne znaš, unuče bi moglo da vas zbliži.

Možda ćete razmotriti razne mogućnosti. Samo zapamti, ne moraš da radiš ništa što ti stvara nelagodu. To je tvoje telo. Šaljem ti spisak ustanova koje mogu da ti pomognu u vezi s trudnoćom, ako ipak odeš u London. Nadam se da nećeš. Srećno, Robin. Proći ćeš kroz ovo.

I nikad ne zaboravi, razgovor je veliki iscelitelj — bilo sad, bilo u budućnosti.

Sve najbolje,
Debi

Zahvalnice

Iz mnogo razloga, *Pod istim krovom* mi je posebno draga knjiga. Osvrće se na osamdesete, razdoblje kojeg se rado sećam – koncerata kojima sam prisustvovala, šarene odeće, bezbrižnih noći plesanja oko torbice kad, barem u tom trenutku, ništa drugo nije bilo važno. Ova knjiga takođe označava dalje kretanje u pravcu kojim idem već neko vreme, a koji je vedar, duhovit, ali s dubinama u čijem sam istraživanju uživala. Kao i Robin, pitam se šta bi moja tinejdžerska verzija mislila o osobi koja sam postala. Radovalo me je da pišem iz srca i zahvaljujem se divnim čitaocima koji su ostali uz mene tokom mog spisateljskog puta – i onima koji mi se sad pridružuju.

Velika zahvalnost mojoj potpuno novoj izdavačkoj kući, *Bold-vud buks*. Neverovatno sam uzbuđena što radim sa ovom dinamičnom, naprednom kućom koja je u poslednje dve godine postigla tako neverovatan uspeh. Cenim vaše razumevanje i polet u vezi s tim kako se moje pisanje samo od sebe menja. Hvala mojoj marljivoj, delotvornoj urednici Tari Louder, što je pomogla da ovaj roman bude najbolji mogući – i ostatku ekipe. Radujem se što ću vas sve upoznati.

Ova priča ne bi postojala bez neumorne podrške i doprinosa moje agentkinje Kler Volis iz agencije *Darli Anderson*. Hvala ti, Kler, što si pomogla da od početne zamisli napravimo nešto što mi je sad veoma drago. Uvek sam zahvalna što me povučeš nazad kad preterano maštam, i što me hrabriš kad je to potrebno.

Proces pisanja ove knjige bio je jedinstven. Prvo, dogodio se tokom perioda izolacije zbog kovida-19, a drugo, moja nadahnjujuća, pronicljiva ćerka ju je prva pročitala. Stvarni život je oponašao umetnost dok smo zajedno proučavale godišnjake tinejdžerskih magazina iz osamdesetih, smejući se člancima i tome kako su se vremena promenila – baš kao što to čine Robin i Amber u priči. Sve je to učinilo proces pisanja nezaboravnim. Hvala ti, Imi, na oštrom oku i podršci, na smehu i ljubavi, i što si mi pomogla da lik Amber i njene opaske budu što stvarniji.

Moram da se zahvalim Kris Kavani. Priče o nestašlucima njenog voljenog šnaucera, Loti, i njenih psećih drugara bile su neprocenjive dok sam stvarala vragolastog francuskog buldoga Huvera! Kao i pustolovine Sare Lukas, koja je kao tinejdžerka živela u Mančesteru tokom osamdesetih – zaista su mi pomogle da dobijem tačne podatke o tome kako su Robin i njena najbolja prijateljica Tara uživale u životu!

Volela bih da priču zamislim kao zvezdu s pet krakova, gde svaki od njih pomaže da sjajnije zasija – autor, izdavač, agent, čitaoci i blogeri – i kako moja karijera napreduje i nova knjiga izlazi, sve sam zahvalnija. Kažu da je potrebno čitavo selo da se odgoji dete... Pa, potrebna je ogromna energija da se pokrene zvezda i da joj se pomogne da se popne što više. Od srca vam svima hvala xx

Beleška o autoru

Samanta Tong je autorka dvadeset bestselera i nagrađivanih ljubavnih romana. Živi u Mančesteru s porodicom.

**Knjige Samante Tong u izdanju
Izdavačke kuće TEA BOOKS d.o.o.
(digitalna i/ili štampana izdanja)**

Jedno dobro delo
Pod istim krovom